가곡의
탄생

가곡의 탄생

초판1쇄 인쇄 | 2017년 5월 3일
초판1쇄 발행 | 2017년 5월 8일

지은이 | 이정식
펴낸이 | 박연
펴낸곳 | 반딧불이

등록일자 | 2006년 2월 10일
등록번호 | 제25100-2006-37호
주소 | 서울시 마포구 모래내로 83 한올빌딩 6층
전화번호 | 02 · 704 · 3331
팩스번호 | 02 · 704 · 3360

ISBN 979-11-960627-0-5 03810

한국출판문화산업진흥원의 출판콘텐츠 창작자금을 지원받아 제작되었습니다

The Birth of Korean Art Songs

이정식

가곡의 탄생

반딧불이

올해(2017)로 아버지(李景成 이경성)께서 돌아가신 지 어언 26년,

그리운 아버지께 이 책을 바칩니다.

머리말

두 번째 가곡책을 내게 되었다. 2011년 이정식 가곡 에세이 『사랑의 시, 이별의 노래』를 낸 지 6년 만이다.

『사랑의 시, 이별의 노래』는 취재, 집필, 출간까지 1년이 채 안 걸렸는데 이번에는 6년이란 세월이 걸렸다. 그것은 내용을 충실히 하기 위해 소요된 시간이라기보다는 첫 번보다 집중하기 어려웠기 때문이다. 첫 번 가곡책을 낸 후에 나는 다시 언론계로 돌아와 지금까지 계속 현역의 일을 하고 있다. 이번 『가곡의 탄생』은 지난 6년간 틈틈이 정리한 가곡 관련 글들을 모은 것으로 첫 번 가곡책의 연속선상에 있다고 할 수 있다.

노래 이야기라면 즐거워야 할 것 같은데, 가곡 이야기는 탄생기의 어두웠던 역사적 상황 때문에 늘 다소 무거운 마음으로 시작하게 된다.

'가곡의 역사 역시 우리 민족 수난사 그대로였다'는 얘기를 첫 번 가곡책에서 했지만, 이번 책에서도 일제하에서 만들어진 가곡의 시인, 작곡가 등을 탐색하면서 또다시 안타깝고 슬픈 감상에 빠지지 않을 수 없었다.

가곡의 역사를 더듬는다는 것은 20세기 초반 수십 년 동안 일제에 나라를 빼앗겼던 불행했던 시절을 되돌아보는 데서 시작해야 하는 서글픈 역사탐구의 과정이기도 했다.

물론 광복 후 70여 년이 흐른 지금의 가곡은 과거와는 분위기가 완전히 다르다. 대체로 밝고 경쾌해졌을 뿐만아니라 리듬도 다양해졌다. 가요풍은 물론 탱고풍의 가곡도 있고 영화 OST 같은 분위기의 곡도 있다. 예술성과 대중성을 함께 추구하기 위한 작곡가들의 다양한 노력들이 신작가곡에서 많이 보인다.

여기에다 인터넷 카페 안의 가곡동호회 모임 등이 활발해지면서 각종 가곡 공연이 근년 들어 많이 늘어나고 있는 현상도 가곡 발전을 위해서는 매우 고무적인 현상이다.

두 번째 책을 준비하는 동안 여러 현장을 답사하였다. 6년 전 『사랑의 시, 이별의 노래』를 낸 직후인 2011년 7월에는 〈동심초〉의 한시(漢詩) 원작자인 중국 당(唐)나라 시대의 여류 시인 설도(薛濤)의 흔적이 있는 사천성 성도의 '설도기념관'을 찾아보았다. 이 책의 '〈동심초〉의 원작자 설도를 찾아서'는 그때의 설도기념관 방문기라고 할 수 있다.

〈동무생각〉 노래비가 서 있는 대구 동산의료원 옆 '청라언덕'에는 네 차례 들렀는데, 지자체에서 노래의 흔적을 잘 가꾸고 있어서 보기 좋았다. 반면에 〈선구자〉의 작곡가 조두남 선생의 유품 등이 있는 마산음악관에 갔을 때는 아쉽고 안타까운 점들이 많았다. 〈선구자〉에 대해 한동안 있었던 논란을 이 책에서 다뤘다. 모두 일제 침략기의 아픈 이야기들이다.

2015년 〈선구자〉 가사에 나오는 중국 길림성 용정의 일송정, 해란강, 용두레 우물가를 찾아볼 기회가 생겼다. 이해 7월 안중근 의사 기념관의 요청으로 내가 '전국 대학생 안중근 의사 국외 독립운동 사적지 탐방단'의 단장을 맡게 되었다. 마침 일정에 용정시를 들르게 되어 있어 궁금했던 장소들을 볼 수 있었다. 일송정 정자는 멀리 산꼭대기에 있어서 시간상 올라가 보지는 못 했지만, 망원렌즈로 카메라에 담았다. 정자 옆의 소나무 한 그루도 사진에 또렷이 나와 있다. 용두레 우물은 '용정이란 지명의 기원이 된 우물'이란 설명이 쓰여있는 커다란 표지석과 함께 잘 정돈되어 있었다. 용정에서는 윤동주 기념관이 있는 대성중학 옛터에도 갔다. 윤동주의 〈서시(序詩)〉 시비와 흉상이 건물 앞에 서 있었다. 윤동주 시비는 그가 공부했던 일본 교토의 도시샤(同志社) 대학 교정에도 정지용 시비와 나란히 서 있다.

〈희망의 나라로〉의 작사 작곡가인 현제명 선생에 대해서는 작곡가 나운영 선생이 남긴 글들과 바리톤 오현명 자서전『부르고 싶은 노래』, 그리고 생존해 계신 〈그리운 금강산〉의 작곡가 최영섭 선생의 증언 등이 많은 도움이 되었다.

〈사공의 노래〉는 어느 자리에서 우연히 첫 번 가곡책 이야기를 하다가 이 노래 작사자인 함효영 선생 아들의 연락처를 알게 되어 취재한 것이다.

〈고향의 노래〉의 이수인 작곡가, 〈내 마음 그 깊은 곳에〉의 이안삼 작곡가, 〈강 건너 봄이 오듯〉의 임긍수 작곡가 등 현역 및 원로 작곡가들은 직접 수차례 만나 이야기를 들었고, 앞으로 후세에 남을 아름다운 곡들을 더 많이 남기시기를 바라는 마음을 담아 글을 썼다.

이 책에 실은 〈독도의 사랑〉은 아직까지는 널리 알려지지 않은 가곡이다. 〈홀로아리랑〉 〈개똥벌레〉의 작곡가 한돌이 지었다. 작곡가 한돌은 북한에서도 부르는 독도 노래인 〈홀로아리랑〉의 후속곡으로 〈독도의 사랑〉을 만들었다고 했다. 한돌에게 "〈홀로아리랑〉은 가요인데, 왜 이 노래는 가곡으로 지었느냐?"고 물었다. 그는 "어린이들에게 독도를 알리려면 동요로 만들어야 하듯이, 가곡을 좋아하는 사람들을 위해 가곡풍으로 만들었다"고 했다. 한돌이 독도에서 지은 〈꿈언덕〉도 가곡이다.

독도에는 두 차례 갔다. 첫 번엔 상륙하지 못했고, 두 번째는 선착장에 오를 수 있었다. 노래에 관해서는 본문에, 음악회를 하러 독도에 갔던 이야기는 부록에 실었다.

'홍난파의 〈봉선화〉 작곡 전후'는 윤치호 일기에서 발견된 홍난파의 협박 비슷한 내용의 편지에 대해 쓰기 시작하여 그의 자취를 간략히 적은 것이다. 최초의 가곡인 〈봉선화〉에서 〈사공의 노래〉에 이르기까지 주옥같은 가곡을 남긴 홍난파다. 그의 길지 않은 인생사에서도 일제하에서 피압박 민족의 깊은 슬픔이 느껴진다.

본문 뒤쪽의 '〈동심초〉의 원작자 설도를 찾아서', '가곡 〈꿈〉의 원작자 황진이의 묘소', '〈가고파〉 원문에 대하여', '〈바위고개〉 그 후'는 첫 번 가곡책 『사랑의 시, 이별의 노래』에 들어있는 〈동심초〉 〈꿈〉 〈가고파〉 〈바위고개〉에 덧붙이는 내용이라고 할 수 있다.

〈고향의 봄〉의 작사자 이원수 시인을 기리는 창원의 '이원수 문학관'에서는 그의 업적과 함께 친일시까지 게시해 놓고 공과 과를 동시에 평해

놓은 것이 인상적이었다.

본문 맨 뒤에 실은 〈우리의 소원〉의 작곡가 안병원 선생은 2015년 캐나다에서 세상을 떠나셨다. 부인과 함께 한국에 오셨을 때 몇 차례 뵌 적이 있다. 작곡가 안병원 선생의 말씀처럼 이 노래가 추억의 노래가 되고 겨레의 소원인 통일이 속히 이뤄지기를 간절히 소망한다.

부록으로는 2016년 한 해 다섯 차례 진행된 독특한 음악회였던 '해설이 있는 가곡음악회의 기록'과 과거 우리 가곡처럼 불렸던 〈아! 목동아〉(Danny Boy), 우리말 〈매기의 추억〉 울려퍼진 하얼빈의 정율성 기념관, 도시샤(同志社) 대학의 정지용·윤동주 시비(詩碑) 등 자료가 될 만한 몇 가지를 실었다.

책에 필요한 사진과 가곡의 분위기에 어울릴 사진을 찍기 위해 늘 카메라를 들고 다녔다. 〈고향의 봄〉 가사에 있는 '꽃대궐' 같은 풍경을 찾아 섬진강변 매화마을에도 두어 차례 갔었다. 하얀 매화꽃으로 뒤덮인 3월 하순, 4월 초의 매화마을은 과연 '꽃대궐'이었다. 그 사진은 〈고향의 봄〉 편에 실려있다.

〈강 건너 봄이 오듯〉의 첫 머리 가사인 "앞 강에 살얼음은 언제나 풀릴꺼나~~"에 어울릴 풍경은 어디일까를 늘 생각했다. 책에는 수년 전 겨울에 찍은 살얼음 낀 경기도 양수리 인근 한강의 사진을 실었으나 왠지 노래에 썩 어울리는 것 같지는 않아 아쉬움이 있다.

호칭을 통일하는 것이 쉽지 않아 고인이 되신 분들은 역사적 인물이므로 『사랑의 시, 이별의 노래』에서처럼 호칭 없이 쓰는 것을 원칙으로 했고, 생존해계신 분들은 내용에 따라 호칭을 붙이기도 했고 빼기도 했다. 저자에 대해서는 '나'라고도 하고 '필자'라고도 썼다.

지난번 『사랑의 시, 이별의 노래』에 이어 이번에도 출판을 기꺼이 맡아주신 반딧불이 박연 사장과 단정하게 편집을 잘 해주신 안승철 실장께 거듭 감사드린다. 원고 전체를 꼼꼼하게 보아준 아리수사랑 가곡카페 대표 김정주 선생께도 감사의 인사를 드린다. 김 선생께 처음에는 '해설이 있는 가곡음악회의 기록' 등 몇 편의 원고에 대한 확인을 요청했다가 결국은 전체를 봐달라고 부탁하게 되었다. 언제나 나의 원고를 제일 먼저 읽고 1차 교정자가 되는 아내 고옥주(시인)의 수고에 대해서도 고마움을 표한다.

음악 애호가의 한 사람으로서 쓴 『가곡의 탄생』이 앞서 나온 『사랑의 시, 이별의 노래』와 더불어 부족하나마 우리 가곡을 이해하는 데 좋은 읽을거리와 자료가 되고 이를 통해 많은 이들이 가곡을 더욱 사랑하게 된다면 나의 인생의 큰 보람의 하나로 삼겠다.

2017년 5월

이정식

남산 안중근 의사 기념관에서 열린 '안중근 의사 순국 105주기 추모식'에서 〈그리운 금강산〉을 부르는 이정식(2015. 3. 26.)

목차

동무생각

순수했던 학창시절의 기억

충북 청주에 '10인 10색 청평포토'라는 사진 동호회가 있다. 나는 2010년 청주대 신문방송학과 객원교수 시절 회원이 되었다. 이 동호회에서 가장 활발하고 적극적으로 활동하는 분들 가운데 초등학교 교장과 교육장을 지내신 분이 계시다. 이승업 전 보은 교육장님이다. 1944년 생이시니 70을 벌써 몇 년 전에 넘으셨다.

어쩌다 멀리 1박 2일의 출사라도 가게 되면 저녁 식사 후 노래 한 가락씩 하는 자리가 펼쳐지는데 이때마다 빠지지 않는 교육장님의 애창곡이 지금부터 이야기하려는 〈동무생각〉(思友)이다.

〈동무생각〉은 지금의 50~60대 이상의 분들은 거의가 기억하거나 애창하는 가곡 중의 하나다. 과거 중·고등학교 시절 음악시간에 어느 학교에서나 대부분 이 곡을 가르쳤기 때문에 모두들 이 노래에 익숙하다. 가장 오랫동안 음악교과서에 실린 노래라고 한다. 이 노래가 부르기에 과히 어렵지 않고 정서적으로도 그 시절의 학생들에게 잘 맞았기 때문이라고 본다.

30대 후반의 박태준(1930년대)

노산 이은상(연도 미상)

"봄의 교향악이 울려 퍼지는 청라언덕 위에 백합 필 적에~~"로 시작되는 이 노래를 들으면 문득 지나간 학창시절이 생각난다. 흰 컬러 검정 교복 속의 순수하던 10대의 그 시절로 잠시나마 돌아가는 것이다.

이 노래는 대개 1, 2절만 부르는데 원래는 4절까지여서 전체 가사는 다소 길다. 봄, 여름, 가을, 겨울을 노래했기 때문이다. 먼저 만들어진 시 등에 곡을 붙이는 보통의 가곡 작곡과 달리 이 노래는 박태준(朴泰俊, 1900~1986)이 작곡한 곡에 이은상(李殷相, 1903~1982)이 가사를 붙였다. 시에 대한 재능이 뛰어났던 이은상은 가사를 쓰면서 그 속에 젊은 박태준의 감정을 잘 담아냈다.

동무생각

이은상 작시 박태준 작곡

1.
봄의 교향악이 울려 퍼지는
청라언덕 위에 백합 필 적에

나는 흰 나리꽃 향내 맡으며
너를 위해 노래 노래 부른다
청라언덕과 같은 내 맘에
백합 같은 내 동무야
네가 내게서 피어날 적에
모든 슬픔이 사라진다

2.
더운 백사장에 밀려 들오는
저녁 조수 위에 흰 새 뛸 적에
나는 멀리 산천 바라보면서
너를 위해 노래 노래 부른다
저녁 조수와 같은 내맘에
흰 새 같은 내 동무야
네가 내게서 떠돌 때에는
모든 슬픔이 사라진다

3.
서리 바람 부는 낙엽 동산 속
꽃 진 연당에서 금새 뛸 적에
나는 깊이 물 속 굽어보면서
너를 위해 노래 노래 부른다
꽃 진 연당과 같은 내 맘에
금새 같은 내 동무야
네가 내게서 뛰놀 때에는

모든 슬픔이 사라진다

4.
소리 없이 오는 눈발 사이로
밤의 장안에서 가등 빛날 때
나는 높이 성궁 바라보면서
너를 위해 노래 노래 부른다
밤의 장안과 같은 내 맘에
가등 같은 내 동무야
네가 내게서 빛날 때에는
모든 슬픔이 사라진다.

박태준은 이 노래를 작곡할 때 마산에 있었다. 대구 계성학교를 거쳐 평양 숭실전문학교를 마친 뒤 마산의 창신학교에 영어 겸 음악선생으로 가 있었다. 창신학교는 이은상의 부친이 설립한 학교였다. 훗날 시조시인으로 이름을 떨친 이은상도 이때 이 학교에 국어교사로 재직하고 있었다. 이은상이 나이로는 조금 아래였지만 예술적 취향이 같았던 젊은 두 사람은 자주 어울렸다.

마산의 합포해변을 거닐며 첫사랑 이야기도 나누었을 것이다. 박태준의 첫사랑은 그 시대 사람들이 대개 그러했듯이 만나고 헤어지고 어쩌고 하는 그런 첫사랑이 아니다. 함께 제일교회에 다니던 신명학교 여학생을 박태준이 짝사랑했던 모양이다.

한 송이 백합 같았던 짝사랑의 여학생

2011년 5월 어느 날 한 TV에서 '박태준과 동무생각'에 관한 프로그램을 방영하는 것을 중간에 본 적이 있다. 제목은 정확히 기억나지 않는다. 이 프로그램은 나레이션 사이 사이에 배역을 써서 연기도 삽입하였는데, 이은상 역을 맡은 배우가 작곡가 박태준 역의 배우에게 그의 첫사랑에 대해 묻자 그(박태준 역)는 이렇게 대답하였다.

"말 한마디 못 해봤지요. 제가 계성고에 다닐 때 얼굴이 유난히 하얀 이웃 신명여고 학생이 있었어요. 우리는 함께 제일교회에 다녔는데 어느 날 그 소녀가 들어오더니 합창 연습하는 단원들에게 과일을 나눠주는 거예요. 저는 그 소녀가 제게 다가올까 봐 가슴이 두근두근해져서 피아노 뒤에 숨었는데 나중에 보니 그 과일을 예쁜 손수건 위에 두고 갔더라구요. 결국 그 여학생은 일본으로 유학을 갔습니다."

나는 이러한 방송 내용의 출처에 대해 확인하지 못했다. 그런데 그 후 인터넷 속에서 위와 비슷한 내용을 담은 다음과 같은 몇 개의 글을 읽게 되었다.

"박태준은 계성학교에 다닐 무렵 역시 동산동에 소재한 같은 기독교 계통의 학교인 신명학교에 재학 중인 한 여학생을 무척 사모했으며 등굣길에 지나치는 그녀를 바라보기만 하는 소위 짝사랑을 했는데, 그 여학생은 마치 백옥 같은 흰 피부를 지닌 절세미인으로 한 송이 흰 백합화를 보는 것 같았다고 한다. 하지만 내성적인 성품 탓에 말 한마디 못 했으며 졸업 후 그녀는 일본으로 유학을 떠나고 만다."(이혁우, 음악가, 동국대 외래교수, 의료선교박물관 사이트, 2011. 5. 5)

다음 이야기는 그 여성에 대해 더 구체적이다.

"박태준이 계성학교 다닐 적 좋아했던 여학생과의 내용을 담은 노래가 바로 〈동무생각〉이다. 얼굴이 예쁜 미인이었던 그 여학생을 생각했던 박태준은 후에 자신의 사돈이 될 이은상 시인에게 그 이야기를 하여 가곡 〈동무생각〉이 탄생된 것이다. 한편 이 여학생은 용모가 뛰어나 인기가 있었으며, 결혼 후 일본에서 생활하다가 귀국하여 다시 법조인과 결혼하였으나 안타깝게 경주에서 대구로 오는 고속도로에서 그만 교통사고를 당해 사망하고 말았다고 한다."(손태룡, 한국음악문헌학회 대표, "박태준의 〈동무생각〉에 얽힌 이야기" 2010. 12.)

그런데 '다시 결혼했다'든지, '고속도로에서 교통사고로 사망했다'든지 하는 이야기가 조금 혼란스럽다. 경부고속도로가 개통된 것은 1970년이어서 언제 적 이야기인지를 잘 알 수 없다.

박태준과 이은상이 사돈이라는 것은 박태준이 이은상의 소개로 이은상의 고종사촌 여동생인 김봉열과 결혼하게 된 것을 말한다.

또 다른 블로그 속의 글은, "교회에서 합창 연습을 하던 어느 날 한 송이 흰 백합꽃 같은 그 여학생이 자두를 한 바구니 가져와 합창단원들에게 나눠줄 때 내성적인 박태준은 수줍어서 오르간을 치다가 자리를 피한 일도 있었다. 그녀는 그 후 일본으로 유학을 갔다가 폐결핵에 걸려 돌아와 24세의 나이로 생을 마감했다"는 내용이다.

어느 이야기가 맞는 것인지는 알 수 없지만, 그 여자가 교통사고로 사망했는지, 폐결핵으로 사망했는지 그런 것이 중요한 것은 아닐 것이다.

이 노래의 가사를 보면, 마산 출신인 이은상이 대구에 있는 청라언덕을 잘 알 리 없으니 박태준이 이은상에게 소년 시절 마음에 두었던 어떤 여학생의 이야기를 하면서 청라언덕에 대해 구체적으로 설명했고, 이은상이 그 상황을 이 노래 가사 속에 담아낸 것은 분명해 보인다.

박태준이 이야기한 그 소녀를 이은상은 청라언덕 위에 핀 백합으로 상상한 것 같다. 그리고 "네가 내게서 피어날 적에 모든 슬픔이 사라진다"고 마무리 했다.

소년 같은 아름다운 감수성이 가사 속에 잘 표현된 작품이라고 할 수 있다. 그래서 중·고등학교 시절 이 노래를 배운 모든 이들이 오랫동안 잊지 않고 있는 것일지도 모른다.

청라언덕을 찾아서

이 노래의 1절에 두 번이나 등장하는 '청라언덕'은 과연 어디에 있는 어떻게 생긴 언덕일까? 필자는 '청라언덕'이 있다는 대구의 계명대학교 동산의료원을 향해 2011년 8월 31일 길을 떠났다. 아직 무더위가 남아있는 여름의 끝자락에 떠난 여행이었다. 내리쬐는 늦여름 햇살이 매우 따가

동무생각의 무대 청라언덕의 100년 넘은 선교사 사택. 대구 계명대학교 동산의료원 안에 있다. 뒤에 보이는 첨탑 건물이 제일교회.

청라언덕에 서 있는 〈동무생각〉 노래비와 필자(2011. 8. 31.)

웠다.

네비게이션를 따라 동산의료원에 들어선 후 언덕길로 조금 올라가자 의료원 서쪽 편에 붉은 벽돌로 지어진 오래된 선교사 주택이 몇 채 서 있었다. 차도 옆에는 '의료선교박물관'이라고 화강암에 검은 글씨로 새겨진 큼지막한 표지석이 보였다. 그리고 그 안쪽 옛 사택들 사이에 화강암에 새겨넣은 〈동무생각〉 노래비가 서 있었다. 그곳이 바로 '청라언덕'이었던 것이다. 청라(靑蘿)란 푸른 담쟁이를 가리키는 말로서 언덕 위에 세워진 선교사들의 붉은 벽돌 사택을 푸른 담쟁이가 덮고 있어서 붙여진 이름이라고 한다.

노래비는 오래된 것이 아니었다. 세워진 때가 2009년 6월로 되어있었다. 대구 중구 문화원과 계명대학교 동산의료원이 함께 세운 것으로 새겨져있고, 글씨는 여지 추진호 선생이 썼다고 적혀 있다.

노래비에는 오른쪽 면에 동무생각 가사 1절이, 왼쪽 면에 청라언덕에 대한 다음과 같은 설명이 새겨져 있다.

푸른 담쟁이(청라)에 덮여있는 선교사 챔니스 주택. 내부는 의료박물관으로 이용되고 있다.

청라언덕

대구가 고향인 작곡가 박태준(1901~1986)이 곡을 짓고 노산 이은상이 노랫말을 붙인 가곡이 '동무생각(思友)'이다.

바로 이곳이 푸른(靑) 담쟁이(蘿) 넝쿨이 휘감겨 있던 청라언덕이고 백합화는 그가 흠모했던 신명학교 여학생이란다.

박태준의 꿈과 추억이 서린 이곳에 노래비를 세운다. 이 언덕을 찾는 이들의 가슴에 청라언덕의 노랫 소리가 울려퍼지길 기원하면서…….

2009년 6월, 대구 중구 문화원, 계명대학교 동산의료원

(주: 박태준의 생년월일은 공식적으로는 1900년 음력 11월 22일이다. 양력으로는 1901년 1월 12일이다. 1901년 1월 11일로 되어있는 것도 있는데 이는 계성학교 학적부에 기록된 것으로서 약간의 오류다. 여러 사료에 1900년 혹은 1901년으로 되어있는 것은 이처럼 음력 또는 양력으로 달리했기 때문이다. 사망 시는 양력으로 기록하였다. 유족들은 출생일이 1900년 11월 22일로 통일되기를 원한다.)

청라언덕의 이민 2세 사과나무

청라언덕을 과거에는 동산(東山)이라고 불렀다고 한다. 어느 쪽에서 볼 때 동편에 위치한 구릉이었기 때문이었을까? 이 청라언덕의 가장 중심에 자리잡은 것이 제일교회이다. 두 개의 십자가 첨탑을 가진 커다란 흰 화강암 건물인 제일교회 동쪽 편으로 박태준의 백합이었던 그 여학생이 다녔다는 신명학교(현재는 신명여고)가 있고, 교회 바로 북측과 서편에 3채의 선교사 사택이 있다. 제일교회 옆 선교사 사택 남측에는 동산맨션아파트가 들어서 있다.

계성학교는 신명여고에서 북쪽으로 큰 길 건너에 있는데 그렇게 먼 거리는 아니다. 동산의료원은 두 학교 사이에 위치해 있다.

세 채의 선교사 사택은 내부를 박물관으로 개조하여 일반에 개방하고 있다. 선교사 스윗즈 주택은 선교박물관으로, 선교사 챔니스 주택은 의료박물관으로, 선교사 블레어 주택은 교육역사박물관이 되어 사람들을 맞이하고 있다. 이 사택건물들은 모두 2층으로 되어있는데 서양식에 한식을 가미하여 지은 것이다. 1906년에서 1910년 사이에 지어졌으니 100년이 넘은 건축물들이다.

대구 사과나무의 시조

청라언덕의 스윗즈 주택 정원 한쪽에 있는 오래된 수령의 사과나무도 눈길을 끌었다. 보호를 위해 삼각 지지대가 설치되어 있었는데 매우 허약해 보였다. 설명을 보니 이 사과나무는 수령이 70년이 되었는데 '대구 사과나무의 시조격 사과나무의 2세 나무'라고 한다. "1899년 동산병원 초대 병원장(존슨)이 심은 72그루 중 유일한 생육목임"이라고 쓰여있다. 이런 설명만 갖고는 잘 이해가 안 됐는데, 조금 떨어진 곳에 다음과 같이 더 자세한 설명을 담은 동판이 서 있다.

"여기에 뿌리 내린 이 사과나무는 동산의료원 개원 당시 미국에서 들어온 한국 최초 서양 사과나무의 자손목으로서 동산의료원의 역사를 말할 뿐 아니라 대구를 사과의 도시로 만든 의미 있는 생명체이다. 초대병원장인 존슨박사(Woodbridge O. Johnson, 한국명 장인차)가 미국 의료선교사로 동산병원에 재임하면서 미국 미주리주에 있는 사과나무를 주문하여 이곳

사과모양으로 만들어진 대구 시조 사과나무 2세목 표지석.

에서 재배한 것이 대구 서양 사과나무의 효시이다"라고 쓰여있다.

대구가 사과로 유명해진 것이 110여 년 전 서양 선교사가 들여온 미국산 사과 덕이었다는 설명인 것이다.

그 2세 사과나무가 보호수로 지정된 것은 2000년 10월. 당시 70년이 되었다고 했으니 이미 80여 세. 사과나무의 생명도 유한하므로 이 나무가 얼마나 더 살지는 알 수 없다.

사과나무의 수명은 보통 20~30년이라고 한다. 적정한 수확을 거둘 수 있는 유실수로서의 한계 수명이 그렇다는 이야기다. 수확을 상관하지 않는다면 더 오래 산다고 하는데, 사과나무를 수확에 관계없이 오래 둘 리 없으니 80세가 훨씬 넘은 이 사과나무는 아마 최고령이 아닐까 한다. 이처럼 청라언덕에는 서양 선교사들의 흔적이 많았다.

나는 이날(2011년 8월 31일) 점심 약속시간에 맞추기 위해 청라언덕의 여러 장면들을 서둘러 카메라에 담은 뒤 남구에 있는 봉덕시장으로 향했다. 필자의 단골 국밥집이 있는 곳이다. 방송사 후배들과 그곳에서 점심을 함께하기로 약속을 했다. 국밥집 이름은 한양집. 돼지국밥이 전문이다. 이 식당은 필자가 2003년 봄 잠시 CBS 대구 본부장으로 와 있던 시절에 알게 되어 그 후 대구에 갈 일이 있을 때마다 빠짐없이 들르는 단골집이다. 인심 좋은 60대의 주인 내외분은 갈 때마다 반가워하시고 음식도 푸짐하게 내 주신다.

후배들과 국밥과 삶은 고기를 맛있게 먹고 나서 필자가 제안을 했다.

"청라언덕에 한번 가봅시다. 여러분들에게도 추억이 될 테니까."

후배들에게 그 장소를 보여주고 싶어서였다. 대구에 살아도 그곳을 알거나 가 본 사람은 드물었다. 선뜻 호기심을 보이지는 않았지만, 다들 따

청라언덕 선교사 사택 인근에 위치한 선교사 묘역 '은혜정원'

라 나섰다.

이번엔 필자가 해설사가 되어 '청라언덕'과 〈동무생각〉의 유래 등을 설명해주었다.

그리고 선교사 사택에서 계산성당이 있는 언덕 아래로 연결되는 유명한 '90계단'(1919년 3월 8일, 독립 만세 함성이 메아리 친 3·1운동길과 연결되는 곳)으로 내려가 인근 계산성당과 '빼앗긴 들에도 봄은 오는가'로 유명한 저항시인 이상화 고택, 한약재 냄새가 그득한 약령시장 등도 둘러보았다.

그리고 이날 오후 저녁 약속이 되어있던 마산으로 내려갔다가 이틀날인 9월 1일 오전 귀경길에 다시 청라언덕으로 갔다. 이틀 새 세 번째의 방문이다. 전날 못 찍은 선교사 묘역 등을 카메라에 담고 박태준의 흔적을 찾아 계성중·고등학교를 방문하기 위해서였다.

선교사 사택 바로 아래쪽의 아담한 선교사 묘역에는 10여 기의 비석이 서 있었다. 입구에 '은혜정원'이라는 푯말과 함께 다음과 같은 글이 동판에 새겨져 있어 읽는 이의 마음을 뭉클하게 하였다.

"우리가 어둡고 가난할 때 태평양 건너 머나먼 이국에 와서 배척과 박해를 무릅쓰고 혼신을 다해 복음을 전파하고 인술을 베풀다가 삶을 마감한 선교사와 그 가족들이 여기에 고이 잠들어 있다. 지금도 이 민족의 복음화와 번영을 위해 하나님께 기도하고 있으리라."

박태준과 〈오빠생각〉

은혜정원을 둘러보고 동산의료원 건너편 서문시장 옆에 있는 계성중·고등학교를 찾아갔다. 박태준이 다녔던 학교다.

1906년에 설립된 역사가 오랜 학교여서 나무도 울창할 뿐 아니라 건물들도 고색창연했다. 교내에 들어가 두리번거리다 보니 계성교회라고 새겨진 오래된 붉은 벽돌 건물이 눈에 들어왔다. 그리고 그 옆 건물 앞에 이 학교 교가가 새겨진 나지막한 비석이 보였다. 위에서 내려다보도록 만들어진 노래비(교가비)다. 여기에 작사자로 박태준이란 이름이 새겨져 있었다. 작곡자는 ANONYMOUS(미상)이라고 되어 있었다.

서울 서대문구 창천동 자택에서 부인 김봉열 여사와 함께(1961. 1.)

계성중·고교 교정 안에 있는 교가비

마침 선생님들이 지나가길래 "여기 새겨져 있는 작사자 박태준이 〈동무생각〉을 작곡한 박태준 선생입니까?" 하고 물었다.

선생님들은 "그렇습니다" 하고 대답해 주었다.

그래서 '이 학교에 박태준 선생에 관한 자료가 좀 있을까 해서 찾아왔다'고 하니 이분들이 중학교에서 역사를 가르치는 권영배 선생(문학박사)을 소개해 주었다.

이날 권영배 선생은 내게 박태준 선생에 대한 자료들이 있을 것이라면서 2006년에 발간된 〈계성 100년사〉를 한 질 주었는데, 많은 참고가 되었다. 이 책에 실은 1930년대 박태준 선생 사진도 이 〈계성 100년사〉의 사진 부록에 들어있는 것이다.

100년사에 보니 교가에 대한 설명이 이렇게 적혀 있었다.

"현재의 교가는 1927년 음악교사였던 박태준에 의해 만들어졌다. 서양의 바다 뱃노래(Sea Chantey)인 'The Mermaid'(인어)란 곡에 가사를 붙였다."

즉 박태준이 이 노래에 우리말 가사를 붙여 만든 것이 현재의 계성중·고교 교가인 것이다. 박태준 작사의 새 교가가 만들어지기 전까지는 개화기 창가풍으로 만들어진 교가가 있었다.

〈계성 100년사〉에는 이 학교 졸업생인 박목월의 사진도 들어있고, 작곡가 현제명이 2년간 다녔다는 기록도 있으며 이 학교에 다녔던 소설가 김동리와 박목월이 함께 찍은 사진도 있다.

음악에 조예가 깊었던 박태준의 형 박태원(1897~1921)과 박태준에 대한 다음과 같은 내용도 기록되어 있었다.

"초창기 대구 서양음악의 개척자는 박태준의 형인 박태원이었다. 1911년에 본교에 입학한 박태원은 대구 최초의 혼성합창단을 조직하고 지휘를 맡았으며 〈클레멘타인〉 〈켄터키 옛집〉 등 외국 곡을 번안하여 보급하였다. 박태준은 본교 5회 졸업생으로 1920년대에 〈사우〉 〈미풍〉 〈소나기〉 등을 작곡하였으며 1925년부터 본교에 재직하면서 합창과 악대부를 지도했다. 1927년 〈계성교가〉를 작곡(작사의 오류인 듯)했으며 〈골목길〉 〈물새 발자국〉 〈찬송가 493장〉 등 150여 곡을 작곡했다."(사진으로 본 계성 100년, 62쪽, 학교법인 계성학원, 2006년)

권 선생은 이날 내게 달서구의 월광수변공원에 가면 박태준 흉상이 있다고 알려주었다. 나는 즉시 차를 몰아 월광수변공원을 찾아갔다. 박태준의 흔적이 있는 세 번째 장소였다. 도원저수지(과거엔 수밭못이란 이름이었다고 한다)와 접해있어서 수변공원이라고 이름한 것 같다.

흉상은 저수지 가까운 곳에 서 있었다. 맑은 하늘에 더운 날씨였다. 저수지 안쪽에서는 율동분수(음악분수)가 시원하게 물줄기를 뿜어내고 있었다. 음악에 맞추어 다양한 율동으로 물줄기를 뿜어내어 율동분수라고 부른다. 이 공원에는 장미가 많아서 봄이면 장미축제가 열린다고 한다.

아담한 흉상의 받침돌에는 동요 〈오빠생각〉의 악보와 가사가 새겨져있다. 〈동무생각〉의 악보와 가사는 오른편으로 몇 미터 떨어진 위치에 휘어지게 멋을 내어 만든 기둥모양의 철제 조형물 위에 있었다.

대구 월광수변공원의 박태준 흉상.
옆에 〈오빠생각〉 악보와 가사가 새겨져있다.

흉상 옆에는 다음과 같이 작곡가를 설명하고 있다.

"대구가 낳은 작곡가 박태준(1900~1986)은 우리나라 합창음악의 선구자로서 연세대학교 음악대학 초대학장, 한국음악협회 이사장 등을 역임했다. 〈오빠생각〉 〈동무생각〉 〈산길〉 등 주옥같은 노래 150여 곡을 남겼다."

화류계에서도 애창됐던 〈오빠생각〉

〈오빠생각〉은 과거엔 모르는 이가 없던 유명한 동요다. 1925년 〈어린이〉 잡지에 실린 11세 소녀 최순애의 동시에 박태준이 곡을 붙인 것이 널리 퍼졌다. 훗날 아동문학가가 된 최순애는 〈고향의 봄〉으로 유명한 같은 아동문학가 이원수 씨의 부인이 되었다.

이 〈오빠생각〉과 박태준에 관한 이야기가 〈계명 100년사〉 속에 있었다. 동요 작가 김성도 교사가 1956년에 '계성과 동요운동'이라는 제목으로 쓴 글인데 박태준과 직접 관련된 부분을 간추려 소개한다.

계성과 동요운동

교사 김성도

계성은 한국 초창기 동요운동에 특수한 공로가 있다고 본다. 무릇 동요운동에 있어서는 두 가지 방면이 있다고 본다. 문예작품으로서의 동요 창작과, 이 동요에 곡을 붙이는 것이 그것이다.

한국의 대표적인 3대 동요 시인을 말할 때, 윤석중, 윤복진, 박영종(목월)을 꼽는다. 그런데 그중의 윤복진, 박영종 두 시인이 바로 계성 출신인 것이다. 그 중 윤복진은 행방을 알 수 없고(월북을 이렇게 표현했다) 박영종은 시로 전향하였으나, 그들의 공적은 동요 사상에 엄연히 빛나는 것이다.

다음, 곡으로서의 동요운동에는 박태준 박사의 공이 지대하였음은 누구나 아는 바이다.

뜸북 뜸북 뜸북새 논에서 울고
뻐꾹뻐꾹 뻐꾹새 숲에서 울제
우리 오빠 말 타고 서울 가시며
비단 구두 사가지고 오신다더니

(주: 이 글에는 2절은 없다. 전체 가사는 이 책 〈고향의 봄·오빠생각〉 편에 실려있다)

이 뜸북새의 노래(오빠생각)야말로 어린이 어른 할 것 없이 다투어 부르던 동요이다. 그러니 벌써 30년 전이다.(주: 이 글이 쓰여진 1956년부터 30년 전 즉 1920년대) 한국에 노래가 없어 굶주렸던 그 때에 이것이 나오자 요원의 불같이 퍼졌다. 이 당시 같이 불리던 것은 윤극영 씨의 〈반달〉이 있었을 따름이다. 이즈음의 사람들은 동요에만 굶주린 것이 아니라, 노래에 굶주렸던 터이라 〈반달〉과 〈뜸북새〉(오빠생각)는 화류계까지 퍼져 애창되었었다.

국민훈장 문화장을 받은 박태준(1970. 8. 15.)

이 〈뜸북새〉의 작곡자가 바로 계성에서 교편을 잡고 있던 박태준 박사이다. 당시 박 선생은 서양 가곡집을 내었고, 그 말미에 박태준 작곡을 부록으로 넣어서 가곡 운동에도 선구자적 공을 세우신 분이었다. 그러나 그보다 더 큰 공은 그의 동요 작곡에 있었다.

박태준 선생은 학교 수업을 마치면 강당 피아노 앞에서 작곡을 하였다. 강당 문을 꼭 잠그시고, 연필에 침을 묻혀 가면서 오선지에 곡을 그려 넣던 것은 지금도 눈에 환히 보이는 듯하다. 작곡이 되면 이어 등사가 되어 음악시간에 학생들에게 배부된다. 이것을 배운 학생들은 바로 다음 주일이면 교회 유년 주일학교에서, 또는 야학교에 가서 어린이들에게 가르쳤다. 그리하여 박태준 선생님의 곡은 그대로 대구 전시에 퍼졌고 방학이 되면 프린트되어 시골로 퍼져서 보급되었다. 또한 멀지 않아서 전국으로 퍼지게 되었다."(계성 100년사, 2006)

다시 찾은 청라언덕

그 후 2012년 8월 11일. 토요일이었던 이날 청라언덕에 1년 만에 다시 들르게 되었다. 횟수로는 네 번째 방문이다.

가까운 언론계 후배가 모친상을 당해 빈소가 있는 부산에 갔다가 서울 올라오는 길에 다시 찾아 보았다. 청라언덕에는 결혼할 커플들이 푸르른 나무 아래에서 웨딩드레스를 입고 기념 사진을 찍는 모습도 보였고, 문화해설사가 찾아온 사람들을 상대로 청라언덕의 유래, 3·1운동길의 역사 등에 대해 열심히 설명을 하고 있었다.

몇 가지 변화도 눈에 띄었다. 우선 동무생각 노래비 맞은편에 영화스크린 같이 생긴 '박태준 연보'가 세워진 것이었다. 크기가 영화스크린만큼 크다는 얘기는 아니다. 적당한 크기에 '작곡가 박태준'을 한눈에 설명해주는 좋은 자료라고 할 만하였다. 박태준 기념사업회에서 음악역사학자

1981년 11월, 미국의 큰아들집에서 81회 생일을 맞은 박태준

손태룡 박사의 자료 제공으로 만들었다고 적혀있다.

또 대구 시조 사과나무 2세목 주변에는 흰 밧줄로 된 작은 울타리를 새로 쳐 놓았고, 그 안에 반으로 자른 사과 모양의 돌에 〈보호수〉라는 표지를 검정 글씨로 새겨놓았다. 울타리 안에는 대구 능금의 효시라는 사과나무의 3세목도 옮겨 심어 놓았다.

지자체에서 청라언덕에 꽤 정성을 들이는 것 같아 보기에 좋았다. 청라언덕에는 '대구의 몽마르트르 언덕'이라는 별칭도 생겼다.

한국 음악계의 선구자

작곡가 박태준은 1900년 11월 22일(음력) 대구 남성로 157번지에서 태어났다. 대남(大南)소학교를 거쳐 미 장로교에서 경영하는 계성학교를 1916년 졸업한 뒤 평양에 있는 숭실전문학교에 진학했다. 그는 계성학교에 다닐 때부터 음악에 관심을 갖기 시작해 숭실전문학교에 진학해서는 음악을 전공했다. 박태준이 음악의 길로 들어선 것은 음악을 좋아했던 형 박태원의 영향이 컸다. 그는 작곡도 할 줄 알았고 노래도 잘했으며 〈계성 100년사〉에 기록된 것처럼 〈클레멘타인〉 〈켄터키 옛집〉 등 외국 노래를 번역해 소개할 정도로 음악적 재능이 뛰어났으나 안타깝게도 24살에 요절하고 말았다. 박태준은 형이 조직한 제일교회 합창단에서 반주를 맡았었다.

숭실전문학교 시절 이 학교에 재학중이던 대구 계성학교 후배인 현제명을 비롯, 계성 출신 심내술, 권영화와 함께 '교남(嶠南) 학생 전도대'를 조직하고 '교남 4중창단'을 결성해 방학 중에는 각지를 다니며 전도활동을 펴기도 했다.

사진 아랫줄 박태준, 뒷줄 좌로부터 현제명, 김태술, 권영화 씨. 네 사람은 모두 대구 계성학교 출신 숭실전문학교 학생으로 4중창단을 결성해 전도활동 등을 했다.(교남4중창단 조직 당시인 1920년 사진)

'교남'이란 험준한 산이 있는 남쪽 지역이란 뜻으로 영남의 다른 말이다. 이 네 사람이 함께 찍은 사진이 남아있다.

박태준은 숭실전문학교 졸업 후 1921년부터 23년까지 마산의 창신학교에서 1년 반 동안 영어와 음악을 가르쳤다.

창신학교 재직 중 1922년 작곡한 것이 〈동무생각〉이다. 어느 날 해변을 거닐다 악상이 떠올라 집에 돌아와 오선지에 옮겼다고 한다. 여기에 같은 학교 교사였던 이은상이 가사를 붙였다는 것은 앞서 얘기한 바와 같다. 이 노래의 처음 제목은 〈사우(思友)〉였다. 〈사우〉는 처음 마산에서 불리기 시작하면서 삽시간에 젊은이들의 애창곡이 되었다. 일제 치하에 우리말 노래가 별로 없어 노래에 대한 갈증이 크던 시절이었다.

해방 후 중·고교 교과서에 〈사우〉라는 제목으로 실렸으나 1971년부터 교과서가 한글 전용으로 되면서 우리말로 풀이되어 〈동무생각〉이 되었다.

마산에 있던 박태준은 이후 모교인 계성학교에서 영어와 음악교사로 초빙받아 1924년부터 미국 유학을 떠나기 전인 1931년까지 만 7년간 근무했다.

〈동무생각〉을 작곡한 2년 후인 1924년 "푸른 하늘 은하수 하얀 쪽배엔 ~~"으로 시작되는 윤극영 작사·작곡의 동요 〈반달〉이 나왔고 1년 후인 1925년 박태준의 〈오빠생각〉이 탄생했다.

그 뒤 숭실전문학교의 말스베리 교수에게 1년간 대위법과 화성학 등을 사사한 후 미국 유학의 길을 떠난다. 그가 도미하게 된 것은 숭실전문학교 교장으로 있던 매큐인 목사가 테네시주에 있는 터스칼럼 대학의 스칼러십을 받게 해주어 가능하였다.

그는 이 대학을 1년 만에 마치고 1933년 음악대학인 뉴저지주 프린스턴에 있는 웨스트민스터 음대에 들어가 합창음악을 공부하여 졸업한 후 다시 대학원에 진학해 석사 학위를 받고 귀국했다.

그는 곧 평양의 숭실전문학교 교수로 갔으나 1년 반쯤 후인 1938년 신사(神社)참배 거부 문제와 관련해 학교가 자진 폐교하는 바람에 다시 대구로 내려가 계성학교에서 1945년 5월까지 영어와 음악을 가르쳤다.

박태준은 일본 패전 말기 미국 유학을 했다는 이유로 일본 헌병대에 잡혀가 두어 달 갇혀있다가 서울에서 해방을 맞았다.

그는 해방 후 1946년 경성여의전(京城女醫專) 교수로 있다가 1948년 연세대로 옮겨 1974년까지 26년간 가르쳤다. (정년 퇴임은 1966년 2월이었으며 퇴임 전 2년은 연세음대 초대학장으로, 퇴임 후엔 특별강사 대우로 있었다) 박태준은 1952년, 미 우스디 칼리지(Wooster College)로부터 명예음악박사 학위를 받았다.

연세대를 떠난 후 그는 큰아들이 있는 미국에 잠시 다니러 갔다가 건강 악화로 위를 3분의 1이나 잘라내는 수술을 받고 8년간 미국에 머물렀다. 다시 한국에 돌아와 1986년 10월 20일(양력) 86세로 세상을 떠났다. 그의 장례는 한국음악협회장으로 치러졌으며 유해는 경기도 파주군 교하면 일산 기독교 공원묘원에 안장되었다. 1905년 생인 부인 김봉열 여사는 2002년에 별세했다.

박태준-김봉열 부부는 슬하에 2남 3녀를 두었다. 위로 은자, 은보, 송자 등 3녀, 그리고 그 아래로 남식, 문식 두 아들을 남겼는데 자녀들 중에 음악의 대를 이은 이는 없다.

남대문교회에 세워진 박태준 찬송가비

독실한 기독교인이었던 박태준은 널리 불리는 찬송가 〈나 이제 주님의 새 생명 얻은 몸〉의 작곡가이기도 하다.

이 찬송가는 이호운(1911~1969)목사의 가사에 곡을 붙인 것이다. 그는 서울 남대문교회 집사로서 성가대를 28년간 지휘했다.

남대문 교회에서는 2011년 11월 20일 '박태준 박사 탄신 111주년 기념 예배 및 찬송가 기념비 제막식'을 가졌다. 박태준이 작곡한 주요 노래들의 제목이 적힌 흰색 철제 조형물과 함께 세워진 이 찬송가 비에는, 앞면에 "나 이제 주님의 ~~" 악보가, 뒷면에는 개인 약력이 새겨져 있다.

현재(2017년) 남대문 교회에는 그의 막내아들 박문식 집사가 다니고 있다. 박 집사는 1945년 생이므로 벌써 70이 넘어 은퇴 집사다.

박태준은 가곡, 동요, 찬송가, 교가 등 많은 작품을 남겼는데, 연세대 교가와 제헌절 노래도 그의 작품이다. "대은암 도화동 이름난 이곳~~"으로

남대문교회에 세워진 박태준 찬송가비

시작되는 필자의 모교인 경복중·고등학교 교가에 곡을 붙인 이도 박태준이다. 해방 후 일제 때의 일본어 교가 대신 우리말 교가를 새로 지을 때 가람 이병기 선생이 가사를 쓰고 박태준 선생이 곡을 붙여 만들었다. 박태준, 그는 한국 음악계의 기초를 다진 선구자였다.

막내아들 박문식 씨와의 만남

2011년 12월, 취재를 위해 남대문 교회에 전화를 했을 때 박태준 선생의 막내아들 박문식 집사의 전화번호를 알게 되어 통화를 하였다.

첫 번째 전화에서는 박태준 선생이 정확한 생년월일 등에 대해 물어보았다. 두 번째 통화를 했을 때 박 집사는 내게 "혹시 이장호 감독을 아느냐?"고 물었다.

박태준 선생의 막내아들 박문식 씨와 함께. 좌로부터 이정식, 영화감독 이장호 씨, 박문식 씨(2012. 4. 17.)

이 감독이 CBS TV 프로그램 진행자를 오랫동안 했으므로 내게 아느냐고 물은 것이었다.

물론 나는 이장호 감독을 오래전부터 알고 있다. 그런 인연으로 이장호 감독과 박문식 집사를 2012년 4월 17일 시내의 한 한정식집에서 함께 만나게 되었다.

두 분은 서울고 출신이다. 소설 〈별들의 고향〉을 쓴 작가 최인호 씨와 서울고 동기생들이다. 이장호 감독이 그의 출세작 〈별들의 고향〉을 영화화하게 된 것도 최인호 씨가 친구였기 때문이다. 한정식집에서 식사 후 기념사진도 한 장 찍었다.

박문식 집사는 이 감독과 함께 만나기에 앞서 부모님의 사진과 이은상 선생의 사진 등을 내게 메일로 보내주었다. 이 책에 실은 사진들이다.

그 후 2016년 말, 이 책에 실은 박태준과 현제명 등 4명이 들어 있는 사진에 대해 알고 있는지 박 집사께 물어봤다. 낮에 스마트폰으로 사진을 찍어 보냈는데, 밤에 답신이 문자로 왔다. 놀랍게도 박태준, 현제명 외 다른 두 분의 이름도 알고 있었으며 네 분이 모두 계성학교 출신으로 평양 숭실전문학교 시절 전도대와 4중창단을 결성해 전도활동을 했다는 내용이었다. 교남에 대한 설명도 덧붙여 보내 주었다. 이 글 중간의 교남 4중창단 내용은 박문식 집사가 보내준 문자를 거의 그대로 옮겨 실은 것이다. 선친에 대한 기억과 유산을 소중하게 여기는, 본받을 만한 효자라는 생각이 들었다.

남대문 교회에서는 2016년 10월 30일, '박태준 박사 30주기 기념음악회'를 열었다. 찬송가 〈나 이제 주님의 새 생명 얻은 몸〉을 비롯, 성가, 가곡, 동요 등 박태준의 주옥같은 작품들이 연주되었다. 이날 증손자 박서현(초등학교 1학년) 군이 증조 할아버지가 만든 동요 〈오빠생각〉과 〈새 나라의 어린이〉를 불렀다. 박문식 집사 차남의 아들이다. 고인이 하늘에서 증손자의 노래를 듣고 흐뭇해 하셨으리라.

희망의 나라로·그 집 앞

〈희망의 나라로〉를 꿈꾸던 일본 압제하의 조선 민족

현제명(1902~1960)은 홍난파(1898~1941), 박태준(1900~1986), 채동선(1901~1953)과 함께 초창기 한국가곡의 주춧돌을 쌓은 작곡가다. 이들은 우리 민족의 정서를 듬뿍 담은 아름다운 많은 가곡을 작곡하여 한국 가곡의 발전을 이끌었다.

물론 구한말 개화기에 이들보다 먼저 서양 음악에 접한 분들이 없는 것은 아니나 이 네 분을 가곡 초기의 공로자로 꼽는 데는 음악계에서 별 이의가 없어 보인다.

이 가운데 특히 홍난파와 현제명의 가곡은 매우 다른 노래의 분위기로 인해 종종 비교가 되곤 한다. 〈봉선화〉 〈사랑〉 등 홍난파의 곡이 대체로 애상조인데 반해 현제명의 곡은 〈희망의 나라로〉 〈오라〉 등에서 보듯이 밝고 경쾌하고 힘찬 선율이 특징이다. 성악가로서 테너이기도 했던 현제명은 타고난 성격 자체가 명랑 쾌활하고 활동적이었다고 한다.

현제명의 대표곡 중 하나로 1940년에 지어진 〈희망의 나라로〉는 대한민국 대통령 취임식에서 불릴 정도로 박진감 있는 선율에 가사 또한 미래를 향한 진취적인 내용을 담고 있다.

희망의 나라로

현제명 작시 작곡

배를 저어가자 험한 바다물결 건너 저편 언덕에
산천 경개 좋고 바람 시원한 곳 희망의 나라로
돛을 달아라 부는 바람 맞아 물결 넘어 앞에 나가자
자유 평등 평화 행복 가득한 곳 희망의 나라로

밤은 지나가고 환한 새벽 온다 종을 크게 울려라
멀리 보이나니 푸른 들이로다 희망의 나라로
돛을 달아라 부는 바람 맞아 물결 넘어 앞에 나가자
자유 평등 평화 행복 가득한 곳 희망의 나라로

그런데 필자에게는 〈희망의 나라로〉와 관련해 늘 의문이 있었다. 일제 식민지하에서 작곡된 노래인데 여기서 말하는 '희망의 나라'는 과연 어디란 말인가? 지금은 이 노래 속의 '희망의 나라'가 '대한민국'이라는데 아무도 이의를 달지 않지만, 당시엔 어떻게 해석됐을까? 그 시절에 과연 이 노래를 부르기는 했을까?

그러던 중 〈희망의 나라로〉가 일제 때 불려졌다는 사실은 작곡가 나운영(1922~1993)이 남긴 수상집을 통해 확인할 수 있었다. 나운영은 그의 제3 수상집 〈스타일과 아이디어〉(1975)에 다음과 같은 기록을 남겼다.

"일제 말기,(현제명) 선생이 독창을 하는 날에는 마스크를 쓰고 아무와도 이야기를 하지 않고 혼자서 무대 뒤를 조용히 걸어다니다가 〈니나〉 또는 〈희망의 나라로〉 〈고향생각〉 등을 감명 깊게 노래하는 것을 나는 여러 차례 목격했다. 즉 노래하기 전에 목을 쓰는 것이 좋지 않다는 점과, 노래하기 전에 정신을 통일시킨다는 점 등, 그 마음 자세를 우리는 본받아야 할 줄로 생각한다. 성악가가 연주 직전에 이야기를 많이 해서는 절대로 좋은 연주를 할 수 없다는 것을 무언 중에 가르쳐 주는 귀중한 예라고 생각된다."

현제명이 무대 위에 서기 전에 얼마나 목 관리에 신경을 썼는지를 말해주는 대목 속에서 〈희망의 나라로〉를 레퍼토리로 불렀음을 확인한 것이다.

서울대 관악캠퍼스의 음악대학 건물. 현제명은 서울음대 초대학장이었다.

테너 이인범의 레퍼토리

나운영은 1973년 9월 17일자 〈연세춘추〉에 쓴 고(故) 테너 이인범 교수 추모의 글 '선생이여, 고이 잠드소서'에서 이인범이 일제 때 〈희망의 나라로〉를 불렀던 일을 회고하고 있다.

"(이인범) 선생은 참으로 타고난 아름다운 목소리의 소유자였으니 선생이 1941년 일본 고등음악학교를 졸업하고 돌아와 1942년부터 현제명 박사가 주재하던 '경성후생실내악단'의 주동 멤버가 되어 삼천리 방방곡곡은 물론 만주까지 순회하면서 〈가고파〉 〈내마음〉 〈희망의 나라로〉 〈고향생각〉 〈산들바람〉 등 우리 가곡과 수많은 이태리 오페라의 아리아를 불렀을 때 선생의 인기는 김천애(소프라노) 씨와 함께 절정에 달했었으니……"

그 뒤 현제명의 일대기를 다룬 〈희망의 나라로〉(김중순 지음, 소통, 2010)를 접하게 되었는데 이 책에서는 〈희망의 나라로〉에 대해 다음과 같이 설명하고 있다.

"……현제명은 일제의 눈에 매우 위험한 인물로 간주되었다. 이미 〈조선의 노래〉를 발표하여 금지처분을 받은 바 있었던 현제명은 또 다른 기회를 노리고 있었고 드디어 불후의 명곡 〈희망의 나라로〉를 발표한 것이다. 일제 말기 암울했던 상황 속에서 겉으로는 어쩔 수 없이 친일의 흉내를 내고 있었지만, 민족을 향한 희망을 잃지 않으려는 제명의 의지와 신념이 얼마나 깊었는지 알 수 있는 곡이다. 이 역시 스스로 가사를 붙이고 명쾌한 리듬과 활달한 가락으로 곡을 써 여전히 전통적이고 애상적인 분위기에서 벗어나려는 몸부림을 볼 수 있는 대목이다."

젊은 시절의 현제명

현제명의 친일 문제에 대해서는 뒤에서 이야기하기로 하고 여기에서는 금지 처분을 받은 〈조선의 노래〉에 대해 잠시 살펴보자. 〈희망의 나라로〉는 〈조선의 노래〉와 분위기가 이어지는 듯한 것도 사실이다. 〈조선의 노래〉는 1930년 동아일보 신춘문예 가곡 부문에 당선된 노래로서 이은상 시에 현제명이 곡을 붙인 것이다. 지금 중년 이상 된 분들은 어린 시절 자주 들었던 이 노래를 모르는 이가 없을 것이다.

조선의 노래(후에 '대한의 노래'로 제목이 바뀜)

이은상 작시 현제명 작곡

백두산 뻗어내려 반도 삼천리
무궁화 이 강산에 역사 반만년
대대로 이어 사는 우리 삼천만
복되도다 그 이름 대한이로세

삼천리 아름다운 이 내강산에
억만년 이어나갈 배달의 자손
길러 준 힘과 재주 모두 합하니
우리들의 앞길은 탄탄하도다

보아라 이 강산에 날이 새나니
삼천만 너도나도 함께 나가자
광명한 아침해가 솟아오르니
빛나도다 그 이름 조선이로세

당시 현제명이 이 노래를 동아일보에 응모할 때는 작사자를 미상이라고 했단다. 후에 이은상으로 밝혀졌지만.

노래는 가사 때문에 일제에 의해 금지곡이 되었으나 암암리에 불려졌던 것으로 보인다.

1945년 해방이 되자 〈조선의 노래〉는 일시에 전국으로 퍼져나갔다.

작곡가 최영섭(1929~) 선생은 2016년 9월 필자와의 통화에서 〈조선의 노래〉와 관련해, "8·15해방 후 불과 2~3일 지나면서부터 서울 시내에서 이 노래가 불려지는 것을 보고 '아! 이런 노래가 있었는데 부르지 못하고 있었구나' 하는 생각을 했던 기억이 있다"고 증언했다.

〈조선의 노래〉를 국가 부르는 심정으로 불러

최영섭 선생과 비슷한 증언을 인터넷에서도 찾아냈다. 운호(雲豪) 정백영(鄭佰泳)이라고 이름을 올리신 분의 〈조선의 노래〉에 대한 다음과 같은 글이다. 앞의 글과 다소 중복되는 대목이 있으나 그대로 옮긴다.

"노산 이은상이 지은 〈조선의 노래〉는 1930년대 초반 동아일보사에 발표된 것으로 현제명이 작곡하였는데 당시의 청년들은 이것을 국가를 부르는 심정으로 불렀다.

현제명이 다녔던 대구 계성학교(현재는 계성중·고등학교) 핸더슨관

(이어 그 아래에 〈조선의 노래〉 가사와 〈애국가〉 가사를 좌우로 함께 올려놓았는데, 그 이유는 〈조선의 노래〉의 멜로디에도 〈애국가〉 가사를 붙여 불렀다는 설명을 하기 위함으로 보였다. 글은 이렇게 이어진다.)

우리들 세대는 우리말도 잃었다가 8·15 광복 후 공식적으로 학교에서 우리말로 처음 배운 노래가 〈조선의 노래〉이기에 감명 깊습니다. 맹동교(학교 이름인 듯) 운동장에서 전교생이 함께 모여 서서 배웠지요.

이 노래는 이별의 곡으로 불렀고, 그 다음 애국가 가사도 같은 곡으로 잠시 부르다 안익태 선생님의 〈코리아 판타지〉에서 애국가 곡이 확정되어 오늘의 애국가가 되었다고 기억됩니다.

그 당시 "복되라"는 "복되도다"로, "조선이로세"는 "조선이라네"로 고쳐 배웠고 "조선"은 대한민국 정부 수립 후 "대한"으로 고쳐 불렀습니다.

그 시절부터 조국의 통일을 바라고 빌어 왔건만 기막히는 6·25 민족상잔을 겪고 보리고개 넘으며 홍안 소년이 백발이 되도록 살아오면서 오늘도 통일의 희망을 버리지 못하고 잠 못 이루는 밤 염원 속에서 어린 시절을 회상해 봅니다."

위의 글은 2008년 12월 16일에 인터넷에 올려진 것으로, 후세를 위해 이러한 기록을 남겨주신 정백영 선생께 감사를 표한다.

이 글 가운데 "이 노래는 이별의 곡으로 불렀고, 그 다음 애국가 가사도 같은 곡으로 잠시 부르다…"라고 한 대목이 얼른 이해되지 않았다. 아무튼 우리 노래가 귀했던 그 시절 〈조선의 노래〉를 이별의 노래로도 불렀고, 그 멜로디에 애국가 가사 "동해물과 백두산이…"를 붙여 부르기도 했다는 의미 같았다.

현재 우리가 부르는 애국가 가사는 윤치호 작사설, 안창호 작사설 등이 있으나, 특정인의 작사라고 하기 어려운 점들이 있어 아직까지 '작자 미상'인 채로 있다. 이 가사는 구한말부터 스코틀랜드 민요인 〈올드 랭 사인〉의 멜로디에 붙여 불려지다가 1948년 대한민국정부 수립 때 안익태의 곡에 붙여 부르기 시작하면서 사실상의 국가로 정착되었다.

애국가와 관련해 최영섭 선생은, "일본이 항복 선언을 하던 1945년 8월 15일 밤 교인들이 교회에 모여 예배를 봤는데 이때 〈올드 랭 사인〉 곡조에 현재의 애국가 가사를 붙인 애국가를 불렀다"고 당시를 회고했다.

미국 유학 중 지은 〈고향생각〉과 〈산들바람〉

대구의 부잣집 아들로 태어난 현제명은 어려서부터 음악에 관심이 많았고 노래를 잘 불렀다. 대남소학교를 졸업한 후 계성학교에 다닐 때 나갔던 제일교회에서는 합창단에 들어가 테너로 활동하기도 했다. 이 합창단을 조직한 사람은 후일 〈동무생각〉을 지은 작곡가 박태준의 형 박태원(1897~1921)이었다. 박태준은 현제명보다 두 살 위다.

현제명이 숭실전문학교에서 만난 미국인 부흥전도사 로드히버 박사

현제명은 3·1만세 운동 후 형 승환의 주선으로 당시 최고의 명문학교였던 평양의 숭실전문학교에 입학했다. 음악을 탐탁지 않게 생각했던 아버지 몰래 형과 함께 가출을 해 저지른 입학이었다. 형 승환은 이때 일본으로 떠났다.

숭실전문학교에서는 성경, 과학, 수학과 더불어 음악을 필수로 가르쳐 현제명의 음악에 대한 갈증을 해소할 수 있었다. 또한 이 학교에는 계성학교 선배인 박태준이 다니고 있어 크게 의지가 되었고 함께 4중창단 활동도 했다. 훗날 애국가 곡조가 된 〈코리아 판타지〉를 작곡한 안익태, 〈가고파〉를 지은 김동진도 이 학교 출신이다.

많은 인재를 배출한 숭실전문학교는 1938년 일제가 신사참배를 강요하자 이를 거부하고 자진 폐교하였다.

현제명은 1923년 이 학교를 졸업한 후 전주에 있는 신흥학교 교사로 근무하다가 숭실전문학교 시절 만났던 미국인 선교사(부흥전도사) 로드히버(Homer A. Rodeheaver, 1880~1955) 박사의 주선으로 1926년 미국에 건너가 신학과 음악을 공부하게 되었다.

로드히버 선교사는 선교를 위해 숭실전문학교에 들렀다가 현제명의 노래를 듣고는 그에게 미국 유학을 주선하겠다고 약속했고 몇 년 후 그

약속을 지켰다. 현제명이 로드히버 선교사로부터 '미국으로 건너오라'는 초청장을 받은 때는 1926년 3월 양신선과 결혼한 지 얼마 되지 않은 신혼 초기였다. 아내 양신선은 자신의 패물 등을 팔아 현제명의 여비를 마련해 주며 남편의 유학을 격려했던 것으로 전해지고 있다.

현제명은 미국으로 건너가 로드히버 선교사의 의견을 따라 먼저 무디 신학대학(Moody Bible School)에서 공부한 후 건(Gunn) 음악학교에서 공부했다. 그는 미국 유학시절 성악 콩쿨에 입상하는 등 경력도 차곡차곡 쌓았다.

가곡 〈고향생각〉과 〈산들바람〉은 유학 시절 고향과 두고 온 아내와 가족들을 생각하며 지은 노래다. 그의 노래들이 대개 테너음역인 것은 자신이 테너였기 때문이다. 〈고향생각〉은 아직도 해외에서 열리는 동포들을 위한 음악회에서 빠짐없이 불리는 고국의 가곡이다. 〈산들바람〉은 평소 암송하던 정인섭 시인의 시에 곡을 붙인 것이다.

고향생각

현제명 작시 작곡

해는 져서 어두운데 찾아오는 사람없어
이 일 저 일을 생각하니 외롭기 한이 없다
내 동무 어데 두고 이 홀로 앉아서
밝은 달만 쳐다보니 눈물만 흐른다.

고향하늘 쳐다보니 별떨기만 반짝거려
마음 없는 별을 보고 말 전해 무엇하랴
저 달도 서쪽 산을 다 넘어 가건만

단 잠 못이뤄 애를 쓰니 이 맘을 어이해

산들바람

정인섭 작시 현제명 작곡

산들바람이 산들 분다
달 밝은 가을 밤에 달 밝은 가을 밤에
산들바람 분다
아~~ 너도 가면 이 마음 어이해

산들바람이 산들 분다
달 밝은 가을 밤에 달 밝은 가을 밤에
산들바람 분다
아~~ 꽃이 지면 이 마음 어이해

현제명은 1929년 귀국해 서울의 연희전문학교 영어강사(이때는 음악과가 없었다)가 되었고 이해 귀국 독창회도 열었다. 이듬해인 1930년에는 레코드 취입을 했고 1931년에는 첫 작곡집도 냈다. 1932년에는 조선음악가협회를 조직해 이듬해 초대 이사장이 되었다. 1933년에는 음악계의 선배인 홍난파와 함께 최초의 작곡 발표회를 개최하였다.

연희전문학교 재직 시절, 비록 학교에 음악과는 없었지만 그는 과외로 학생들에게 음악을 가르치고 합창단, 관현악단 등을 연습시켜 여러 곳에서 연주회도 가졌다. 현제명의 열정으로 학교에서는 음악을 교양과목의 하나로 채택하였다.

그는 1936년 재차 미국에 가 건(Gunn) 음악학교에서 박사학위를 받고 이듬해 귀국했다.

동우회 사건으로 10개월간 감옥생활

현제명이 귀국한 그해 1937년, 그가 친일로 기울게 되는 동우회(同友會) 사건이 발생한다. 동우회(당초 이름은 수양동우회)는 해외에 있던 도산 안창호(1878~1938) 선생의 지시로 소설가이자 언론인인 춘원 이광수(1892~1950)가 국내에 만든 흥사단 계열의 민족운동단체였다. 이를 불온시 여기던 일제가 중일전쟁을 일으킨 해인 1937년 6월, 조선인의 독립의지를 꺾고자 대대적인 검거에 들어가 이광수, 주요한, 조병옥 등 181명을 경성과 평안도 황해도 등 전국에서 일시에 체포 구금했다.

일제가 중국을 삼키려고 중일전쟁을 일으키기 한 달 전이다. 동우회 사건은 전쟁을 앞둔 일본이 조선인들의 사상운동을 말살하기 위해 동우회의 독립운동 혐의를 조사한다며 사소한 문건을 빌미로 의도적으로 일으킨 사건이었다.

이때 도산 안창호 선생은 조선에 있었다. 1932년 상해 홍구공원(虹口公園)에서 발생한 윤봉길 의사 폭탄투척 사건 후 현지에서 검거되어 경성으로 압송돼 치안유지법 위반죄로 서대문형무소에 수감되었다가 1935년 2년 6개월 만에 가출옥되었으나 동우회 사건으로 재수감 되었다. 옥중에서

춘원 이광수

병이 깊어져 1936년 12월 병보석되었는데 석달 후인 1937년 3월 간경화증으로 세상을 떠났으니 결국 옥사한 것이나 마찬가지다.

전국에서 검거 회오리가 불 때 동우회원이었던 홍난파, 현제명도 잡혀 들어갔다. 홍난파는 구속 72일 만에 석방되었는데, 현제명은 약 10개월 만에 석방된 것으로 알려져 있다. 구금돼 있는 기간에 고문으로 사망한 회원도 두 명이나 있었다. 음악인인 홍난파, 현제명도 고문은 피할 수 없었다. 홍난파는 이때의 고문 후유증으로 늑막염이 폐결핵으로 악화되면서 1941년 일찍 세상을 떠나게 된 것으로 전해지고 있다. 감옥에서 풀려난 현제명은 1938년 6월 홍난파와 함께 친일단체인 〈대동민우회〉에 가입한다는 성명을 신문에 발표했다.

동우회 사건은 리더였던 이광수가 친일 서약을 한 후 1941년 11월, 4년 5개월 만에 전원 무죄로 막을 내린다. 주요 관계자들 대부분이 친일 전향을 선언했음은 물론이다. 일제의 목적은 상당 부분 달성된 것으로 보였다. 조선의 젊은이들에게 학병을 권유하는 강연을 다니는 등 조선의 대표적 지식인 중 한 사람인 이광수의 친일행각이 이때부터 본격화되었기 때문이다.

민족과 친일 사이에서 방황하던 식민지의 예술인

일제는 청일전쟁(1894~1895), 러일전쟁(1904~1905), 만주전쟁과 만주국 건립(1931), 중일전쟁(1937~1945), 태평양전쟁(1941~1945)에 이르기까지 반세기 넘게 전쟁을 계속해 왔는데, 태평양전쟁에서 미국에 패배하기 전까지는 모든 전쟁에서 승리하며 욱일승천의 기세에 있었다. 이러한 분위기 탓에 1930년대 후반에 이르러서는 많은 조선인들에게 "이제 독립은 요원해졌다"는 패배주의가 만연해 있기도 했다.

현제명은 친일단체에 가입했음에도 불구하고 1940년 일제에 의해 연희전문학교의 교직에서 쫓겨난다. 미국 유학을 갔다 온 것과 동우회 사건 연루자였던 것 등이 이유였다.

당시 미국과 긴장관계에 있던 일본은 미국 선교사들을 미국의 첩보공작원으로 여기고 있었다. 현제명, 박태준(〈동무생각〉 작곡자)과 같은 미국 유학 출신들에 대해서도 당연히 의심의 눈초리를 보냈다.

1940년은 일제가 조선인들의 민족주의에 대한 미련을 뿌리 뽑기 위해 조선일보와 동아일보 등 두 신문을 폐간시킨 해다. 당시 두 신문의 논조가 반일적인 것은 아니었으나 조선어로 발행됨으로써 민족지라는 상징성이 있었기 때문이다. 표면적인 이유는 신문용지의 부족이었다.

일제 말기 현제명은 국민음악보급정신대 이사 등을 맡으며 이광수, 최남선, 김동환 등 대부분의 이름 있는 지식인들과 마찬가지로 친일의 길을 걷는다. 민족과 친일 사이에서 방황하던 지식인들이 당시 대부분 그렇게 변해갔다.

1942년 현제명은 성악가로서 활동의 폭을 넓혔다. 컬럼비아와 빅터 레코드에 〈나물 캐는 처녀〉 〈니나〉 〈토셀리의 세레나데〉 등의 노래를 취입했다. 1943년에는 경성음악연구원을 세웠는데, 이때 집에 있는 책상 걸상과 자녀의 학용품까지 학교 비품으로 갖다 놓았다는 일화도 있다.

현제명은 이전에 미국에서 낡은 피아노를 가져오면서 직접 나무박스를 짜서 피아노를 운송했는데, 나무박스를 짤 때 자신의 손을 망치로 잘못 내려치는 바람에 귀국할 때까지 손가락에 피멍이 들어있었다는 이야기도 전해진다.

우리나라 최초의 창작 오페라 〈춘향전〉

현제명은 1945년 해방 직후 서울 남산의 경성음악연구원을 경성음악학교로 개칭하고 이듬해인 1946년 이 학교가 서울대학교 예술대학 음악부로 개편되면서 초대 음악부장에 취임한다.

서울대 음악부 첫 입학생 가운데 일제 징병에서 살아 돌아 온 바리톤 오현명(1924~2009)이 있었다. 훗날 가곡 〈명태〉로 이름을 날린 바리톤 오현명은 어려서부터 노래를 잘했고 제대로 음악공부를 하고 싶다는 욕망을 갖고 있었으나 징병으로 그 꿈을 포기할 수밖에 없었다. 그는 해방 후 일본에서 귀국하여 현제명의 경성음악학교 학생이 되었다가 자연스럽게 서울대 음악부 학생이 되어 성악을 전공하게 되었다.

34세 때의 오현명(1958)

오현명은 만주 봉천에 살던 소년 시절에 집의 전축을 통해 레코드판에 들어있는 현제명의 〈나물 캐는 처녀〉와 〈고향 생각〉 등을 들었다.

"요즘도 가끔 FM 라디오 가곡 프로그램에서 현제명 선생님의 '푸른 잔디 풀 위로 봄바람은 불고……' 하는 〈나물 캐는 처녀〉를 듣게 되면 아련히 그 시절 생각이 난다. 마치 지금의 어느 중고등학생이 부르는 것 같은 그 노래가 그때 내게는 얼마

서울우리예술가곡협회 주최 제10회 서울예술가곡제에서 소프라노 김지현과 테너 이정원이 오페라 〈춘향전〉 중 〈사랑가〉를 부르고 있다.(영산아트홀, 2016. 10. 5.)

나 큰 공부가 되었는지 모른다.

'아, 나도 커서는 저 현제명이라는 분과 같이 노래를 불러야겠다'

하고 얼마나 많이 속다짐을 했던지……(노래나그네 오현명 자서전 『다시 부르고 싶은 노래』 46쪽, 세일음악문화재단, 2009.)

현제명은 1949년 한국 음악협회를 만들어 초대 이사장이 되었고, 한국전쟁이 발발하기 3개월 전인 1950년 3월에는 우리나라 최초의 창작 오페라인 〈춘향전〉을 완성해 부민관에서 첫 공연을 하기도 했다.

현제명은 1953년 음악부가 음대로 승격되면서 자연스럽게 초대학장이 되었다. 그는 학장 취임 후 민족음악을 발전시키고자 국악과를 설립하면서 당시 서울법대에 다니고 있던 황병기(국악인, 1936~) 학생을 강사로 발탁하는 파격적인 인사를 하였다. 황병기는 법학도였으나 대학 2학년 때 KBS 주최 전국국악콩쿨에서 1등을 한 탁월한 가야금 연주자였다.

황병기는 김종순이 쓴 〈희망의 나라로〉에서 이렇게 당시를 회고했다.

"국악이 미천한 옛 음악으로 여겨질 때 신념을 가지고 국악의 가치를 재발견할 수 있도록 만들어 준 그(현제명)가 없었다면 지금쯤 우리 국악은 더 많은 설움을 감내해야 했을지도 모르겠습니다. 그러므로 내가 쓰는 글은 책의 추천사이며 동시에 늘 잊지 않고 기억하는 고마움의 고백입니다. 그를 만날 수 있어 행복했고, 그가 있어 우리 음악도 행복했습니다. — 이화여자대학교 명예교수, 국립국악관현악단 예술감독 황병기"

현제명은 1960년 58세로 작고할 때까지 서울음대에 재임했다. 그는 〈고향생각〉〈산들바람〉〈그 집 앞〉〈나물 캐는 처녀〉〈희망의 나라로〉〈오라〉 등 24편의 가곡과 동요 다섯 편, 합창곡 세 편, 한국 최초의 오페라라고 할 수 있는 〈춘향전〉과 〈왕자호동〉 등 두 편의 오페라 곡을 남겼다.

그의 오페라 작곡은 우리나라 창작 오페라 운동에 하나의 큰 자극제가 되었다.

작곡집으로는 〈현제명 작곡집〉 1, 2집이 있고, 현제명 기념사업회에서 출간한 〈현제명 작곡집〉이 있다. 1954년에는 예술원 종신회원으로 임명되었고, 그해 제1회 예술원상을 받았다. 사후 1965년에는 문화훈장이 추서되었다.

오페라 〈춘향전〉은 종종 국내외에서 공연되는데, 2016년 가을 현제명의 〈춘향전〉이 가곡애호가들이 준비한 무대에 등장했다. 이 해 10월 5일 서울우리예술가곡협회(이경숙 회장) 주최로 여의도 영산아트홀에서 열린 제10회 서울예술가곡제에서 였다. 소프라노 김지현, 테너 이정원, 바리톤 박경준이 〈춘향전〉의 〈사랑가〉 등 주요 아리아를 열창해 관객들의 박수갈채를 받았다.

'대천 앞바다'로 불린 현제명의 면모

나운영이 현제명 사후 1973년 〈새교육〉 10월 호에 실은 '현제명 박사론' 중 다음과 같은 내용은 현제명의 면모를 짐작케 한다.

"선생은 수완이 좋고 포용력이 강해 휘하에 이유선, 김성태, 문학준, 이인범, 김생려, 정희석 등등 기라성과 같은 애제자를 항상 거느리고 있었으며, 반대파까지도 포섭하는 비상한 능력이 있어 그야말로 음악계의 총사령관(?)이었다고 해도 과언이 아닐 줄로 생각된다. 오늘날 서울대학교와 연세대학교 음악대학이 눈부신 발전상을 보여주게 된 것이나, 또한 국립교향악단이나 서울 시립교향악단이 교향악 운동에 주동적 구실을 하게 된 것은 모두 선생의 공(功)으로 돌린다 해도 이에 정면으로 도전할 사람은 별로 많지 않으리라 믿어지니 역시 인물이었다고 말 할 수 있으리라"

1974년 발간된 〈연세 음악 오십년사〉에는 연세대 총장이었던 백낙준 박사가 쓴 '현제명 박사의 사회적 기여'라는 다음과 같은 내용의 글이 실려있다.

"현 박사의 사회적 기여는 그의 인품과 예술에서 찾아야 한다. 그의 둥글고 부드러운 성품은 따스한 봄바람을 풍기어 우리 사회의 인화와 담합과 협력

서울음대 학장 시절의 현제명

의 분위기를 조성하여 주었다.

그의 예술 활동은 우리나라 양악사상 획기적인 공헌을 남기었다. 현 박사는 연희 전문학교 재직 시에 음악이 교과과목에 없었음에도 불구하고 과외로 고급 음악을 가르치고 연습시켜 오늘날 우리 악단에 우수한 음악가들을 내놓았고, 학생 합창대를 육성하여 국내외로 출연시키면서 메마르고 쪼들린 사회에 미와 흥을 돋구어 주었다."

현제명에게는 항공모함이라는 별명도 있었고, 대천 앞바다로도 불렸다. 항공모함이란 그의 머리가 벗겨져 이마가 툭 튀어나온 데 비유한 것이기도 하지만, 통이 크고 포용력이 있었기 때문이었고, 대천 앞바다란 별명 또한 그의 마음 씀씀이가 넓었음을 말해주고 있다.

또한 위의 나운영의 글 '현제명 박사론' 중 현제명의 곡에 대해 설명하는 대목이 나오는데 참고할 만하여 여기에 싣는다.

"선생은 많은 가곡과 두 편의 오페라를 작곡했다. 그중에서 〈고향생각〉이나 〈그 집 앞〉은 소위 창가에 가깝고, 〈산들바람〉 〈오라〉는 서정 소곡이라고 보는 것이 좋을 듯하다. 이밖에 〈니나〉나 〈나물 캐는 처녀〉 〈희망의 나라로〉는 건전한 의미에서 또는 넓은 의미에서의 팝송(?)이라고 나는 생각한다. 그런데 〈니나〉가 타나라 작곡의 〈니나〉와 제목이 같고 테마도 같으나 박자만이 달라 표절 혐의를 받은 것은 어쩔 수 없는 일이라 하겠고 〈나물 캐는 소녀〉가 슈베르트의 들장미(월계꽃)의 표절 또는 모작 혐의를 받은 것은 수긍이 안 간다. 이것은 아마도 악의에 찬 중상이라고 해두는 것이 옳으리라.

어쨌든 선생은 많은 가곡을 남겼으나 뭐니뭐니 해도 〈오라〉(앞산과 시내는 옛같이 푸르고……)가 대표작이라고 나는 단언하고 싶다. 나는 이 노래를 중앙고보 1학년 때 김형준 선생(가곡 〈봉선화〉의 작사자, 피아니스트 김원복 선생의 아버님)에게 배웠었는데 참으로 아름다운 곡이라고 생각된다."

〈오라〉와 〈그 집 앞〉

오라

현제명 작시 작곡

앞산과 시내는 옛같이 푸르고
하늘도 맑은데 바람은 우수수
오라 오-라 내 동무여

앞산에 초동과 베짜던 처녀여
어디로 가느냐 눈물을 흘리며
오라 오-라 내 사랑아

목동은 밭갈고 처녀는 베짜서
기쁘게 살도록
오라 오라 오라— 오-라

나운영 선생은 〈오라〉를 현제명 가곡의 대표작으로 꼽았는데 이에 대해 이의를 제기할 생각은 없지만 내 생각에 현제명 가곡 중 가장 널리 불리는 노래는 〈그 집 앞〉이 아닐까 한다. 다른 노래보다 비교적 부르기가 평이해서이기도 하고, 그 내용이 과거 젊은이들의 정서를 잘 표현하고 있기 때문이라고 본다.

요즘처럼 아파트에서 자라난 세대들에게는 〈그 집 앞〉이 마음에 잘 다가오지 않을 것이다. 그러나 나즈막한 마을과 동네에 옹기종기 살던 아파트 이전 세대는 누구나 〈그 집 앞〉의 가사에 공감하였다.

그 집 앞

이은상 작시 현제명 작곡

오가며 그 집 앞을 지나노라면
그리워 나도 몰래 발이 머물고
오히려 눈에 띌까 다시 걸어도
되오면 그 자리에 서졌습니다

오늘도 비 내리는 가을 저녁을
외로이 이 집 앞을 지나는 마음
잊으려 옛날 일을 잊어버리려
불빛에 빗줄기를 세며 갑니다.

박목월 시인

시인 박목월(1915~1978)은 그의 수상집 『구름에 달 가듯이』(삼중당, 1979)에 실은 'M으로 시작되는 이름'이란 수필에서 이은상의 시 「그 집 앞」을 소재로 다음과 같은 이야기를 털어놓았다.

그녀는 첫사랑의 소녀였다. — 이런 이

야기를 얼굴도 붉히지 않고 공개할 수 있는 지금의 그(박목월은 자신을 3인칭으로 표현했다) 자신이 측은한 생각조차 들었다. 늙은 것이다. 성(姓)은 김씨. 이름이 M으로 시작되었다.

그녀를 사귀게 된 것은 초등학교 2학년 —그의 이웃에 살았다. — 그는 소년기(少年期)를 온통 바쳐 그녀를 사모하였다.

— 겨울방학, 고향으로 돌아오자 어머니가 등을 쓰다듬어 주시며

"M이 결혼했다" 일러주셨다. 겨우 그녀가 열 다섯! 그도 열 다섯이었다.

— 그는 '어머니 등 뒤에서 환하게 웃던 그녀'의 모습을 그려보며 혼자 눈시울을 적시곤 하였다.

"오가며 그 집 앞을 지나노라면……"이라는 노래의 작사자는 노산 이은상 선생이다. 그가 그녀를 방문하지 못한 것은 "나도 몰래 발을 멈추는" 그 순정 때문이었다.

그렇다.

그녀와 현실적인 인연을 맺을 수 있는 충분한 기회를 가졌음에도 그것을 놓쳐 버리게 된 것은 그의 너무나 순수한 순정 때문이다.

노산의 노래처럼 "오가며 그 집 앞을 지나노라면……" 그녀가 사는 골목 안에 들어서기만 하여도 사방에서 그녀의 모습이 육박해 오고, 그녀의 향기가 진동하였다. 지금 '그녀의 향기'라고 표현한 이것이야말로 가장 순수한 감정 상태에서만 체험할 수 있는 천지에 서려 있는 사모하는 사람의 향기다.

— 만일 그 당시에 그녀와 접근할 수 있는 현실적인 계기가 마련되었더라면 그의 사랑은 좀더 구체화 되고 그녀와의 관계도 현실적인 것이 되었을 것이다.

지금의 그가 안타까워하는 것은 바로 그 점이다. 하지만 그렇다 하더라도 과연 그녀와 그가 결혼하였다면 40년이 지난 지금에도 그의 가슴

제4회 해설이 있는 가곡음악회 출연진이 〈그 집 앞〉을 합창하고 있다. 좌로부터 해설자 이정식 사장, 테너 이동현, 이안삼 작곡가, 소프라노 이현정, 정선화, 이윤숙, 바리톤 최강지(2016. 9. 23.)

에 서려 있는 애틋하고도 서러운 동경과 사모가 그대로 지속될 수 있었을까 심히 의심스러운 일이다. 그렇다면 그녀와의 결합이 이루어지지 않은 것도 축복이라면 축복일 수 있을 것이다. 참으로 지나간 일은 지나간 일로서 꿈과 같은 것이다. — 그녀는 영원한 그의 사랑 속에 살아있는 사람이다.

수필의 제목인 'M으로 시작되는 이름'은 박목월의 첫사랑일 뿐 아니라 많은 이들의 첫사랑일 터이다. 〈그 집 앞〉이 널리 사랑받는 가곡이 된 이유는 박목월의 그 같은 수필로 충분히 설명이 될 것 같다. 박목월은 현제명이 다닌 대구 계성학교의 후배이기도 하다.

현제명은 이은상의 시 〈가고파〉 전체를 가곡으로 작곡하기도 했다. 우리가 알고 있는 김동진(1913~2009) 곡 〈가고파〉와는 전혀 다른 곡이다. 〈가고파〉는 전체 10수에 이르는 긴 시조로서 우리가 알고 있는 김동진 곡 〈가고파〉는 앞의 4수만을 작곡한 것이다. 김동진은 20세 때인 1933년 〈가고파〉를 작곡한 후 60세 때인 1973년 나머지 부분을 마저 작곡했다. 먼저 것을 〈가고파 전편〉, 나중 것을 〈가고파 후편〉이라고 부른다.

서울음대 앞에 있는 현제명 흉상

나운영은 제3수상집 〈스타일과 아이디어〉(1975)에서 현제명의 〈가고파〉와 관련해, "164 소절이나 되는 대곡(大曲)을 지었으니, 그 노고가 짐작이 간다. 아마도 우리나라 가곡사상 이처럼 긴 곡은 또 없을 줄로 생각된다"고 기록했다. 현제명의 〈가고파〉를 한번 들어 볼 기회가 있을지 모르겠다.(이정식 가곡 에세이 『사랑의 시, 이별의 노래』(2011)에 〈가고파〉를 다루면서 시조 10수 전체를 실었으나 독자의 이해를 위해 이 책 후반부의 '〈가고파〉 원본에 대하여'에 다시 싣는다.)

관악캠퍼스의 서울음대 초대 학장 현제명 흉상

현제명은 4·19혁명이 나던 1960년 10월 16일 아직 젊다고 할 58세의 나이에 고혈압과 간질환으로 세상을 떠났다. 유족으로는 미망인 양신신 여사와 1남 4녀.

영결식은 서울대 음대 연주홀에서 치러졌다. 성악과 교수인 소프라노

현제명 흉상 뒤에 새겨진 서울음대 동창회의 헌사

이관옥이 관을 손으로 어루만지며 조가로 〈고향생각〉을 부르다가 서러움이 북받혀 노래를 마무리하지 못하고 관 위로 쓰러져 영결식장은 순간 울음바다가 되었다고 한다.

그의 사후 '대한민국 문화훈장'이 추서되었다. 현재 관악산 아래 서울음대 현관 옆에는 '초대학장 현제명 박사'라고 화강암 기단에 동판으로 이름이 새겨진 현제명의 흉상이 서 있다. 흉상 뒤에는 "생전의 공적을 기려 기념하고자 서울대학교 음악대학 동창회에서 이를 세움. 1961년 10월 16일"이라고 새겨놓았다.

선구자

일송정은 있고 선구자는 없고

봄비를 맞으며 마산으로

2014년 4월 12일. 이날 오전 중부지방에는 흐린 날씨에 가는 비가 흩뿌렸다. 청주를 거쳐 마산음악관과 마산문학관을 찾아가는 길이었다.

나는 2010년, 가곡 에세이 『사랑의 시, 이별의 노래』 취재를 위해 마산문학관에는 잠시 다녀 온 일이 있으나 마산음악관에는 들르지 못했었다.

이날 아침 마산음악관에 도착하니 오전 10시 30분. 주차장에 차를 대고 조각공원 안에 있는 음악관으로 들어가는데 오른쪽에 정자가 하나 보인다. 정자 위의 현판에 일송정(一松亭)이라고 쓰여있다.

"아하! 만주 용정의 일송정을 본떠서 세워놨다는 것이 바로 이것이었구나."

그런데 정자 바로 앞에 아무것도 쓰이지 않은 작지 않은 화강암 비석이 하나 서 있었다. 자세히 보니 무언가를 써 놓았던 것을 지웠던 지국이 있다.

'가곡 선구자 가사가 적혀 있던 것을 반대 여론 때문에 지웠다'는 기사

작곡가 조두남

를 본 기억이 났다. 안쓰러웠다.

일송정 옆에는 커다란 소나무가 한 그루 서 있다. 가지가 조화롭게 펴진 잘생긴 소나무였다. 바로 옆 잔디 위에는 기증자의 이름이 새겨진 자그마한 검정색 기증석이 세워져 있다. 다음과 같이 쓰여있었다.

"금번 조두남 기념공원이 이곳에 만들어지면서 중국 용정시(龍井市)에 있는 일송정을 재현하게 됨에 따라 우리 의원 일동은 일송(一松)을 기증하여 독립을 갈구했던 선구자의 푸른 기상을 영원히 기리고자 한다.

2002. 6. 25. 마산시의회(제3대) 의원 일동(이름 생략)"

자그마한 음악관 안으로 들어갔다. 내가 이날 첫 방문객인가 보다. 젊은 직원이 전시실의 불을 켰다.

이 직원에게 확인할 겸 모른 체 하고 물었다.

"저쪽 정자 옆 비석에 무엇이 쓰여있던 것을 지운 것 같은데 무엇이었소?"

"잘 모르겠다"는 대답이 왔다.

나이 좀 든 직원이 옆에 있었다.

이분 역시 "온 지 얼마 되지 않아 잘 모르겠다"고 말했다. 그런데 이 음악관과 관련해 친일이니 뭐니 하는 얘기는 들은 적이 있다고 했다.

마산조각공원 안의 일송정과 지워진 노래비

전시실은 소박했다.

선구자의 작곡가 조두남(1912~1984) 선생의 유품과 지역 음악계에 끼친 업적 등을 적은 전시물이 전체의 반쯤 차지하고 있었다. 나머지 공간엔 이 지역 출신인 가곡 〈고향의 노래〉의 작곡가 이수인(1939~), 동요 〈산토끼〉의 작곡가 이일래(1903~1979), 가요 〈불효자는 웁니다〉 〈산장의 여인〉 〈울고넘는 박달재〉의 작사가 반야월(본명 박창오, 1917~2012) 선생의 사진과 간략한 설명이 한쪽 벽에 붙어있다. 그밖에 '근대 창원 음악의 흐름'이란 제목으로 이 지역의 음악 발달사가 또 다른 쪽 벽면에 트럼펫 등 전시물과 함께 길다랗게 적혀 있었다.

조두남 기념관에서 마산음악관으로 바뀐 사연

음악관은 마산조각공원 안에 있는데, 공원 앞쪽에는 커다란 우물이 있었다. 물론 모형이다. 선구자 가사에 나오는 '용두레 우물가'의 모습을 만들어 놓은 것이다.

마산음악관은 원래 조두남기념관이었다. 마산시가 〈선구자〉를 작곡한 조두남 선생의 업적을 기리고 지역의 관광자원으로 활용하기 위해 11억 원의 예산을 투입하고 유족들로부터 각종 자료 1천200여 점을 기증받아 2003년 5월 개관했다.

그런데 시민단체 등이 조두남 선생의 친일 의혹을 강력히 제기하면서 조두남기념관은 개관한 지 1개월도 안 돼 휴관에 들어갔다. 이후 마산시와 시의회가 여론 수렴 과정을 거쳐 이름을 마산음악관으로 바꾸고 전시 내용도 조두남 선생을 비롯해 이수인, 이일래 작곡가 등 지역 출신 음악가로 확대키로 결정하고 2005년 6월 재개관케 된 것이다.

대표적인 항일 가곡으로 알려졌던 〈선구자〉. 만주 벌판에서 말 달리던 우리의 선조들의 모습을 연상시키면서 우리 민족의 가슴을 뜨겁게

마산조각공원 안의 용두레 우물가

했던 노래. 이 노래의 작곡과 관련해 조두남 선생이 생전에 남긴 글이 남아있다.

조두남이 쓴 〈선구자〉 작곡의 전말

조두남은 1912년 평양에서 태어났다. 일본의 우리나라에 대한 본격적인 식민지배가 시작된 지 2년 후다. 그는 어려서부터 음악에 재주가 있었던 모양이다. 7세 때 미국인 캐논스(J. Cannons) 신부에게 작곡을 배워 11세 되던 해인 1923년 가곡 〈옛 이야기〉를 발표해 주목을 받았다.

18세 때 부친을 잃은 후 진로를 고민하던 그는 무작정 집을 나가 만주로 가 고향집에서 부쳐주는 돈으로 봉천과 하얼빈 등에서 방랑생활을 했다.

그가 〈선구자〉(최초의 제목은 〈용정의 노래〉)의 작사가 윤해영을 처음이자 마지막으로 만난 것은 그의 나이 스무 살 때인 1932년. 목단강 주변의 어느 싸구려 여인숙에 묵고 있을 때였다. 강변을 거닐다 동네 어귀에서 여인숙 주인을 만났는데 이 사람이 말하기를 일본 형사 같은 사람이 찾아와 그를 기나리고 있다고 했다. 빈가워할 일이 아니었다.

조두남 수상집,『그리움』(1982)

조두남은 그가 세상을 떠나기 2

년 전인 1982년 와병 중에 펴낸 제2 수상집 〈그리움〉에서 〈선구자〉의 작사자 윤해영을 만난 일을 '윤해영과의 상봉'이란 소제목 아래 이렇게 회고하고 있다.

윤해영과의 상봉

그 시절 만주에서는 낯선 사람의 방문을 받는다는 것은 반갑기보다는 신경을 곤두세우게 되는 일이었다. 만주에서는 당시 이웃사람끼리 서로 만나서도 서로의 과거를 알려고 들지도 말하려 들지도 않았다.

방에서 기다리는 낯선 객이 일본인 형사 같더라는 말에 적이 두려운 심정으로 그를 만났다. 그 사람은 조그마한 키의 깡마른 체구에 낡은 외투를 걸친 초췌한 차림의 젊은이였다. 그는 귀에 익은 함경도 사투리로 자기는 윤해영이라는 사람으로 이리저리 떠돌아다니며 장사하는 사람이라고 자신을 소개했다. 그러나 나는 이 사람이 독립운동을 하는 사람임을 직감적으로 느꼈다.

나보다 서너살 위로 보이는 윤 씨의 눈빛은 침착하고 강력했으며 깊은 신념과 의지가 담겨 있어서 아무리 보아도 장사하는 사람의 눈빛은 아니었다.

"조 선생이 작곡을 하신다는 말씀은 벌써부터 들어 왔습니다만 이곳저곳 떠돌아 다니다 보니 이제야 찾게 되었습니다. 조 선생께 부탁드릴 것은 이곳에 흘러 들어와 살고 있는 우리 동포들이 시원하게 부를 수 있는 노래를 하나 만들어 달라는 것입니다."

연신 손수건으로 입을 틀어막고 기침을 해대는 그는 고생으로 시달린 풍상의 흔적과 병색이 완연했지만 예리하게 번득이는 그의 눈엔 뭔가 새로운 저항과 저력이 있는 듯했다.

윤해영은 주머니를 뒤적이더니 구깃구깃한 종이 한 장을 내 앞에다 내 놓았다. 거기에는 〈용정의 노래〉라는 제목으로 "일송정 푸른 솔은 늙어 늙어 갔어도 한줄기 해란강은 천년 두고 흐른다. 지난날 강가에서 말 달리던 선구자 지금은 어느 곳에 거친 꿈이 깊었나"로 시작되는 세 절의 시가 적혀 있었다.

조두남에게 가사를 주고 간 시인 윤해영

조두남의 회고('윤해영과의 상봉')는 이렇게 이어진다. 문법적으로 조금 다듬어지지 않은 부분이 있지만 그대로 옮긴다.

나는 그날 처음 만난 윤 씨로부터 내가 말로만 들었을뿐 한번도 가본적이 없는 북간도 용정땅의 이야기를 들었다. 그곳에 까지 뻗쳐 들어온 일본 경찰의 세력과 본토박이 중국 사람의 노골적 적대감, 그 속에서 고생을 견디며 꿋꿋하게 살아가는 우리 동포들의 생활, 또 용정을 배경으로 벌이는 독립군들의 용감한 활약에 대한 이야기를 자세히 들으면서 나는 독립투사들이 오고 가며 거친 발걸음을 잠시 쉬는 일송정 용정 고개를 쉽게 머리 속으로 떠올릴 수 있었고, 예나 지금이나 다름없이 흐르고 있는 해란강 물줄기도 또 용주사 종소리도 눈에 선하게 보이는 듯 했다. 차근차근하게 이야기를 들려주던 윤해영은 그가 내민 가사에 곡을 붙여주면 달포쯤 지난 다음에 다시 찾아와 노래를 배워 가겠다는 말만 남긴 채 바람처럼 떠나갔다.

바쁜 걸음으로 떠나가는 그를 바라보면서 나는 무척이나 약한 듯한 그의 몸이 만주 벌판의 거센 바람을 이겨낼 것 같지 않은 불길한 예감에 사로잡혔다.

우리 민족이 다 함께 조국의 광복을 기다리며 희망을 잃지 않고 부를 수 있는 노래를 시어 날라며 떠나간 윤해영은 한 달이 지나고 두 달이 지나도 다시 내 앞에 나타나지 않았다.

나는 그후 해방이 될 때까지 만주 벌판을 돌아다니며 가는 곳마다 윤해영의 소식을 물었으나 그는 끝내 찾을 길이 없었다.

당시 항일전선에 몸바쳐 나선 혁명 동지들은 서로의 정체를 구태여 알려고 하지도 않고, 묻지도 않는 것이 불문율처럼 되어 있었다. 따라서 독립 운동을 하는 사람들은 이름도 여러 번 바꾸고 때로 적의 음모로 자신의 정체가 밝혀질 낌새가 보일 때면 어디론가 사라져 숨어 살기 때문에 절친했던 동지끼리라도 연락이 끊어지기 일쑤고 심지어는 동지 중 누가 죽는다 해도 모르는 경우가 많다는 것이었다.

나는 윤해영의 죽음을 믿을 수가 없었다. 옛날에 목단강변의 석양 사이로 불쑥 나타났듯 꼭 그렇게 그가 나타나 줄 것만 같았다. 나는 윤해영에 대해 이름 석자 밖에는 아무것도 모르지만 조국이 해방된 그 기쁨을 송두리째 그에게 또 그처럼 조국 광복을 위해 피를 흘리며 싸우다 죽어간 숱한 이름 모를 독립 투사들에게 바쳤다.

머나먼 낯선 땅에서 자칫하면 내 나라 내 민족을 잊어 버리기 쉬운 동포에게

마산조각공원. 안쪽에 마산음악관이 보인다.

마산음악관에 있는 조두남 선생의 피아노 치는 모습(모형)

조국의 얼을 심어 주려던 갸륵한 윤해영은 그토록 바랬던 해방이 된 지금 어느 차가운 땅속에서 이 기쁨을 누릴까? 낮에는 어두운 숲속 둥지에 숨어 있다가 밤이 되면 논 밭 가까이에 나와 들쥐를 잡아먹는 접동새 마냥 일본 관헌의 눈을 피해 밤에만 외진 길을 걸어야 했던 서러운 우리 독립투사들! 그 넋이 피어서인지 〈용정의 노래〉는 놀랄만큼 빠른 속도로 입에서 입으로 전해 불리어졌다.

해방을 맞고 나서 나는 과거의 한이 담긴 〈용정의 노래〉라는 제목 대신에 윤해영처럼 높푸른 기상을 지닌 독립투사들을 일컫는 〈선구자〉로 제목을 바꾸어 달았다.

또 유랑민의 서러운 심정이 뚝뚝 묻어나는 2·3절의 가사에서도 "눈물 젖는 보따리"나 "흘러 흘러 온 신세" 같은 구절을 빼버리고 "활을 쏘던 선구자", "조국을 찾겠노라 맹세하던 선구자" 등을 넣고 "지금은 어느 곳에 거친 꿈이 깊었나"는 일절의 것을 그대로 후렴으로 반복시켰다.

오랫동안 기다렸던 해방을 맞아 새로운 희망과 환희에 들떠 있는 사람들에게 만주 벌판에서의 쓰라린 유랑 생활의 한이 배어있는 지난날의 가사를 그대로 부르게 하는 것보다는 조국 광복을 위해 고생하던 애국지사들의 발자취를 기리는 내용이 더 나을 것 같았기 때문이었다.

윤해영이 살아 있더라면 나는 꼭 그에게 새로운 가사를 지어달라고 졸랐을 터이지만 그럴 수도 없고 해서……. 윤 씨는 나에게 시를 건네주면서, 좀 더 강렬한 내용을 담고 싶었지만 그 당시 우리 민족이 처한 처지를 생각하면서 만들었다고 했는데 (윤해영이 내게 한) 그 말을 토대로 가사의 2·3절 가운데 일부를 내가 뜯어 고쳤다.

해방이 되자 〈선구자〉는 많이들 불리어 왔으나 1963년 12월 30일 서울 시민회관에서 개최됐던 '63송년음악회' 때 서울시립교향악단의 반주로 지금은 미국에서 활약하고 있는 경희대학교 음악대학 교수였던 바리톤 김학근 씨가 부른 것을 그때 기독교 중앙방송국 음악과장이었던 최성진 씨가 그 연주를 테이프에 녹음하여 이 곡을 〈정든 우리 가곡〉이란 프로의 시그널 뮤직으로 7년동안을 매일 방송함으로써 더욱 널리 알려지게 된 것이다. 이 곡은 하나의 소품에 지나지 않으나 소절 소절마다 정열을 기울여 정확하게 불러야 작곡자의 의도를 잘 나타내는 것으로 여겨진다. (조두남 제2수상집 〈그리움〉 41~43쪽, 세광출판사, 1982)

논란의 핵심은 조두남이 남긴 이 같은 회고의 글이 사실이냐 허구냐 하는 것이다.

조두남 기념관에 반대했던 이들은 조두남이 자신이 작곡한 유명가곡 〈선구자〉를 미화하기 위하여 사실을 왜곡했다, 즉 소설을 썼다고 주장한다. 과연 조두남이 소설을 쓴 것일까? 선생이 세상에 없으니 이에 대해 대답해 줄 사람이 없다.

아무튼 이와 같은 조두남의 기록에 따르면 〈선구자〉의 원본인 〈용정의 노래〉의 원래 가사는 다음과 같이 정리할 수 있다.

용정의 노래[〈선구자〉 원본, 1932년의 가사, ( )안은 해방후 고친 가사]

윤해영 작시 조두남 작곡

일송정 푸른 솔은 늙어늙어 갔어도
한줄기 해란강은 천년두고 흐른다
지난날 강가에서 말달리던 선구자
지금은 어느 곳에서 거친 꿈이 깊었나

용두레 우물가에 밤새소리 들릴 때
뜻깊은 용문교에 달빛 고이 비친다
이역하늘 바라보며 눈물 젖은 보따리(활을 쏘던 선구자)
지금은 어느 곳에서 거친 꿈이 깊었나

중국 길림성 용정 인근 산 위의 일송정과 소나무. 니콘300밀리 망원렌즈로 촬영(2015. 7. 11.)

용주사 저녁종이 비암산에 울릴 때
사나이 굳은 마음 길이 새겨 두었네
조국을 찾겠노라 흘러흘러 온 신세(맹세하던 선구자)
지금은 어느 곳에 거친 꿈이 깊었나

지금의 가사와 2절과 3절에 한 군데씩이 다르고 나머지는 같다.

조두남은 앞서 말한 대로 2절의 "눈물 젖은 보따리"는 "활을 쏘던 선구자"로 3절의 "흘러흘러 온 신세"는 "맹세하던 선구자"로 후에 자신이 바꿨다고 했다.

"맹세하던 선구자"는 괜찮은데, "활을 쏘던 선구자"는 왠지 좀 시대적으로 어색한 느낌도 있다.

용정의 해란강 위에 놓인 해란교. 오토바이를 탄 남녀가 해란교 위를 지나가고 있다.(2015. 7. 11.)

윤해영은 친일작가인가 저항시인인가?

시집도 사진도 없는 논란 속의 시인 윤해영

아무튼 이렇게 가사를 바꾼 것은 해방 후의 일. 작사자 윤해영이 이미 죽어 그의 손으로 개작이 어렵다고 생각했기 때문일까?(후일 알려진 바로 윤해영은 해방 후 1950년대까지 생존해 있었다.)

조두남은 분명히 여관에서의 첫 만남 후 그를 만난 적이 없다고 했는데, 조두남을 비판하는 이들은 두 사람이 만났을 것으로 추측한다. 어떤 증거가 있는 것은 아니지만 정황상 두 사람이 만났을 것이고 그럼에도 불구하고 조두남이 그를 아예 죽은 사람 취급했다고 주장한다. 거짓말을 했다는 것이다. 아무리 만주가 넓다 하더라도 같은 시기에 같은 예술 활동을 했으므로 만나지 못했을 리가 없고 증언도 있다면서, 조두남이 윤해영을 1932년 이후 못 만났다고 주장하는 이유를 이렇게 분석한다.

"그렇다면 그(조두남)는 왜 윤해영을 끝내 만나지 못 했다고 썼을까? 그를 계속하여 '신비의 인물'로 남겨둠으로써 〈선구자〉의 역사적 정당성을 지키려 했던 것은 아닐까."(경남도민일보 김주완 기자, 2003.6.7.)

경남도민일보의 김주완 기자는 조두남, 윤해영에 관한 기사를 가장 많이 쓴 기자인데, 그는 이 기사의 뒤에 연변인민출판사 류연산 편집부장의 말을 빌어 "윤해영의 친일이 알려지면 자신의 친일마저 알려질 것을 우려해 그를 '신비의 인물'로 남겨두려 한 것 같다"고 덧붙이기도 했다.

저항시인으로 알려졌던 윤해영이 사실은 친일작가였기 때문에 조두남은 그러한 사실이 밝혀질 경우 자신이 작곡한 유명가곡 〈선구자〉가 훼손

될 것은 물론 자신의 친일 행적도 드러날 것이 두려워 상상력을 동원해 소설을 썼을 것이라는 주장인 것이다.

그러면 조두남은 어떠한 친일을 했으며 윤해영은 친일작가가 분명한가? 윤해영은 시집도 사진도 남아있는 것이 없다. 〈선구자〉를 비롯, 발굴된 9편의 시가 전해질 뿐이다.

먼저 윤해영에 대해 말한다면 그가 친일을 했다는 주장이 있는 반면 정반대로 반일작가였다는 주장도 있다.

윤해영이 친일을 했다고 주장하는 이들은 "그 근거가 그의 작품 속 용어와 표현에 명백히 나타나 있으므로 논란의 여지가 없다"고 말한다.

이에 대해 윤해영을 옹호하는 측은 "윤해영은 만주국(일본이 1932년에 만

용정의 용두레 우물가. 우물 앞에 '용정이란 지명의 기원이 된 우물'이라고 쓰인 표지석이 서 있다.

주에 세워 1945년 일본 패망때까지 유지됐던 괴뢰국가)에서 사용하는 일상적인 낱말을 차용하는 등 당국의 허를 찌르는 예술적 표현의 기교로 덫을 놓아 검열과 감시를 피해간 저항시인"이라고 반박한다.

윤해영을 친일시인이라고 보는 시각

해석이 상반되는 시 가운데 가곡 〈선구자〉로 제목이 바뀐 〈용정의 노래〉와 형식면에서는 똑같으나 내용면에서는 친일 즉 만주국을 찬양하는 시라고 지적되는 〈낙토만주(樂土滿洲)〉를 예로 들어보자. 〈낙토만주〉는 〈선구자〉 멜로디를 그대로 적용할 수 있는 시다. 윤해영을 친일로 비판하는 이들이 〈용정의 노래(선구자)〉와 비교하면서 그가 변절한 확고한 증

용정의 옛 대성중학교와 시인 윤동주 흉상. 별의 시인 윤동주라고 새겨져 있다. 윤동주는 용정의 은진중학교에 입학했다가 평양의 숭실학교로 전학했으므로 이 학교에 다니지는 않았다. 윤동주 기념관도 이곳에 있다.

거로 보고 있는 시인 것이다.

낙토만주

오색기 너울너울 낙토만주 부른다
백만의 척사(拓士)들이 너도나도 모였네
우리는 이 나라의 복을 받은 백성들
희망이 넘치누나 넓은 땅에 살으리

송화강 천리언덕 아리장이 행화촌(杏花村)
강남의 제비들도 봄을 따라 왔는데
우리는 이 나라의 흙을 맡은 일꾼들
황무지 언덕우에 힘찬 광이 두르자

끝없는 지평선에 오곡금파(五穀金波) 굽실렁
노래가 들리누나 아리랑도 흥겨워
우리는 이 나라의 터를 닦는 선구자
한 천년 세월 후에 영화만세 빛나리

(주: 원본의 내용이므로 여러 부분이 현재의 맞춤법과 조금 다르다)

이 시에 대해 윤해영의 친일 의혹을 가장 먼저 제기한 것으로 알려진 전 인천대 오양호 교수는 그의 논문 『윤해영 시의 율격과 시대의식 고찰』(1995. 5.)에서, "여기서 '이 나라'는 말할 것도 없이 일본이 세운 허수아비 나라 만주국이며, '선구자'의 의미는(조두남이 곡을 붙인 앞의 가곡 〈선구자〉의 그것과) 정반대"라고 지적하고 있다. 말하자면 변절의 증표라는 것이다.

"〈선구자〉가 민족의 투혼과 독립의지의 형상화라면, 〈낙토만주〉는 일본의 괴뢰정권인 만주국의 건설에 대한 송축"이라고 오 교수는 단언한다.

그러면서, "설사 〈선구자〉가 문학성이 높은 시로 평가된다고 하더라도 (그의 다른 작품인) 〈낙토만주〉〈척토기〉〈오랑캐 고개〉 등에 나타나는 반민족적 시의식으로 하여, 그를 일제에 항거하고 그 투혼을 노래한 민족문인의 차원으로만 이해되는 것은 문학사적 면에서 볼 때 올바른 자리매김이 아니다. 따라서 〈중국조선족문학사〉의 기술과 같은 평가는 재고 되어야 한다"고 했다.

오 교수가 자신의 논문에 인용한 〈중국조선족문학사〉의 〈선구자〉에 대한 기술은 다음과 같다.

"선구자는 1930년대 초기에 창작된 후(조두남 작곡) 널리 보급되어 크낙한 영향력을 산생한 노래이다. 이 작품에서 시인은 현대의 령마루에 서서 흘러간 민족의 력사를 돌이켜 보면서 외래의 강포에 대항하고, 민족해방을 위하여 분연히 떨쳐나 슬기와 용맹, 절개와 위훈으로 자랑을 떨친 우리 조상들 특히 선구자들을 절절하게 추모하면서 민족의 비운을 한몸에 지니고 나라와 미녹을 건져낼 선구자들의 출현을 그 같이 고대하고 있다.

이 노래는 그 시적 정서가 비장하고 겨레의 넋이 세차게 사품치고, 민족의 념원과 정서를 대변함으로 하여 당시는 물론 오늘에 이르기까지도 아주 널리 전승되여 불리우고 있다."(〈중국조선족문학사〉 193쪽, 연변인민출판사, 1990)

윤해영을 저항시인으로 보는 시각

그러면 윤해영을 친일시인이 아니라고 보는 측의 시각은 어떠한가? 문예비평가 김영수 씨를 대표적으로 꼽을 수 있을 것 같다. 그는 2005년 '윤해영은 친일시인이 아니라 진솔한 민족 시인'이라는 내용이 담긴 『몽상의 시인 윤해영』(2005)이란 책을 펴냈다.

김영수 씨는 그의 저서에서 "〈낙토만주〉는 고구려와 발해의 환유로 민족의 꿈이고 기도이다. 또 기도가 소원하는 파노라마의 내용이다."라고 해석한다. 만주국을 찬양하는 시가 아니라 만주가 사실은 고구려와 발해의 땅이었으니 의당 지금도 우리의 땅이라는 저의가 담긴 시라는 것이다.

그러므로 이 시의 도입부에 나오는 오색기(五色旗)도 만주국의 국기인 오색기가 아니라 고구려의 오색기라고 본다. 오색기는 옛 고구려에서도 썼고, 신해혁명(1911년) 후 중화민국에서도 한동안 오색기를 상징적인 깃

용정을 거쳐 백두산에 오르다(2015. 7. 11.)

발로 썼다고 김 씨는 말한다.

오색기는 바로 오족(五族)을 나타내는데 만주국을 구성하는 주요 다섯 족속 즉, 한족, 만주족, 조선족, 회족, 일본족을 일컫는다. 신해혁명 때의 오족은 중국 한족, 만주족, 몽고족, 회족, 서장족이었으며, 고구려의 오족은 계루, 순노, 소노, 관노, 절노의 다섯 족속이라고 김 씨는 그의 책에서 설명하고 있다.

따라서 윤해영이 그의 시에서 사용한 낙토, 오색기, 오족 등 그의 어용적 자세를 추정하게 하는 낱말들은 실은 저의를 감추고 검열 등에 선수를 치기 위한(검열관이 의심하지 않도록 하기 위한) 전략이라는 것이다.

김영수 씨는 시를 외향적 의미로 단정짓는 무지한 현상이 안타깝다면서, 윤해영을 이렇게 규정한다.

"윤해영이야말로 일제 강점기 재만 시인 가운데서 가장 특출한 방식으로 저항정신을 구현하면서 저항의 길을 걸어간 한 사람의 저항시인이라고 할 수 있다. 그것은 민족의 꿈을 이렇게 아리랑 정서(그의 시 가운데 〈만주 아리랑〉과 〈아리랑 만주〉가 있다)에 담아 검열과 감시의 장애물을 넘어 민족을 향해 읊은 진솔한 시인이 달리 없기 때문이다."

윤해영은 결코 친일 시인이 아니라고 외치는 것이다.

윤해영 시에 대한 상반된 해석

윤해영의 '아리랑 정서'

김영수 씨가 앞에서 언급한 윤해영의 '아리랑 정서'에 대해 좀 더 살펴볼 필요가 있다.

오양호 교수는 '아리랑'과 '오족'이 함께 등장하는 〈만주 아리랑〉의 경우, "우리의 대표적인 민요인 아리랑에 '오족' 운운하는 구절은 상상할 수 없다"고 기막혀 하는 입장이고, 김영수 씨는 "아리랑이야말로 윤해영 시의 중심"이라고 해석한다. 보는 방향이 완전히 다르다.

『몽상의 시인 윤해영』에서 다시 인용한다.

"시인은 '아리랑'을 제재로 한 변이형(별조) 아리랑 시를 두 편 썼다. 〈만주 아리랑〉과 〈아리랑 만주〉가 그것이다.

윤해영 시에서 중심점을 이루는 사상은 바로 이 아리랑의 서사(mythos, 신화 체계)이다. 〈용정의 노래〉를 기점으로 다른 8편의 시 모두가 아리랑의 서사이다.

아리랑이란 낱말은 우리 민족의 한과 정서를 뜻하며, 수난과 역경을 상징한다. 또한 희망과 꿈의 상징이 되기도 한다.

……

그래서 윤해영의 시들은 시의 문맥상 만주국을 찬양하는 것이 아니라 역설적으로 역사적으로나 지정학적인 사실로서의 고구려나 발해와 같이 만주 땅에 새로이 묵시적으로 이룩한 아리랑의 나라와 그 평화로운 삶의 전경을 노래하고 있는 것이다."(이 책 44~45쪽)

비판의 이유는 비교적 명료한데, 변호는 매우 힘겨워 보인다. 주제가 '친일'이기 때문이다. 증거와 신념 없이 "그게 아니다"라고 변호에 나섰다가는 자칫 뭇매를 맞을 수도 있는 사안이 '친일'의 문제다.

당사자들이 모두 고인이 된 지 오래됐고, 사안의 민감성과 시라는 주제의 난해성 때문에 모두가 침묵하고 있을 때 책까지 펴내며 반론을 편다는 것은 대단한 용기라고 생각된다. 김영수 씨는 책에서 자신이 조두남과 가까운 사이였다고 밝히고 있다. 김영수 씨의 글은 시에 대한 깊은 내공 없이는 쓸 수 없는 것이며, 비판하는 측에 있는 사람들이 간과하고 있는 부분도 분명히 있으리라고 본다.

윤해영은 해방 후 북한에 들어가 활동하다가 1956년경 사망한 것으로 알려져 있다. 해방 후 북한은 남한에 비해 친일 청산에 철저했으므로 그가 친일시인이었다면 북한에서 발 붙이기가 어려웠을 것이다.

시인 윤해영에 대한 정확한 평가는 북한에서의 그의 행적과 자료 등을 찾아 본 후에 내려져야 할 것 같다.

조두남에 대한 김영수의 변호

2002년 12월 4일 '열린사회 희망연대'라는 시민단체는 마산시의 조두남 기념관 준공을 앞두고 〈조두남기념관 개관 준비 중단과 조두남 선생 친일 행적 조사를 촉구한다〉는 제목의 성명을 냈다.

희망연대는 이 성명에서 조두남 선생의 친일 행적에 대한 증언이 나왔다며 다음과 같이 그 내용을 제시했다. 원문 그대로 옮긴다.

시사월간지 〈말〉 2002년 11월 호에서 현재 연변에서 활동하고 있는 작가 류연산 씨가 생전에 조두남 씨와 친분이 있던 연변 음악계의 원로 김종화 씨를 1995년 5월에 만나 "조두남 선생도 〈징병제 만세〉 〈황국의 어머니〉라는 친일 노래를 작곡했다. 김종화 선생은 1944년 조선 청진에 갔다가 돌아오는 길에 남양 골목에 나붙은 무슨 악극단의 포스터를 보았는데 조두남 작곡으로 된 〈간첩은 날뛴다〉였다. 이를 보고 공연을 관람하게 됐는데 내용은 '간첩'들이 경찰서를 치는 것을 주의하고 미리 막아야 한다는 것이었다고 한다. 여기에서 말한 간첩이란 항일 세력이었으니 〈징병제 만세〉와 다를 바 없는 것이었다"라는 증

김영수 지음, 『몽상의 시인 윤해영』(우신출판사, 2005)

언을 들었다고 한다.(희망연대 성명 중 해당 내용)

시민단체의 이러한 문제 제기와 논란의 결과로 조두남기념관은 결국 개관 한 달 만에 문을 닫았고 그 후 선구자노래비의 글자가 모두 깎인 채(화강암 비석은 그 자리에 남아 있다) 마산음악관으로 재개관하게 되었다.

조두남의 친일 노래 작곡에 대해 김영수 씨는 이렇게 말한다.

"조두남의 재만(在滿) 시절은 군국주의의 탄압이 극심한 시대였습니다.

이러한 역사적 맥락 속에서 음악가로 활동한 조두남은 〈용정의 노래〉, 〈그리움〉, 〈제비〉, 〈산〉, 〈접동새〉 등의 주옥같은 작곡에서 저항정신으로 일관한 민족적인 정체성을 드높였고, 생존을 위해 비록 어용곡을 작곡하면서도 부를 수 없게 작곡함으로써 소극적인 저항의 자세를 보였습니다. 이러한 조두남의 지혜와 자세는 오히려 우리 모두를 감탄케 합니다. 이것은 생존을 위한 자기 위장의 행위로 볼 수 있습니다.

이러한 재만 시절의 조두남의 입장을 가지고 평가에 임해야 균형감각을 지닌 결론에 도달할 수 있습니다."(『몽상의 시인 윤해영』, 179~180쪽)

"어용곡을 작곡하면서도 부를 수 없게 작곡했다"는 말은 무슨 애기일까? 놀랍게도 이 같은 증언을 한 사람은 〈말〉지가 조두남의 친일 노래 작곡을 증언했다고 한 연변의 김종화 씨로부터 나온 것이었다.

슬픈 민족역사의 깊은 상흔, 〈선구자〉

연변 음악가 김종화의 증언

김영수 씨는 2003년 7월 19일부터 23일까지 마산시와 마산 시민단체 합의로 발족된 〈조두남 친일 의혹 조사단〉의 일원으로 중국 연길에 다녀왔다.

이때 김종화 씨를 만났다. 김종화 씨는 1921년 생으로 당시 82세였는데 건강이 좋지 않다고 하여 조사단에 참여한 단체의 질문을 모아 류연산 씨(당시 연변인민출판사 편집부장)가 대표로 질문을 하기로 하고 방문했다고 한다. 김 씨는 김종화 씨에게 들은 이야기를 이렇게 기록했다.

> 김종화 댁에서 만난 김종화는 예상보다 건강한 모습이었습니다. 그러나 귀가 좀 멀어 쉽게 대화가 되지 않았습니다.
>
> 질문자가 조두남이란 이름을 꺼내자 그만 글썽이더니 눈물을 흘리면서 악보를 뒤져 조두남의 곡 〈산〉을 부르는 것이었습니다.
>
> ……
>
> 겨우 질문이 〈징병령 만세〉에 관해 묻자 악보를 찾아 들더니 한 소절 부르면서 조두남이 이 곡은 부를 수 없게 작곡했다는 것이었습니다. 어떻게 부를 수 없게 했는가를 실제로 다시 한 소절 불러 보이며 음정의 템포가 맞지 않는다고 했습니다.
>
> 그러면서 조두남이 곡을 붙였다는 〈아리랑 만주〉와 〈목단강의 노래〉를 각각 한 소절씩 불러 보이며 조두남이 〈징병령 만세〉를 고의적으로 부를 수 없게 작

곡했다는 것이었습니다.

……

필자는 필자의 질문이 하나도 이루어지지 않게 됨으로 류연산에게 재만 시절의 조두남의 두 제자가 누구 누구인가 물으라고 재촉했습니다. 김종화는 서슴없이 자기와 안향락이라고 했습니다.

……

이어 윤해영에 관해 말을 하자 그만 눈물을 흘리면서 그는 인격자이고 친절하고 정이 깊은 사람으로 지금도 조두남과 함께 보고 싶다고 했습니다.

그러면서 44년 음악회를 마친 뒤 윤해영의 집에서 모두 축하연을 벌였는데 헤어질 무렵 조두남이 〈목단강의 노래〉를 부르고 돌아가자고 하여 노래를 불렀는데 윤해영이 마루에서 죽은 아내와 아이의 사진액자를 안고 울더라는 것입니다. 그러자 그 시를 작곡한 조두남이 당황해하면서 사연도 모르고 노래 부르자고 해서 미안하게 되었다고 말하더라는 것이었습니다.

……

김종화는 윤해영이 47년경 월북한 것으로 기억하고 있었습니다. 그리고 윤해영이 56~57년경 작고한 것으로 연변에서는 풍문으로 알고 있었습니다. 태평양전쟁 종전 후 김종화는 윤해영이 작사한 〈동북인민행진곡〉을 조두남의 뒤를 이어 자기가 작곡하였는데 그 곡이 널리 보급되었다고 하면서 한두 소절을 불렀습니다. (『몽상의 시인 윤해영』, 141~143쪽)

김영수 씨는 류연산을 대표 질문자로 하는 바람에 자신의 질문 사항은 제자 문제 외에는 꺼내보지도 못했다며 김종화의 입에서 무슨 딴소리가 나올지 모른다는 불안감에서 나온 그들의 봉쇄술책이었다고 그의 책에 써놓았다.

소프라노 이규도 씨 내외와 조두남 선생(가운데)

그런데 위의 기록에 따르면, '조두남이 1932년 이후 윤해영을 만나지 못했다'는 얘기는 사실과 다르다고 할 수 있다.

조두남을 옹호하는 입장에 서 있는 김영수 씨가 기록한 것이므로 더욱 사실에 근접한 내용으로 보여진다.

그러면 조두남은 왜 윤해영과의 관계를 사실대로 말하지 않았을까?

류연산 씨 같은 이는 "윤해영의 친일이 알려지면 자신의 친일마저 알려질 것을 우려해 그를 신비의 인물로 남겨두려고 한 것"(경남도민일보, 2003. 6. 7.) 이라고 말했다고 하지만, 필자는 그 이유를 이렇게 추측한다.

윤해영을 숨긴 이유는 그가 북한으로 갔기 때문일 수도

1948년 남북 양측의 정부 수립으로 분단이 고착화된 이후 남한 내에서는 북한뿐만 아니라 공산권의 작품들은 일체 금지되었다. 노래도 예외가 아니었다. 북한에 있거나 월북한 작사가나 작곡가의 작품은 부를 수 없었다. 반공을 더 중시했으므로 예술가의 친일 문제에 대해서는 생계형으로 보아 오히려 관대했다고 할 수 있다.

〈선구자〉의 경우 윤해영이 북한에 들어갔다면 월북 작가가 되는 것이고, 중국에 남아있었다고 하더라도 공산화된 중국이 당시에는 적국(敵國)의 하나였으므로 별로 다를 바 없었을 것이다.

사실 여부는 단정할 수 없지만, 인터넷상의 〈위키백과〉를 보면 "윤해영이 북한에 들어가 북한 정권의 토지개혁 정책을 찬양하는 〈분배받은 땅〉이라는 노래를 발표하기도 했다는 증언도 있다"는 내용이 있다.

만약에 당시 윤해영이 어디에 있는 인물인지 드러났다면, 〈선구자〉는 빨간 딱지가 붙어 금지곡이 되었을 것임이 틀림없다.

우리가 잘 아는 이흥렬 곡 〈바위고개〉의 경우를 보자. 이 노래는 1934년 발표되었다. 그런데 해방 후인 1948년 작사자인 이서향이 월북했다. 그것이 문제가 될 것 같자 그 후 이흥렬이 작사자 이름을 자신으로 바꿨다. 그래서 아직까지 대부분의 악보책에는 〈바위고개〉가 이흥렬 작사작곡으로 되어있다.

그러한 처사를 비판하는 사람도 있지만, 그 일을 비판적으로만 보아야 할까? 만약에 그렇게 하지 않았다면 〈바위고개〉는 부를 수 없는 노래가 되어 이미 오래전에 잊혔을 것이다.

조두남은 살아생전에는 친일 논란의 대상이 된 일이 없었다. 그러므로 만약에 조두남이 윤해영을 신비의 인물로 둔갑시켰다면 이흥렬과 같은 이유가 아니었을까 생각한다. 윤해영이 해방 후 북한으로 들어갔으므로 자신이 작곡한 〈선구자〉가 금지곡이 될 것을 우려한 때문이 아니었을까

마산역 앞의 선구자 노래비

하는 추측도 해 본다.

김영수 씨의 책 속에 연세대 음대학장을 지낸 테너 이인범(1914~1973)과 조두남의 대화를 실어놓은 것이 있어 참고로 소개한다.

"70년대 초 조두남이 성악가 이인범의 병문안을 갔을 때 그 집 근처까지 필자(김영수)가 동행한 적이 있었습니다.

필자는 이인범이 일제 말기에 일본 군가를 부르며 순회공연을 한 사실을 말하면서 조두남에게 당신도 만주에서 음악활동을 했다면 일본을 찬양한 곡들을 작곡했을 터인데 이실직고하시오라고 웃으면서 물은 기억이 납니다.

그러나(조두남은) 너털웃음을 웃으면서 악극단을 위해서 하룻밤에 1,2곡을 후딱 작곡을 해치웠지, 그러면서 반드시 당국을 지지하는 노래를 두세 곡 부르지 않으면 악극단 공연허가를 받을 수 없었다라고 하던 말이 기억났습니다."(『몽상

의 시인 윤해영』, 173쪽)

친일의 문제와 관련하여, 당시의 음악인들은 누구나 같은 처지였기 때문에 숨길 수 있는 문제가 아니었다는 이야기이다. 그러한 문제는 우리 현대 음악의 대표적인 작곡가인 홍난파, 현제명, 이흥렬뿐 아니라 애국가의 작곡가 안익태의 경우도 예외가 아니다.

목숨 바쳐 조국을 찾겠노라 독립투쟁을 한 선열들을 생각하면 어찌 친일을 옹호하거나 변명하겠는가? 그러나 예술 작품은 탄생한 그 당시 상황에서 이해하는 것이 타당하다는 견해가 많다.

예술 작품은 아니지만 1919년 3·1운동 당시 기미독립선언서를 보자. 이를 기초한 육당 최남선(1890~1957)은 일제 말기 변명하기 어려운 짙은 친일의 흔적을 남겼다. 독립선언서를 낭독한 민족대표 33인 가운데 끝까지 친일로 돌아서지 않은 분은 소수에 불과하다. 하지만 해마다 광복절에 낭독되는 기미독립선언문의 의미나 가치가 변하지 않듯 문학, 예술 작품도 그러한 관점에서 보는 것이 어떨까 한다.

그러므로 오랜 세월 우리의 가슴을 뜨겁게 달구어 온 가곡 〈선구자〉도 귀중한 음악적 자산으로 존중되는 것이 바람직하지 않겠는가 생각한다.

일제 강점기, 우리민족에게 슬프고 잔인했던 그 시절의 이야기는 세월이 흐른 후에도 이렇게 우리의 마음을 늘 아프게 한다. 그것이 지금까지도 남북 분단의 비극과 이어지기 때문에 더욱 그렇다.

사공의 노래

강릉의 노래가 된 황해도 시인의 시

작사가 함효영 시인 셋째 아들과의 만남

2011년 5월 고교 선후배와 저녁을 함께 한 일이 있다. 나의 첫 번 가곡 에세이집 『사랑의 시, 이별의 노래』가 출간되어 나오기 며칠 전이었다.

새로 나올 나의 책이 화제가 되었는데, 내용이 가곡 이야기라니까 후배 한 사람이 내게 물었다.

"그 책에 〈사공의 노래〉도 들어있습니까?"

"없는데……?"

"그 노래 작사자가 우리 후배의 아버지예요."

작사자의 아들이 경복고 후배가 된다는 이야기였다.

"작사자가 아주 옛날 분일 텐데, 생존해 계신가?"

"돌아가셨을 겁니다. 그 친구(후배)가 막내라고 들었습니다. 강릉 경포대에 노래비가 있는데 그 아들이 세운 겁니다."

"그분 한번 만나봐야겠네……"

"제가 그쪽에 전화를 해 놓겠습니다."

〈사공의 노래〉 노래비가 있는 경포호 풍경

〈사공의 노래〉 노래비 윗면

〈사공의 노래〉 작사자 함효영(咸孝英, 1905~1988) 선생 유족과의 만남은 이처럼 우연한 기회에 찾아왔다. 〈사공의 노래〉는 유명 가곡임에도 작사자에 대해서는 알려진 것이 거의 없다. 이름조차 악보집마다 달라서, 함효영이라고 제대로 되어있는 것이 있는가 하면 함호영으로 되어있는 악보집도 많다. 필자가 가지고 있는 1967년에 나온, 당시 우리나라의 주요 가곡을 수록한 악보집 〈한국가곡전사〉에도 함호영으로 잘못 인쇄되어 있다. 이 노래를 작곡한 홍난파는 워낙 유명하지만 작사자는 지금까지 베일에 가려져 있었다.

이튿날 당장 작사자의 아들 함태헌 씨에게 전화를 했다. 그는 나의 전화를 받고 반가워했다. 함 씨는 사업을 한다고 했다. 굵은 바리톤 음성이었다. 나에 대해 전화를 받았노라고 했다.

함 씨는, 〈사공의 노래〉 시비가 강릉의 경포대 바로 아래 경포 호숫가에 있으며, 10년 전인 2001년에 자신이 경비를 부담해 세웠다고 했다.

나는 이날 그에게 인터넷에 '〈사공의 노래〉 저작권 양수자를 찾는다'는 공고가 떠 있다는 이야기를 해주었다. 한국가곡연구소에서 '외국인을 위한 한국가곡집'을 펴낼 계획인데, 〈사공의 노래〉는 저작권 연고자가 저작권협회 등에 등록되어 있지않아 찾고 있다는 내용이었다. 지금이라도 저작권 등록을 하라고 했다. 이날 전화는 길지 않았다. "가까운 시일 내에 한번 만납시다"하고 통화를 마쳤다.

경포 호숫가에 서 있는 노래비

그리고 시간이 두 달쯤 흘렀다. 2011년 7월 5일 필자는 경포대에 있었다. 강원도 평창이 2018년 동계 올림픽 개최지로 결정 발표되기 하루 전날이다. 당시 '2018 평창동계올림픽 유치기원 10만 국민대합창' 행사를 이끈 '사단법인 월드하모니'의 이사장이었던 필자는 평창을 둘러볼 생각으로 이날 서울을 떠났다. 그처럼 목적지는 '평창'이었지만 또 다른 목적은 경포호수의 〈사공의 노래〉 노래비를 찾아보는 것이었다.

청년 시절의 함효영

〈사공의 노래〉 노래비는 함 씨가 가르쳐 준 그 자리에 있었다. 주변에 다른 시비도 몇 개 눈에 띄었다.

시비는 호수 안쪽으로 길쭉하게 뻗어있는 잔교(棧橋) 입구에 양쪽으로 나뉘어져 나지막하게 서 있었다. 특이한 형태다. 호수 쪽을 바라보며 오른쪽 입구에 희고 둥근 돌기둥을 어린이 키만 한 높이로 비스듬하게 자른 듯한 형태의 시비가 서 있고 맞은편에 시비를 세우게 된 내력을 간략하게 뒷면에 쓴 검은색 석비가 세워져있다.

사공의 노래

함효영 작시 홍난파 작곡

두둥실 두리둥실 배 떠나간다
물 맑은 봄 바다에 배 떠나간다
이 배는 달 맞으러 강릉 가는 배
어기야 디어라차 노를 저어라

순풍에 돛달고서 어서 떠나자
서산에 해지며는 달 떠 온단다
두둥실 두리둥실 배 떠나가네
물 맑은 봄 바다에 배 떠나간다

젊은 시절 시인이자 배우였던 함효영

이렇게 노래가 새겨진 시비의 건너편에 있는 검은색 석비 앞면에는 〈사공의 노래〉라는 제목만 적혀있고, 뒤에는 2001년 10월 1일 자로 이렇게 새겨져 있다.

"작사가 함효영의 시선은 강릉을

향해 열려 있었다.

달빛을 실은 배처럼 강릉에 대한 사랑으로 가득한 그의 노래말은 오래도록 사람들의 사랑을 받아왔다.

강릉에 대한 애정이 남달랐던 윤천금, 김남중, 권상탑, 진재중은 그의 예술혼과 맑은 인품을 기리고자 노래비를 세우기로 뜻을 모은다. 선생의 예술혼과 강릉에 대한 애정을 조각작품으로 형상화한 것은 최옥영이 맡았다.

함효영 선생의 차남 함태헌이 노래비 제작에 소요되는 모든 경비를 충당하고 강릉시장 심기섭이 뜻을 같이해 강릉을 상징하는 경포호수에 또 하나의 달을 맞는 배의 모습으로 이 노래비를 띄운다."

시조묘가 있는 강릉에 갔다가 지은 시

정작 함태헌 사장을 만난 것은 시비를 보고 온 며칠 후인 2011년 7월 13일이었다. 그의 사무실은 체코의 프라하 광장 앞에 있는 유서 깊은 옛 시청 건물을 본떠 만든 서교동의 캐슬 프라하 빌딩 4층에 있었다. 그는 체코와 관련있는 사업도 하고 있다고 했다. 나는 그와 한 시간 반가량 이야기를 나누었다.

함 씨는 시인의 3남 5녀 8남매 중 막내. 시비에는 차남이라고 되어 있는데 함 씨는 삼남이다. 그가 시비를 세우게 된 동기는 이랬다.

2000년 가을 우연히 경포대 해변에 있는 '월'카페에 들렀다가 카페 주인 윤천금(가수) 씨가 피아노를 치며 〈사공의 노래〉를 부르는 것을 들었다. 노래가 끝난 후 자연스럽게 함께 이야기를 나누게 되었다. 함 씨는 자신이 이 노래 작사자의 아들임을 밝혔고, 그 뒤 윤천금 씨를 비롯해 강릉의

바이올린을 켜는 홍난파

뜻있는 분들이 의기투합, 다음 해에 경포 호숫가에 시비를 건립하기에 이르렀다고 했다.

시비는 당초 호수 안으로 뻗어있는 잔교 앞에 있었다. 조각품인 작은 청동배 전면에 호수에 뜬 달 모양의 돌을 조각하여 시를 새겨 넣었다. 그런데 2002년 태풍 루사 때 경포호수의 물이 갑자기 불어나 시비가 물에 잠기면서 호수 아래로 떨어져 나갔다. 시비가 무겁고 물이 깊어 건지기가 어려웠다고 했다. 그래서 지금의 위치에 시비를 다시 세웠다.

함 씨로부터 들은 이야기를 토대로 작사자에 대해 정리하면 이렇다.

함효영은 황해도 재령에서 1905년에 태어났다. 강릉 함 씨다. 20대 후반이었던 1930년대 초 어느 날 시조묘가 있는 강릉에 갔다가 이곳의 아름다운 풍광을 보고 시를 지었는데 그것이 〈사공의 노래〉다. 그 뒤 평소 교분이 있던 홍난파가 그의 시에 곡을 붙였다. 시를 지은 때는 1932년이라고 한다. 함효영이 27세 때다.

서울 종로구 홍파동 '홍난파의 집' 전시실에는 동요, 가곡 등에 대한 작곡연대표가 붙어 있는데, 〈사공의 노래〉 작곡연대는 1936년으로 적혀있다. 그러므로 이 노래는 1941년 세상을 떠난 홍난파가 생전에 지은 마지막 가곡이라고 할 수 있다.

함 씨는 선친이 해주고보를 졸업했으며, 그 후 일본 도쿄대에 유학을 했으나 졸업은 하지 못한 것으로 안다고 말했다. 동아일보, 조선일보 등에서 기자를 잠시 했고 30대에 사업을 하기 위해 인천으로 이주한 것으로 들었다고 했다. 함효영은 1927년 10월 동아일보 황해도 황주(黃州)지국 기자로 임명된 기록이 있다.

작가 최독견의 사진이 들어있는 『승방비곡(외)』 표지.(도서출판 범우, 2004)

함효영은 다재다능했다. 젊은 시절 문학에 심취했던 그는 시와 소설 두 분야를 넘나들며 글을 썼다. 그가 쓴 시와 소설 등이 일제 때 발행되었던 조선중앙일보(1930년대 6년간 발행됐던 일간신문) 등에 남아있다. 문인으로서 함효영은 주요한, 심훈, 이석우 씨 등과 교분이 있었다.

1934년 5월 16일 동아일보는 이 해 동경에서 재일본 동경 한인문인들이 월간문예지 〈조선문인〉을 발간키로 하고 '조선문인사'를 창립했다는 기사를 싣고 있는데, '조선문인사' 소속 문인으로 마해송, 유치진, 윤복진 등과 함께 함효영의 이름이 올라있다.

영화배우도 했던 함효영 시인

훤칠한 미남이었던 그는 20·30대 시절 한때 영화배우도 했다. 〈승방비곡(僧房悲曲)〉이란 영화에서는 주연을 했다고 함태헌 씨는 말했다. 〈승방비곡〉은 소설가 최독견이 1927년 5월부터 9월까지 조선일보에 연재했던 장

1958년 재개봉된 〈승방비곡〉 포스터.
여배우 엄앵란의 얼굴이 돋보인다.

편소설을 영화화한 것으로서 1930년 5월 31일 개봉됐다. 이구영 감독의 작품이다. 주연배우로 주삼손, 성춘경, 이경선, 김연실, 윤봉춘 등이 소개되어 있다. 함 씨는 선친이 당시 예명을 썼는데, 어떤 예명을 썼는지 형제 중에 아는 이가 없다고 했다. 당시 영화에 출연한 데 대해 할아버지(함효영의 부친)가 크게 노하셨다는 얘기도 들었다고 한다.

〈승방비곡〉은 사랑하는 남녀(최영일, 김은숙)가 우여곡절 끝에 결혼에 이르게 되는데 결혼식 당일 아비가 다른 남매임을 알고 괴로워하며 결국은 헤어진다는 내용으로 요즘의 '막장 드라마'를 생각나게 하는 소설이다.

승방비곡은 이 소설의 마무리 부분에 나오는 여주인공 김은숙의 어머니가 결혼식 날 음독 전에 남긴 '유서'가 절정이라고 할 수 있다. 다음은 이 소설 마지막 장면에 나오는 '유서'의 내용이다.

〈승방비곡〉의 마지막 장면

유서!

영일과 은숙아, 사랑하는 나의 아들과 딸아……. 나는 이제 저 생의 문을 열며 이 글을 너희 두 남매에게 쓴다……. 영일아 나는 지금 이 시간이 아니고는 이십육 년이라는 긴 세월을 두고 하루도 잊어 본 적 없는 나의 피를 나눈 너를, 나의 아들아 하고 불러보지 못한 나는 얼마나 애달팠으랴!

서울 종로구 홍파동 홍난파의 집과 집 앞의 홍난파 흉상

—(중략)—

내 아들아, 딸아. 이 어미에게도 이십육 년 전이라는 젊은 시절이 있었다. 내가 너희들에게 할 이야기는 이십육 년 전보다 좀 더 올라가서부터 시작해야 할 것이다.

나는 열여덟 되던 해 봄에 어떤 양가집 며느리로 출가했다. 남의 아내가 되었다. 그러나 나는 남의 아내로서 불행했다. 출가한 지 오 년 후인, 내가 스물세 살 되던 해 가을에 그 남편은 병으로 세상을 떠났다.

그 후로 나는 남편 없는 시집에서 남편을 추억하며 바람 부는 황혼, 달 밝은 새벽, 청상다운 생활을 하고 있었다.

그때다. 나는 청춘에 세상을 떠난 남편의 명복을 빌기 위해 승방에서 백일기도를 올리게 되었다. 영일아, 그 승방이라는 것이 네가 이십육 년 간 쓸쓸하게 자라난 운외사 승방이다. 그때 그 절의 방주가 곧 너의 고독한 생명을 키워 준 너의 스님 해암이었다.

아직 백일기도가 끝나지 않은 어느 날 밤이었다. 내가 홀로 고요히 누운 어두운 방에 한 개의 검은 그림자가 나타났다.

영일아, 이 검은 그림자의 주인은 누구이겠느냐. 그것은 곧 방주 해암이었다. 너의 스님이었다. 그것이 곧 네가 지금까지 모르고 지내 온 너의 아버지의 그림자였다.

……

내 몸의 이상이 다른 사람의 눈에 띌만한 때에 나는 모든 사람의 눈앞에서 사라졌다. 그리하여 해암이 정해주는 비밀한 곳에서 빛을 등지고 일곱 달이라는 어두운 세월을 보냈다. — 그리하여 강보에 싸인 피묻은 생명은 해암의 지시대로 따뜻한 어머니의 품을 떠나 어두운 새벽 쓸쓸한 절 마당 한 귀퉁이에 떨어지게 된 것이었다.

……

아이들아, 그 뒤에 나는 어떤 경로를 밟아서 은숙이를 낳게 되었을까. — 비밀한 사랑의 씨를 남몰래 낳아서 남모르게 내버린 그때도 나의 집 어머니와 아버지는 알았지만은 나는 어떠한 시골로 가서 이미 받은 마음의 상처를 고치는 동안에 다시 나는 여자로서 부활하게 되었다. 지금의 은숙이 아버지인 김 씨에게 재가를 하게 되었다. 그리해 김 씨의 정중한 사랑의 씨로 은숙을 낳게 되어 묵은 상처도 차차 감추어질 때에 서울로 올라와 살게 된 것이다.

영일아 그 후로 나는 꽃 피는 봄, 벌레 우는 가을, 비 내리는 아침, 바람 부는 저녁, 운외사에서 쓸쓸하게 자라나는 너를 생각하고 남모르게 흘린 눈물이 그 얼마나 많았으랴.

……

마당에서는 장차 깨어질 너희들의 행복을 실은 자동차의 나팔 소리가 들린다. 아이들아, 너희의 앞길은 아직도 멀다. 부디 굳세게 살아다오……. 이것이 길을 가는 어미의 마지막 청이다.(최독견 소설 〈승방비곡〉 중)

결혼식장으로 떠나는 김 씨 집 자동차의 클랙슨 소리를 들으며 유서를 쓰고 있다는 이야기다.

이 소설은 1930년 이구영 감독의 동양영화사에서 영화로 제작된 이후, 1935년 〈삼천리〉에 재수록 되었고, 동양극장에서는 대표적인 신파극의 레퍼토리로 반복 공연되었다. 1958년 윤봉춘 감독에 의해 리메이크되어 재개봉되었는데 성소민, 김신재, 정민, 엄앵란, 이룡 등이 출연했다. 홍보 포스터에는 당시 22세였던 여배우 엄앵란이 가장 돋보이게 그려져있다.

가곡

작품명	작사자	발표년도
봉선화	김형준	1926
봄	이은상	1933
봄처녀	이은상	1933
할미꽃	이은상	1933
개나리	이은상	1933
고향생각	이은상	1933
옛 동산에 올라	이은상	1933
옛 강물 찾아와	이은상	1933
입담은 꽃봉오리	이은상	1933
사랑	이은상	1933
성불사의 밤	이은상	1933
관덕정	이은상	1933
그리움	이은상	1933
만천교 위에서	이은상	1933
장안사	이은상	1933
금강에 살으리랏다	이은상	1933
사공의 노래	함효영	1936

홍난파의 집에 적혀있는 가곡 작곡연대표. 〈사공의 노래〉 작곡 연도는 1936년

사업에 성공 후 국회의원에 출마하기도

한편, 〈사공의 노래〉를 비롯한 많은 시와 소설 등을 쓰며 활발하게 문단활동을 했던 함효영은 30대 중반에 서울에서 결혼했다. 개성 태생 부인 서진순 여사와는 9살 차이였다. 주례는 안재홍 선생이 섰다.

함효영은 중년에 들어서면서부터는 사업에서 수완을 발휘하였다. 인천에서 우리나라 최초로 모터 사업을 했다. 일본 도시바에서 모터를 사들여 국내에 파는 사업이나. 상호는 '도시바 코리아'었나. 사업 때문에 1930년대에 인천으로 이주했다고 한다.

그는 인천에 살면서 인천 문단의 뿌리라고 할 수 있는 〈시와 산문〉 동

사공의 노래 작사자인 함효영 선생의 셋째 아들 함태헌 씨(오른쪽)와 필자. 서교동의 캐슬 플라자 빌딩 앞에서(2011년 7월)

인의 주요 멤버로 활동했다. 해방 후 인천에서 몇 차례 국회의원에 출마했으나 꿈을 이루지 못했다. 인천 갑 선거구에서 제헌국회의원에 출마했고, 1954년 제3대 국회의원 선거 때도 같은 선거구에 출마했던 기록이 <인천시사>의 정치편에 남아있다.('알려지지 않은 또 한 명의 문인 함효영' 인천문협회장 김윤식 시인, 2007년 7월 29일, 기호일보)

함효영은 1947년 3월에 인천시 공관에서 황해도 출신들이 모여 황해회 인천지부(1966년 인천지구 황해도민회로 개칭)를 결성했을 때 지부장에 선출됐었다. 그가 인천에 대학 설립을 위해 노력했다는 기록도 있다(대중일보 1949년 9월 22일). 그는 1988년 83세를 일기로 서울에서 세상을 떠났다.

3남 함태헌 씨가 아버지의 문학적 작품에 관심이 있고 경제적 능력도 있어 경포 호숫가에 시비를 세웠으니 큰 효도를 한 셈이다. 뿐만 아니라 강릉으로서는 귀중한 문화적 유산을 갖게 되었으므로 널리 자랑할 만한 일이다. 그동안 전혀 알지 못했던 이 노래의 작사자와 시를 짓게된 사연 등에 대해 어느 정도라도 알게되니 노래가 더욱 친근하게 느껴진다. 2018년 평창동계올림픽을 계기로 강릉의 노래이기도 한 <사공의 노래>가 다시 전 국민의 관심을 받는 명가곡으로 크게 떠올랐으면 하는 기대를 가져본다.

고향의 노래·내 맘의 강물

친구가 보내온 고향의 시

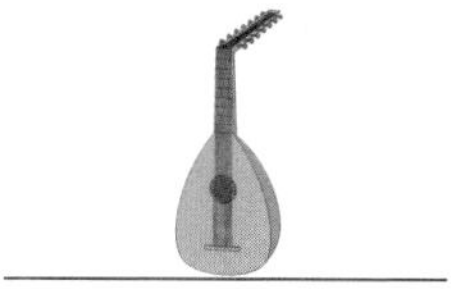

성산동 살롱 음악회

〈고향의 노래〉의 작곡가 이수인 선생의 성산동 집에 제자와 가곡애호가들이 가끔 모여 작은 음악회를 연다는 이야기를 들은 지는 꽤 오래되었다. 음악회 이름은 '성산동 살롱 음악회'다. 2016년 1월 8일 저녁 처음으로 그 모임에 참석했다. 사전에 부인 김복임 여사께 그날 방문하고 싶다는 말씀을 전화로 드렸다.

이수인 선생 내외분은 이런저런 음악행사 때 가끔 뵈었지만, 댁에는 처음 가는 것이었다. 집은 성산동의 조금 높은 곳에 있었다. 눈이 오면 차로 올라가기 쉽지 않을 것 같은 경사진 골목길을 잠시 올라가야했다. 옛날 스타일의 아담한 이층 양옥.

안으로 들어서니 벌써 여러분이 와 계셨다. 낯익은 분들이 많았다. 6시 조금 못되어 있는데 안방과 마루에 밥상이 차려져있었다. 음식이 풍성했다. 반찬 하나하나에 준비한 분의 정성이 느껴졌다. 사모님이 밤새 준비하셨다는 얘기를 나중에 들었다. 양념게장, 미역국, 나물, 장떡 이 네 가지는

성산동 살롱음악회에서 직접 반주를 하는 이수인 작곡가(2016. 1. 8.)

40년간 변함없이 유지해 온 고정 메뉴라고 하였다. 2012년에 나온 이수인 선생의 음악 인생을 기록한 책 〈내 맘의 강물〉 속에서 사모님이 자랑한 유명한 '성산동 국수'는 아쉽게도 이날 메뉴에 없었다.

나는 그날이 선생의 생신날인지 그곳에 가서야 알았다. 1939년 1월 8일생(음력으로는 1938년 11월 18일)이니 만 77세다.

누군가 "희수(喜壽) 아니시냐?"고 물었다. 선생은 "그렇습니까?" 하고 오히려 반문했다. 우리 나이로는 2015년이 77세이니 1년 전이 희수였을 것이지만 선생은 그런 데에 별로 신경 안 쓰시는 것 같았다.

선생의 생신인 매년 1월 8일에는 이날처럼 선생의 제자와 음악인들이 찾아와 음식을 함께한 후 작은 음악회가 열리곤 한다. 그리고 이른바 '성산동 살롱 음악회'는 연중 다섯 번째 토요일이 있는 날 저녁에 열린다고 했다. 일년에 다섯 번째 토요일이 있는 날은 4~5회 정도다. 2016년엔 1월 30일 4월 30일 등 다섯 번이다. 2015년은 네 번이었다. 여기에 선생의 생신

날 한 번 더 모이는 것이다.

이 댁에는 사람들이 모이면 으레 음악회가 열리는 모양이다. 이날도 음악회를 위해 모두 저녁을 부지런히 먹었다. 오신 분이 40명쯤 됐다. 식사를 먼저 마친 사람은 나중에 온 이에게 자리를 양보하였다.

피아노는 거실 안쪽 벽에 있었는데, 거실에 다 앉지 못하니 안방 문 쪽에도 앉고 이층으로 올라가는 계단, 부엌 입구에도 앉았다. 주로 선생이 작곡하신 노래를 자청타청으로 부른다. 집안 식구들 앞에서 부르는 것처럼 아무나 나와서 피아노 반주로 자유롭게 부르는 것이다. 반주는 젊은 피아니스트들이 교대로 쳤고, 나중에는 이수인 선생이 직접 하셨다.

이날 10여 명이 노래를 했는데, 소프라노 이미경과 테너 이재욱은 〈내 맘의 강물〉〈바람아〉 등을 열창했다. 나는 〈고향의 노래〉를 불렀다.

이수인 선생 댁의 아담한 거실에서 열린 따뜻하고 정겨운 '성산동 살롱 음악회'는 〈별〉과 〈고향의 노래〉 합창으로 막을 내렸다.

살롱음악회 시작 전의 즐거운 식사 시간

드디어 담배를 끊다

이날 식사 중에 선생이 몇 달 전 담배를 끊었다는 이야기를 들었다. 골초로 유명했던 이수인 선생이 담배를 끊다니 놀랄 만한 일이었다. 부인이 담배 끊으라고 성화하실 분이 아니니 아마 자발적으로 끊으신 것 같다.

선생의 흡연에 관해서는 수필가인 부인 김복임 여사가 2012년에 출간된 이수인 선생의 저서 『내 맘의 강물』(교육과학사)에 담배에 얽힌 다양한 에피소드를 기록해 놓은 것이 있다. 그 내용이, 집 안팎에서 구박받는 흡연가들에게 용기를 주는, 자못 진지하면서도 재미있는 것이어서 내가 가끔 담배 피는 분들에게 소개하기도 했다.

그런데 담배를 끊으셨으니 그 이야기를 이제는 더 하기 어렵게 되었으나 궁금해 할 분들을 위하여 여기에 인용한다. 다음은 그 책 『내 맘의 강물』에 실려있는 김복임 여사의 글이다.

처음 입고 나간 실크 블라우스에 튄 담배 불똥

백화점에 세일이라고 야단입니다. 세상 돌아가는 구경을 한다는 핑계로 둘러보니 내게는 과분한 분수에 넘치는 실크 블라우스가 눈에 띕니다. 동행할 일, 음악회장에 가게 될 때 입으면 좋을 것 같아 망설이고 계산하다가 용감하게 샀습니다.

이튿날 입고 함께 나섰습니다. 지나가던 바람이 내게로 불더니 같이 걷던 불똥이 구멍을 냈습니다. 아까웠습니다. 구멍을 메워보려니 메운 구멍이 궁상스러워 남편의 체면을 깎을 것이 염려되어 포기했습니다. 일에 몰입이 되면 차려놓은 밥상도 재떨이가 됩니다. 이불, 베개, 입고 있는 셔츠는 물론 당신의 손길이 전혀 닿지 않을 전자레인지까지 담뱃불 딱지는 온 군데 예술입니다. 담뱃불의 위력은 무시 못 합니다. 슬쩍 스쳤는데 살갗이 확실하게 익더라고요.

일본 강점기 대지진이 나서 화재가 났을 때 일본인들이 한국 사람들이 불 질러 일어난 일이라고 누명 씌워 한국인들이 많이 희생됐다고 합니다. 한국사람 색출할 때 담뱃불로 찾았다고 합니다. 아무리 일본적인 한국 사람도 담뱃불을 살에 대면 "앗! 뜨거워"라는 한국말 때문이었다고 합니다.

건강 때문에 "담배 끊으시오!"라고 못 합니다. 피우고 싶은 담배, 타의에 의해 못 피워 스트레스 받아 건강 해치면 그 또한 못 할 일 아닐까 합니다. 담배를 못 피우게 하면 숨통 막힐 것 같은 기분일 것이라는 생각입니다.

담배 한 대가 순간의 막힘을 뚫는 역할을 할 것 같습니다. 바지 뒷주머니 속에 항상 준비된 오선지가 들어 있습니다. 오선지 꺼낼 틈 없이 번쩍 떠오르는 악상(차원 높은 표현하자면 영감 아닐까요?) 놓치지 않으려고 담뱃갑에 그린 악보를 오선지에 정리하는 것도 보았습니다. 담뱃갑 아니면 사라질 영감 아니겠습니까?

이분은 담배 끊으면 안 돼요

어느 때 발가락 치료를 받으러 병원에 갔습니다. 젊은 의사는 담배를 안 피우나 봅니다. 그러니 금방 담배 냄새를 알아차리고 "선생님, 담배 끊으십시오"라고 합니다. 제가 얼른 대답했습니다.

"안 됩니다. 안 돼요, 이분은 담배 못 끊습니다. 담배 끊으면 안 돼요." 의사 선생님 얼마나 황당했겠습니까? 본인은 아무 말 없는데 마누라인 제가 맹렬히 외치니 말입니다.

의사 선생님 고개를 갸우뚱 하데요. 손발 들고 말려야 할 마누라가 적극적으로 안 된다고 하니 말입니다. 작곡하는 일이 쉬운 일입니까?

허공에 떠도는 영혼의 소리를 가슴에 담아 오선지에 옮기는 일, 아무나 할 수 없고 노력한다고 되는 일도 아닌……, 없는 것에서 있는 것으로 하는 일에서 유일하게 숨 고르는 역할을 하는 담배를 못 피우게 하면 작품을 못 쓸 것 같아 목숨걸고 말리지 못합니다.

집안 온갖 물건이 한두 군데 담뱃불 자국이 있습니다. 담뱃불 자국이 우리와 함께 살면서 내 남편이 함께 하고 있음을 증거하는 것이라 그것들도 사랑합니다. 자려고 누워 있는 위로 담배 물고 무언가를 찾고 있었습니다. 담배 불똥이 내 얼굴 위로 특히 눈에 떨어지면 안 될 것 같아 얼른 안경을 썼습니다.

안경은 새로 사면 될 테니 말입니다. 담배 못 피우게 자극적인 말하는 분들 그 말 때문에 기분 나쁘고 상처받게 하는 것은 옳은 일이 아닙니다.

한때 우리집 거실 커튼에 불구멍 내기, 굴뚝에 연기 나듯 피워 대던 골초님들, 하나둘씩 담배 끊으니 벼슬이라도 한 듯 아직도 담배 피우시냐고

살롱음악회에서 노래를 부르는 소프라노 이미경.

제2회 이수인 가곡사랑 가을음악회에 참석한 이수인 선생 내외(서초동 모차르트홀, 2015. 11. 22.)

의기양양입니다. 곳곳에 금연석도 모자라 도심 가운데 어느 곳에는 담배 피우면 벌금이 과중하게 나온답니다.

원초적인 뜻은 알고 있으나 담배를 피워야 하는 사람들, 불공평하게 죄인 취급이라도 하려는 듯합니다. 인권위가 이 문제는 심각하게 생각 안 하나 봅니다. 담배 한 개비 주고받으며 어색함을 달래고 사교를 하며 마음을 나누던 담배 연기 속 낭만은 어쩌시렵니까.

두 손가락에 끼워 피우는 담배연기는 한동안 허공에 머물다 사라집니다. 두 입술에 물려 삶과 죽음이 허무를 헤아리게 하고, 사랑과 미움의 갈등도 알게 합니다.

담배 피운다고 뒤떨어진 보는 의식이 부족한 따위의 생각은 안 됩니다. 담배를 피워 안정을 얻고 아픈 상처를 위로받고 낭만을 느끼는 특별한 경우도 있으니 말입니다. 대중가요 가사 중 '화랑 담배 연기 속

에 사라진 전우여' 이 대목은 언제나 나를 목메게 합니다.(『내 맘의 강물』, 399~401쪽)

어떻게 보면 지금까지 선생의 음악은 담배 연기 속에서 잉태되었다고 해도 틀린 말은 아닐 것 같다. 담배를 끊으셔서 그런지 선생의 얼굴빛이 전보다 좋아보였다.

『내 맘의 강물』 출판 기념 음악회

작곡가 이수인 선생의 음악과 삶을 담은 저서 『내 맘의 강물』 출판 기념 음악회가 2012년 11월 10일 오후 서울 교원단체 총연합회 대강당에서 있었다.

이 책은 작곡가 본인의 글, 지인들의 글, 각종 기사, 부인 김복임 여사의 글, 사진 자료 등으로 다채롭게 꾸며져 있다. 부인 김 여사가 수년간 많은 자료를 모으고 정리하여 출판한 것이다.

이수인의 대표작은 책의 제목인 가곡 〈내 맘의 강물〉을 비롯, 〈고향의 노래〉〈석굴암〉〈별〉〈외갓길〉 등이다. 선생은 100여 곡의 가곡과 〈둥글게 둥글게〉〈앞으로 앞으로〉 등 500여 곡의 동요, 그리고 다수의 어린이 뮤지컬을 작곡했다.

이날 음악회에서는 소프라노 이현정, 조정순, 테너 이재욱, 바리톤 송기창이 선생의 주요 가곡들을 불렀다. 또 한국예술가곡연주회 합창단과 코리아 힐링싱어스 합창단이 노래했고, 손녀딸인 이동은 어린이(당시 고양덕이 초등학교 5학년)가 특별 출연해 할아버지가 작곡한 〈방울꽃〉〈솔개 그늘 이야기〉 등 동요 두 곡을 불렀다. 끝 순서로 〈별〉을 모두가 합창할 때는 이수인 선생이 직접 나와 지휘했다.

음악회에는 멀리 캐나다에서 서울에 다니러 오셨던 〈우리의 소원〉의 작곡자 안병원(2015년 작고) 선생 내외와 이안삼 작곡가도 참석했다.

깊어가는 가을 저녁에 노 작곡가의 인생을 정리한 책과 그가 작곡한 노래가 함께한 잔잔한 감동이 있는 음악회였다.

이수인의 『내 맘의 강물』 표지

명함 없이 살아 온 음악 인생

음악회 프로그램 북에 이수인 선생의 인사말을 실었는데 매우 시적이다.

인사말

음악이 좋아 걸어온 길!
돌아보면 숱한 사연들이 주마등처럼 떠오른다.
가로수 그늘 짙은 포장길 보다
울퉁불퉁한 돌부리가 더러는 발에 채이고
걸음걸음 뽀얀 흙먼지 이는 비포장 황톳길!
부와 명예는 거리가 멀었고 그럴듯한 직위 하나 없이 살아온 탓에
흔한 명함 한 번 새겨 돌려 본 적 없지만
호젓이 걷는 오솔길엔 산새들 지키는 방울꽃이 곱게 피고
나래 푸른 기러기 고향 가는 길엔 싸리울 길동무 되어

언제라도 만나면 반가운 벗들과 동행했다.

마음은 아직 이십구 세

가슴은 뜨거운데 어느새 팔십이란 숫자가 눈앞에서 어른거린다.

오늘 이 음악회를 준비하고 출연해 주신 분들께 감사의 마음 전하며,

끝없이 흐르네 내 맘의 강물은……

2012년 시월 어느 날

작곡가 이수인

이 글 속에 〈고향의 노래〉 〈내 맘의 강물〉이 다 들어있다.

이수인 선생은 많은 아름다운 노래를 작곡했다. 그중에서도 가장 애착이 가는 곡이 동요이기도 하고 가곡이기도 한 〈별〉이다. 언젠가 이 선생은 '대표곡'을 묻는 나의 질문에 〈별〉이라고 답했다. 더 널리 알려지기로는 가곡 〈고향의 노래〉와 〈내 맘의 강물〉일 것이다.

『내 맘의 강물』 출판기념 음악회에서 인사말 하는 이수인 선생(2012. 11. 10.)

특히 〈내 맘의 강물〉은 선생이 작사와 작곡을 모두 했다. 각별한 애정이 있으리라고 생각된다. 책의 제목으로 한 이유일 것이다.

내 맘의 강물

이수인 작시 작곡

수많은 날은 떠나갔어도
내 맘의 강물 끝없이 흐르네
그날 그땐 지금은 없어도
내 맘의 강물 끝없이 흐르네
새파란 하늘 저 멀리
구름은 두둥실 떠나고
비바람 모진 된서리
지나간 자욱마다 맘 아파도
알알이 맺힌 고운 진주알
아롱아롱 더욱 빛나네
그날 그땐 지금은 없어도
내 맘의 강물 끝없이 흐르네
끝없이 흐르네

1980년대 초반 5공화국 시절 지은 이 〈내 맘의 강물〉은 시를 먼저 써 놓고 곡을 붙인 것이 아니다. 곡이 먼저 만들어졌다. 몇 분의 시인에게 가사를 부탁했으나 모두 어려워했다. 생소한 멜로디에 가사를 붙이는 데 익숙하지 않아서였을 것으로 짐작된다. 고심 끝에 선생이 직접 가사를 썼다. 노래를 완성한 후 시인들에게 보여주니 모두들 가사가 좋다고 했다. 가곡

〈내 맘의 강물〉은 그렇게 세상에 나왔다. 작곡한 해를 정확하게 기록해 놓지 않았는데, 선생이 5공화국 초기라고 기억하는 것으로 보아 1981~1982년 사이로 추측된다.

노래 잘 부르는 학생

1939년 경남 의령에서 태어난 이수인은 6·25가 발발한 해인 1950년 여름 마산 회원국민학교(초등학교) 교장으로 발령을 받은 아버지를 따라 마산에서의 생활을 시작했다. 초등학교 6학년 때였다.

가야금 연주를 좋아하던 아버지는 안타깝게도 당신이 늘 바라시던 마산 생활을 2년도 채 못하고 세상을 떠났다. 이수인은 그 후 마산에서 마산중학교와 마산고등학교를 다녔다.

그는 전교생이 모인 학교 강당에서 〈가고파〉 〈내 마음은 호수요〉 등을 불러 노래를 잘 부르는 학생으로 유명했다. 그러나 이수인은 대학 진학을 앞두고 어려운 집안 형편 때문에 깊은 고민에 빠졌다.

스스로 돈을 벌어 대학에 다니거나 아니면 직업을 찾아 사회로 나가야 하는 두 가지 길 외에 선택의 여지가 없었다.

이수인은 5남 4녀 중 일곱째다. 아버지가 일찍 세상을 떠났으므로 집안의 경제적 상황이 매우 곤궁했을 것임은 말할 것도 없다.

무작정 상경 후 서라벌 예대 입학

"인생이 낭만도 아니고 음악도 아니라고 상심하며 홀로 밤이 깊도록

이수인(왼쪽), 이안삼 작곡가(『내 맘의 강물』 출판기념음악회에서, 2012. 11. 10.)

무학산 중턱에서 항구를 내려다보곤 했다. 그때마다 가야금을 연주하시던 아버님의 모습이 떠오르곤 했다.

그러던 중 내 가슴속에 음악을 하지 않는 내 인생이 무슨 의미가 있는가 싶은 생각이 들었고 그날 밤으로 책가방과 옷가지를 챙겨들고 서울행 기차를 탔다.

어머님은 몇 푼의 노자를 손에 쥐어 주시며 "배고프면 그냥 내려오너라"고만 하셨다. 서울에 사는 친구 집에 기거하며 이런저런 궁리 끝에 서라벌예술대학(현 중앙대학교 예술대학)에 입학원서를 냈다. 그리고 수석으로 입학해 전 학기 전액을 면제받는 장학생으로 평소에 흠모해 오던 김동진 선생님의 제자가 되었다.

선생님은 여러 가지 작곡일로 바쁘셨다. 그 중에서도 특히 충무로에서 제작되고 있는 영화음악을 거의 도맡아 하고 계실 때여서 나는 입학 초부터 잠만 따로 잤지 거의 날마다 선생님의 그림자처럼 함께하며 일을 도왔다."(『내 맘의 강물』 53~54쪽)

교사 생활 초기에 지은 〈별〉

이수인은 1964년 대학을 졸업한 직후 마산 성지여자 중·고등학교 음악 선생으로 부임했다. 이 학교는 가톨릭에서 운영하였는데 교장이 후에 추기경이 되는 김수환(1922~2009) 신부였다. 그리고 이듬해 마산 제일여자고등학교로 자리를 옮겼다. 당시 마산 제일여고는 교사가 1백여 명에 이르는 큰 학교였다. 교사 중에는 후일 서울대 교수가 된 여류 시인 유안진, 문학평론가 조병무, 소설가 김지연, 시인 김재호 같은 분이 있었다.

평소 좋아하던 가람 이병기(1891~1968) 선생의 시 「별」에 곡을 붙인 것은 이 시절인 1965년이었다.

"하루는 밤이 늦도록 음악실에서 혼자 피아노를 치고 운동장을 걸어 나오는데 달이 없어서인지 그날따라 유난히 별이 밝았다. 초등학교 시절 지리산 그림자와 함께 보았던 그 별 떨기들이 그곳에 있었다. 운동장 가운데서 한참 동안 별 구경을 하다가 문득 애송하던 가람 이병기 선생님의 시가 떠 올랐다.

—(중략)—

'바람이 서늘도 하여 뜰 앞에 나섰더니 서산 머리에 하늘은 구름을 벗어나고……'

나는 그 길로 음악실로 달려가 피아노에 손을 얹었다. 내 입에서 어느새 가람 선생님의 〈별〉이 노래가 되어 나오고 있었다. 단숨에 악보가 그려

제2회 이수인 가곡사랑 가을음악회에서 이수인 선생의 지휘로 출연자들이 〈별〉을 합창하고 있다.(2015. 11, 22.)

졌다. 내 가슴은 여전히 뛰고 있었다. 다시 손볼 필요가 없이 노래가 만들어졌다."(『내 맘의 강물』, 56쪽)

별

이병기 작시 이수인 작곡

바람이 서늘도 하여 뜰 앞에 나섰더니
서산 머리에 하늘은 구름을 벗어나고
산뜻한 초사흘 달이 별 함께 나오더라
달은 넘어가고 별만 서로 반짝인다
저 별은 뉘 별이며 내 별 또 어느게요
잠자코 홀로 서서 별을 헤어보노라

이수인이 가장 자랑스럽게 생각하는 곡 중의 하나인 〈별〉은 이렇게 만들어졌다. 그후 이수인은 한 선배의 중매로 음악을 좋아하던 김복임을 만나 결혼했다.

1968년 아들 문규가 태어나 "생명의 신비로움에 경탄하고 있을 때"(본인 표현) 서울 중앙방송국(KBS 전신)에서 어린이 합창단 지휘자로 와 달라는 요청이 왔다. 갓 백일을 넘긴 문규를 안고 서울로 올라 온 내외는 그해 10월부터 서강 굴다리 아래 방 한칸 부엌 하나인 셋방을 얻어 서울 살림을 시작했다. 당시 서울 중앙방송국은 남산에 있었는데 서강 굴다리에서 남산까지 늘 걸어다녔다.

이수인 출판기념음악회를 마친 후 출연진 및 아리수사랑 가곡카페 관계자들과 함께. 좌로부터 서울우리예술가곡협회 이경숙 회장, 필자, 소프라노 이현정, 아리수사랑 가곡카페 김정주 대표, 박금애, 송선례 선생(2012. 11. 10.)

친구가 보내온 시 〈고향의 노래〉

"남산의 중앙방송국에서 합창단 연습을 끝내고 남산 자락에 자리한 대폿집 구석에서 소주 한 잔 걸치는 낭만이 일품이던 어느 가을, 집에 와 보니 마산 제일여고 교사 시절 단짝이던 친구이자 시인이던 김재호 선생으로부터 엽서가 와 있었다.

서울이라고 떠나면 모두가 고향을 잊느냐는 작은 눈 흘김과 함께 노래하던 음악실에서 창밖을 내다보며 썼노라고 시를 한 편 보내왔다.

나는 친구의 엽서를 손에 들고 한참 동안 눈을 떼지 못했다. 친구의 우정과 고향의 숨결이 온몸에 전율처럼 느껴졌다.

사랑스러운 친구의 우정을 생각하며 단숨에 쓴 〈고향의 노래〉는 그 후 테너 엄정행의 목소리로 레코드를 타고 세상에 처음 알려졌다."(『내 맘의 강물』, 59쪽)

고향의 노래

김재호 작시 이수인 작곡

국화꽃 져버린 겨울 뜨락에
창 열면 하얗게 무서리 내리고
나래 푸른 기러기는 북녘을 날아간다
아 이제는 한적한 빈 들에 서 보라
고향 길 눈 속에선 꽃등불이 타겠네
고향 길 눈 속에선 꽃등불이 타겠네

달 가고 해 가면 별은 멀어도

산골짝 깊은 골 초가마을에
봄이 오면 가지마다 꽃 잔치 흥겨우리
아 이제는 손 모아 눈을 감으라
고향집 싸리울엔 함박눈이 쌓이네
고향집 싸리울엔 함박눈이 쌓이네

앞의 글은 '2000년 12월 성산동에서' 쓴 것이라고 책 속에 적혀 있다. 이수인은 그 후 2002년 1월 〈고향의 노래〉에 대해 다시 다음과 같은 글을 남겼다.

"몸살 나는 과정을 거쳐 하나의 작품을 완성했을 때의 기쁨은 마치 바라고 바라던 귀한 아이를 얻은 어머니의 기쁨에 비길 만한데, 이는 오직 창작의 기쁨을 맛본 자만이 누리는 특전이라고 할 수 있을 것이다.

제6회 아리수 가곡제에서 이수인 곡 〈내 맘의 강물〉을 부르는 소프라노 이미경(2016. 1. 9.)

그러므로 내게 있어 행복한 순간이 언제인가 묻는다면 단연 독서나 명상을 통해 얻은 좋은 글과 악상으로 새로운 곡을 탄생시켰을 때라고 말하고 싶다.

그중에서도 1960년대 말 〈고향의 노래〉를 작곡하고 났을 때 받은 마음의 위안과 행복감을 지금도 나는 잊지 못한다. 그 당시 나는 꿈같이 지낸 고향에서의 교직 생활을 접고 서울로 와 새로운 생활을 시작했는데, '도회지 부적응증'과 함께 향수병이 날로 심해져 외롭고 우울한 나날을 보내고 있었다.

그러던 어느 날 고향 벗으로 친하게 지내던 김재호 시인이 나의 마음을 알기라도 한 듯 엽서에 "국화꽃 져버린 겨울 뜨락에……"로 시작되는 그리운 고향 소식을 적어 보내 주었다.

나는 곧 피아노 앞에 앉았고 그래서 태어난 곡이 바로 〈고향의 노래〉였던 것이다."(『내 맘의 강물』, 86~87쪽)

김재호 선생은 1938년 10월 경남 김해 출생. 연세대 국문과를 나와 당시 마산 제일여고에 국어교사로 재직 중이었다. 1960년 국제신보 신춘문예에 시 〈강물〉이 당선된 후 활발하게 시작(詩作) 활동을 하고 있었다. 〈고향의 노래〉는 이처럼 이수인 선생과 김재호 선생의 인연의 열매였다.

작곡가도 자신의 작품 중 완성하고 났을 때의 만족감과 행복감이 더 큰 작품이 있을 것이다. 발표 후 많은 이들의 사랑을 받고 유명 가곡의 반열에 오른 〈고향의 노래〉의 경우가 특히 그랬던 것 같다.

조용히 노년을 보내고 계시는 이수인 선생. 다섯 번째 토요일 저녁에 열리는 '성산동 살롱 음악회'가 오래오래 지속되기를 진심으로 기원한다.

내 마음 그 깊은 곳에·사랑이여 어디든 가서

뒤늦게 찾아온 창작의 전성기에 지은 명작

이안삼의 헤이데이(heyday)

인생의 전성기는 언제일까? 사람에 따라 다 다르므로 일률적으로 '대개 언제쯤'이라고 정의 내리기는 쉽지 않은데, "나의 인생의 전성기는 80대였다"고 말한 분이 계셨다. 베이징대 부총장을 지낸 사상가이며 역사학자 지셴린(季羡林·계선림, 1911~2009)이 그분이다.

지셴린은 90줄에 들어서 쓴 수필에서 여든에서 아흔이 되기까지 10년 동안이 자신의 학문의 전성기였다고 썼다. 이 기간에 저술과 번역서 집필 등 평생의 소망을 일단락 지었다고 했다. 정신을 차려보니 아흔이더라는 것이다.

우리나라에서는 90 후반임에도 저술과 강연 등 활발한 활동을 하고 있는 철학자 김형석 연세대 명예교수가 종종 부러움을 사는 인물로 거론된다.

1920년 생인 김형석 교수는 2016년 여름 〈백년을 살아보니〉란 또 하나의 수상집을 펴냈다. 그는 "사람은 성장하는 동안 늙지 않는다. 익어가는

이안삼 가곡카페 송년음악회에서 인사말하는 이안삼 작곡가(2015. 12. 5.)

것이다. 사람이 정신적으로 완전하게 성장하는 것은 60~75세인데, 그때가 바로 황금기"라고 말한다.

나는 2016년 2월 프레스센터에서 열린 광화문문화포럼 조찬 강연회에서 당시 96세인 김 교수를 처음 만났다. 강연의 제목은 "누가 역사를 건설하는가?"였다. 김 교수는 그 연세에도 1시간 이상 꼿꼿하게 서서 또렷한 목소리로 강연을 했다. 지친 기색도 없었고 질의응답도 다 받았다. 중언부언하지도 않았다. 모든 면에서 흐트러짐이 없었다. 강연 후 그분과 잠시 커피 한 잔 한 것도 내게는 특별한 추억이 되었다.

이제 본론으로 들어가야겠다.

2016년 7월 무덥던 어느 날 광화문 세종문화회관 뒤의 한 카페에서 이안삼 작곡가와 커피 한 잔 하는 자리에서 위의 이야기를 들려드렸다. 위의 두 분의 이야기를 들려드리면 나이 든 분들은 다 좋아한다. 특히 70줄에 계신 분들은 지센린의 '80세 전성기론'을 꺼내면 대체로 약간씩 고무되는 분위기다.

이안삼 작곡가는 1943년 생으로 2017년 기준으로 만 74세. 그날 이안삼 작곡가께 대놓고 물었다.

"선생님은 혹시 지금이 전성기가 아니십니까?" 하고.

부인하지 않으셨다.

이안삼 작곡가는 2006년 63세로 정년을 맞을 때까지 경북 김천에 살면서 평범한 음악교사 생활을 해왔다. 물론 여느 음악교사와는 달리 가곡, 합창곡, 성가곡 등 많은 작곡을 하고 여러 음악단체의 대표도 맡는 등 사회적 활동도 적지 않게 했지만, 음악가로서 이름이 널리 알려진 분은 아니었다.

그로부터 10년이 더 지난 지금은 이안삼 작곡가의 노래가 어느 가곡음악회에서건 빠지는 일이 거의 없다. 작곡된 노래가 가장 많이 불려지고 있는 작곡가 중 한 분이 되신 것 같다. 전국적으로 이름이 알려지고 있다. 가히 이안삼의 헤이데이(전성기)라고 해도 될 듯하다.

이안삼은 그의 대표작을 새 천년을 시작하는 2000년에 지은 〈내 마음 그 깊은 곳에〉라고 말해왔다. 나는 그냥 대표작이라고 하기보다는 첫 번째 대표작이라고 표현하고 싶다. 그 후 제2, 제3의 대표작이라고 할 만한 좋은 작품들이 계속 나오고 있기 때문이다.

내 마음 그 깊은 곳에

김명희 작시 이안삼 작곡

내 마음 그 깊은 곳에 내 마음 그 깊은 곳에

그리움만 남기고 떠나버린 그대여
내 마음 먹구름 되어 내 마음 비구름 되어
작은 가슴 적시며 흘러내리네
아 아 오늘도 그날처럼 비는 내리고
내 눈물 빗물되어 강물되어 흐르네

그리움 그 깊은 곳에 그리움 그 깊은 곳에
바람만 남기고 떠나버린 그대여
내 마음 열어 보아도 내 마음 닫아 보아도
작은 가슴 적시며 흘러내리네
아 아 오늘도 그날처럼 비는 내리고
내 눈물 빗물되어 강물되어 흐르네

가사 내용은 또 하나의 이별의 노래다. 2000년 5월 김명희 시인으로부터 시를 받아 다음 달 완성했다.

노래는 이 해 10월 16일 여의도 영산아트홀에서 열린 한국작곡가회 초청 '이안삼 가곡의 밤'에서 초연되었고, 이어 다음 달인 11월 24일 세종문화회관에서 열린 조선일보사 주최 제11회 한국가곡제에서 서울시 교향악단과의 협연으로 테너 박세원에 의해 불려졌다.

제5회 해설이 있는 가곡음악회에서 〈내 마음 그 깊은 곳에〉를 부르는 테너 이재욱(2016. 11. 25.)

2000년은 이안삼에게 특별한 해였다. 이 해에 그는 대표곡이 된 〈내 마음 그 깊은 곳에〉를 작곡했을 뿐 아니라 첫 작곡집 '아득한 별에 꽃씨 묻으며'도 출판했다. 스스로 "60을 바라보는 나이에 하나의 터닝포인트를 맞이했다고 할 수 있었다"고 말한다.

노 작곡가께 실례가 되는 얘기일지 모르지만 이안삼 작곡가가 작곡에 대한 의욕을 본격적으로 키우게 된 것은 그의 대표작이 된 〈내 마음 그 깊은 곳에〉를 짓고 나서부터가 아닐까 한다.

그러나 그의 인생에서 더 중요한 사건은 그 몇 년 후에 발생한다.

정년퇴임 후 상경하여 새로운 도전

2006년 2월 정년퇴임을 하게 되면서 이안삼은 고민에 빠진다. 남들처럼 김천에 머물러 편안한 여생을 보낼 것인가, 아니면 새로운 도전을 할 것인가?

이에 대해서는 2010년 그가 직접 쓴 『미네르바』 2010년 겨울호를 인용하는게 낫겠다.

이안삼은 이 잡지에 쓴 「나의 음악과 시」라는 제목의 글의 첫머리에 자신의 인생역정과 은퇴 후 서울에 올라오기까지 고민했던 문제를 매우 간결하게 다음과 같이 써놓았다.

"나는 누구인가? 내 삶! 솔직하게 말해서 순탄하지 않았다. 가정, 사회, 예술, 무엇 하나 이루어 놓은 게 없다. 생각은 넘쳤으나 마음 같지 않았으며 작품을 쓰면 쓸수록 고달팠다. 출판, 녹음, 공연, 방송에 이르기까지 거쳐야 되는 여러 과정 때문에 힘들었다. 그래서 손을 놓았더니 건달이 되는 듯했다.

이제 우여곡절 끝에 두 권의 작곡집이 완성되었다. 2000년 첫 작곡집을 출판한 지 10년 만이다. 2010년 9월에 나온 2, 3 가곡집 〈내 마음 그 깊은 곳에〉, 〈사랑이여 어디든 가서〉는 그간 내 삶의 흔적들이다.

내가 두려워한 삶은 늘 깨어 있어야 한다는 것이다. 고독하면 어때…… 홀로 떠다니다가 어느 날 홀연히 사라질 텐데……. 생의 갈급함 속에서 외로웠고 아팠다. 그러나 작품을 쓰는 동안은 진정한 행복을 느꼈다. 건반 누르지 않고 화성을 걸러내야 하는 능력이 있어야 하니 열심히 일했다. 소리곳간을 채우다보니 어느새 황혼이다.

내 작업실은 경희궁의 아침 4단지 9평 좁디좁은 공간이다. 19층 빌딩에 가려 사계절 빛을 볼 수 없지만 불을 켜고 엎드려 오선지를 메우는 동안은 시름을 잊을 수 있었다.

아내 옆에서 편하게 살까. 자유인으로 살까. 나는 비현실적인 자유를 택했다. 유배지나 다름없는 이곳, 생활은 고달프나 혼자 깨어있는 시간이 많으니 잘 선택했다 싶다."

이안삼은 지금은 광화문시대 빌딩 작은 오피스텔에서 산다. 그가 정년퇴임 후 서울에 올 결심을 하지 않았다면 지금의 이안삼은 없었을 것이다. 지금처럼 음악활동의 전성기를 구가하는 이안삼은 없었을 것이란 얘기다.

그는 2016년 7월 내게 이렇게 말했다.

"그 당시, 퇴임 후 모든 것을 음악에 전념하고 끝내겠다고 결심했습니다. 인생에 승부를 걸어보기로 했지요. 두려움 없이 한국가곡을 살리겠다고 마음 먹었습니다." "약 40년간 교직에 있었기 때문에 3백만 원 넘는 연금을 받게 되어 집사람에게 100만 원을 생활비로 보내주기로 하고 서울로 올라와 오피스텔을 얻었습니다."

인터넷 카페 개설

이안삼은 서울에 올라온 지 2년 후인 2008년 인터넷에 '이안삼 카페'를 개설했다. 우리가곡의 활성화를 위해 어떻게 해야 할 것인가를 고민하던 끝에 시대의 변화를 잘 감지한 방향 설정이었다. 생각했던 이상으로 많은 회원들이 들어왔다. 가곡을 좋아하던 이들이 마음 붙일 인터넷 공간을 찾아온 것이다. 이안삼 스스로도 늘어나는 회원수에 놀랄 정도였다.

"뜻하지 않게 많은 회원들이 모이게 되었다. 국내외 회원들의 가입이 이어져 과학의 놀라운 위용을 실감했다. 2년 만에 2000명이 넘는 순수음악 팬들이 모이게 되었다. 반가웠다. 뜻하지 않게 외국 교포들도 150명이 가입했으며 국가별로 미국, 캐나다, 볼리비아, 스페인, 일본, 프랑스, 이태리, 중국, 베트남, 캄보디아, 인도네시아, 영국, 싱가폴 등지에서 가입했

이안삼 작곡가가 2016. 1. 9. 세종문화회관 체임버홀에서 열린 제6회 아리수 가곡제 리허설에서 〈사랑이여 어디든 가서〉를 연습하는 테너 이현에게 이 곡에 대해 설명하고 있다. 피아니스트는 이지현 씨

다. 나머진 국내 팬으로 순수음악 중에 특히 가곡, 성가, 합창곡을 애호하는 회원들이 많았으며 공무원, 주부, 예술가, 성직자를 비롯한 지식인들이 대다수 참여했다. 이 중 직접 노래하기를 희망하는 회원들이 있어 가곡교실을 만들어 아마추어 회원들이 모여 매주 가곡을 배우고 익혀오고 있다."(〈미네르바〉 2010년 겨울호)

2017년 현재 이안삼 카페 회원은 6천2백여 명이다. 그 사이에 3배가 더 늘어났다. 카페지기가 따로 없다. 이안삼이 직접 카페지기까지 감당하고 있다.

또 하나의 대표작 〈사랑이여 어디든 가서〉

이안삼은 〈사랑이여 어디든 가서〉를 또 하나의 대표작으로 꼽는다. 이 곡은 이안삼이 2005년에 지은 것이다.

이안삼은 어느 날 문효치 시인이 쓴 이 시를 읽고 강렬한 인상을 받았다. 흔하디흔한 사랑을 주제로 쓴 시임에도 낱말, 구성, 표현 목적 등이 작곡가의 마음을 흔들었다.

사랑이여 어디든 가서

문효치 작시 이안삼 작곡

사랑이여 어디든 가서 닿기만 닿기만 해라
허공에 태어나 수많은 촉수를 뻗어 휘젓는 사랑이여
어디든 가서 닿기만 해라 가서 불이 될

온몸을 태워서 찬란한 한 점의 섬광이 될
어디든 가서 닿기만 해라

빛깔 없이 보이지 않고 표정이 없어 만져지지 않아
서럽게 떠도는 사랑이여
무엇으로든 태어나기 위하여
선명한 모형을 빚어 다시 태어나기 위하여
사랑이여 어디든 가서 닿기만 해라 닿기만 해라

이 작품은 나오자마자 빠른 반응을 몰고왔다. 여기저기 무대에서 불려지면서 방송으로도 널리 퍼져갔다. 1년쯤 지나 러시아에서 연락이 왔는데 한국 유학생이 우크라이나 글랑카 국제 콩쿠르에 이 작품을 가지고 나가겠다는 것이었다. 이후 2008년 4월에는 테너 이재욱이 싱가폴 국제 가곡

제21회 신춘가곡의 향연에서 〈금빛 날개〉를 부르는 소프라노 강혜정(세종문화회관, 2015. 3. 24.)

제6회 아리수 가곡제 남성 출연진. 좌로부터 테너 이현, 바리톤 송기창, 전준한, 이정식, 테너 강무림, 윤병길(2016. 1. 9.)

제에서 이 곡을 연주하였다. 〈사랑이여 어디든 가서〉는 중국의 전통 관현악기로도 편곡 연주되었고 이후 각종 가곡제에 단골 메뉴가 되었다.

새로운 가곡, 클래팝 장르를 열다

가곡을 활성화하기 위한 방법의 하나로 인터넷 카페를 개설한 것과 더불어, 이안삼이 순수 우리 음악인 아름다운 가곡을 일반 대중과 청소년들이 가깝게 할 수 있도록 음악적 방법을 찾아 만든 장르가 클래팝이다. 클래식(Classic)에 팝(pop)을 합친 말이다. 순수음악도 대중이 즐겨하는 화성과 리듬 형식을 변화시켜 만들면 가능성이 있지 않을까 생각 끝에 만든 새로운 장르다.

예술도 시대의 흐름에 따라 변해야 하는데 가만히 앉아 애청자가 다가올 것이란 막연한 기대만 갖고 옛 가곡을 답습만 해서는 아무런 변화와 발전이 없을 것이라고 생각하였다. 이 장르의 노래는 지금까지의 전통적인 가곡과는 다른 구조를 가지고 있어 처음 듣는 이들은 외국 곡으로 생각하기도 한다. 그러나 이안삼은 그 안에 우리의 민족정서를 담기위해 노력했고 서구 음악과 동양의 정서가 어우러지도록 했다.

다시 말해 클래팝이란 순수예술가곡의 틀을 유지하되 멜로디의 경쾌함이랄까, 대중음악적인 요소를 가미하여 누구나 쉽게 다가가고 부를 수 있는 노래라고 이해하면 될 것 같다.

클래팝 장르의 곡들은 노랫말이 없이 독립된 기악곡으로 연주할 수도 있다. 2009년 문화부에서는 영자 월간 홍보물에 이안삼이 창안한 클래팝 장르를 소개하기도 했다. 2010년에는 불가리아, 보스니아 헤르체코비나, 마케도니아 등 동유럽 국가의 국립교향악단 등에서 클래팝들을 연주했고, 그 뒤 뉴욕, LA 등 미주지역에서도 종종 연주되고 있다.

그러면 어떤 것이 클래팝 장르에 들어가는 가곡일까? 예를 들어 전경애 시인의 시로 만든 〈금빛 날개〉는 탱고의 선율을 가미하여 가곡이면서도 탱고를 연상시키는 흥겨움을 더한 노래이다.

금빛 날개

전경애 작시 이안삼 작곡

아아, 언제던가 처음 그날이
아아, 꿈이런가 하늘은 열리고
내 님의 작은 새는 아득히 날아와
외로운 내 창문 두드리던 날
아아, 언제던가 처음 그 날이
아아, 꿈이런가 내 마음 열리고

내 님의 작은 새는 아득히 날아와
파란 나뭇잎 전해주던 날

세상은 고요하고 햇빛 찬란한데
오 나를 위로하는 눈부신 날개여
훨훨 날아라 높이 날아라
날아라 금빛 날개여

봄이면 싹이 트고 여름엔 꽃 피네
오 내 눈물 씻어주는 눈부신 날개여
훨훨 날아라 높이 날아라
날아라 금빛 날개여

이밖에 다빈(김정주)의 〈어느 날 내게 사랑이〉도 이 범주에 든다고 할 수 있고, 마침내 결혼식에서도 연주되기 시작한 서영순 작시의 듀엣곡 〈우리의 사랑〉도 클래팝의 범주에 들어가는 것이다. 초등학교 교사인 다빈 김정주 선생은 2008년부터 인터넷에 '아리수사랑' 가곡카페를 개설해 운영해 오면서 2011년부터는 매년 1월 '아리수 가곡제'를 개최하는 등 우리 가곡 발전을 위해 부단히 애를 쓰고 계신 분이다. 2017년 1월까지 세종문화회관 체임버홀 등에서 모두 일곱 차례 '아리수 가곡제'를 열었는데 제6회와 제7회는 잇달아 매진되는 기록을 세우기도 했다.

서영순 시인이 〈우리의 사랑〉 후편으로 쓴 〈연리지 사랑〉도 2016년 이안삼 작곡으로 아름다운 가곡이 되었다. 그런데 후편의 제목이 쉽게 안 들어 온다는 지적이 있었다. 이안삼 선생의 권유로 몇 달 후 제목을 〈우리의 행복〉으로 바꿨다. 제목은 편한 게 좋다. 잘 바꿨다고 본다. [연리지(連

제7회 아리수 가곡제 출연진. 좌로부터 테너 이정원, 강무림, 김정주 대표, 소프라노 김지현, 김은정, 조경화, 이윤숙, 이미경, 이현정, 바리톤 이정식, 테너 이현, 바리톤 송기창, 석상근(2017. 1. 17.)

理枝)는 중국 당(唐)나라 때 시인 백거이(白居易, 백낙천으로도 불림, 772~846)가 지은 당 현종과 양귀비의 사랑을 다룬 장편 서사시 「장한가(長恨歌)」에 등장하는, 뿌리는 다르지만 서로 엉켜 한 몸이 되어 자란다는 전설의 나무다. 눈과 날개가 하나지만 두 몸이 합쳐 하나가 되어 난다는 비익조(比翼鳥)와 함께 지극한 부부애의 상징으로 쓰인다. 간혹 연리지처럼 엉켜 자라는 나무가 발견되기도 한다.]

어느 날 내게 사랑이

다빈(김정주) 작시 이안삼 작곡

어느 날 그대 꽃잎처럼 나를 찾아 온다면
나 파란 가랑잎 되어 그대 곁에 머물리

어둔 창가 그대 별빛되어 창을 두드리면
밤이슬 맞은 풀잎 되어 설레임에 숨죽이리

긴 세월 가슴에 품은 그대의 고백
맴돌고 맴돌다 하늘에 던진 진주처럼
그대 그대의 밤하늘 영롱히 빛나는
푸른 별빛으로 내게 온다면

나 잔잔한 바람으로 그대 곁에 속삭이리
나 은은한 달빛 되어 그대 곁에 머물리
나 은은한 달빛 되어 그대 곁에 머물리라

우리의 사랑

서영순 작시 이안삼 작곡

천년을 기다려 만난 우리 나는 그대의 날개
천년을 기다려 만난 우리 그대는 나의 눈

천년을 기다려 만난 우리 나는 그대의 심장
그대는 나의 영혼 그대는 내가 되었지

하나가 되어 살아온 세월이 어언 삼십 년
뜨거운 햇살 내리는 빗줄기에도
우리는 즐거운 마음으로 구름 위에 올라
세상 끝날까지 세상 끝날까지 이어지는
사랑의 노래를 부르고 있나네

아 사랑 사랑 사랑 우리의 영원한 사랑

당신은 나의 행복 나의 그리움 나의 모든것
나의 사랑아
아 사랑 사랑 사랑 우리의 영원한 사랑
당신은 나의 행복 나의 그리움 나의 모든것
나의 사랑아

창작의 고통과 기쁨

작곡가는 어떤 과정을 겪으며 작품을 만들까? 이안삼 선생이 가곡 〈위로〉를 작곡하는 어느 한 때의 모습을 카메라에 담은 사람이 있었다. 앞서 말한 〈우리의 사랑〉의 서영순 시인이다. 우연히 창작의 순간을 포착했다고 하는 게 나을지 모르겠다.

창작에 몰두하여 생각에 빠져있는 이안삼 작곡가(서영순 찍음, 2015. 6. 6.)

방금 그린 오선지를 피아노 앞에 놓고 건반을 치면서 멜로디를 들어 보고 있다.

서영순 시인은 이안삼 가곡카페 회장도 맡고 있는데(닉네임 향기나), 서 시인이 2015년 6월 9일 이안삼 카페에 올린 "이안삼 선생님 작품 〈위로〉 탄생의 역사적 순간~~"이라는 글과 사진은 우연히 찍어 올린 것이지만 흥미진진하고 실감이 넘친다.

글의 내용은 다음과 같다.

"현충일이었던 지난 토요일은 이안삼 선생님의 집무실에서 LeeAnn 중창단 하우스 콘서트가 있는 날이었습니다.

콘서트를 시작하기 전에 이안삼 선생님께서 갑자기 악상이 떠올라…, 피아노 치고 직접 악보를 그리시는데 그 역사적 순간을 디카(스마트폰 카메라)에 담았습니다. 얼마 후 세상에 태어날 〈위로〉의 탄생 순간이지요.

제목만으로도 힘든 분들에게 많은 위로가 되고, 치유가 되고 힐링이 될 수 있는 아름답고도 멋진 곡이리라 감히 짐작해 봅니다.

어떤 선율, 어떤 느낌으로 다가와 국민 애창곡으로 사랑을 받을지 엄청 기대됩니다."

그리고 이 글 뒤에 여러 장의 사진을 붙였다. 이안삼 작곡가가 선율을 떠올리는 듯, 의자에 앉아 무언가 골똘히 생각하고 있는 모습, 책상 위에서 악보를 그리는 모습, 그 악보를 가지고 피아노를 치는 장면 등이 카메라에 담겨있다.

노래는 이처럼 순간에 떠오른 영감에 의해 탄생되는 것임을 서영순 씨가 카페에 올린 글과 사진이 생생하게 설명해주고 있다. 비록 상황을 설명하는 짧은 글이고 사진도 순간적으로 스마트폰으로 찍은 것이지만 나는 작곡가의 창작 즉 예술의 탄생을 이해하는 매우 좋은 자료로 보았다.

가곡으로 탄생한 〈위로〉는 고옥주 시인의 시에 멜로디를 붙인 것이다. 작곡가는 이 시를 수없이 읽고 영감을 떠올리기 위해 노력했을 것이며 멜로디가 떠오른 그 순간, 주위에서 누군가 사진을 찍고 있다는 것도 의식하지 못한 채 오선지에 악보를 그려넣고 피아노를 치며 다듬는 등 작업에 몰두하는 모습이 사진에서 잘 느껴진다. 불과 몇 장의 사진으로 꾸며졌지만 한 편의 훌륭한 미니 다큐멘터리다.

하나의 시가 노래로 만들어지는 과정을 살펴보면, 가사로 되면서 작은 변형과 시 구절의 반복이 이뤄지는 경우가 자주 있다. 정형시에서보다는 자유시의 경우가 더 그러하다. 〈위로〉의 경우도 후반 가사의 반복 등이 그러한 현상이라고 할 수 있다. 노래에서는 후렴이 된다.

제1회 해설이 있는 가곡음악회에서 〈우리의 사랑〉을 부르는 테너 김현욱(왼쪽)과 소프라노 정혜숙 (2016. 3. 18.)

위로

고옥주 작시 이안삼 작곡

소프라노 정혜숙의 앨범 〈위로〉(2016, 이안삼 가곡 9집)

사랑할 때는
눈빛 하나 손짓 하나로
꽉 차오르던 마음
왜 한 외로움은
하나의 위로로는 턱없이 부족한 걸까
그래서 세상엔 사람이 넘쳐나야 하지

가을날 사방 흩날리는 나뭇잎
나무가 저 많은 나뭇잎을 품었던 건
그만큼 외로웠음일까

스쳐 지나가는 사람 하나하나
수북이 쌓인 낙엽 하나하나
언젠가 누군가에게 사무치는 위로였다는 것이
나를 나를 노랗게 어루만지는 가을날
너를 알기 위해 이 세상을 살아보는 것이다

노랗게 어루만지는 가을날
너를 알기 위해 이 세상을
이 세상을 살아보는 것이다
(뒤의 세줄 한 차례 더 반복)

제3회 해설이 있는 가곡음악회 출연진과 관계자들. 좌로부터 김정주 사회자, 테너 김남두, 이정식 해설자, 소프라노 허미경, 작곡가 이안삼, 소프라노 김은정, 고진영, 김순영, 피아니스트 장동인, 서영순 시인(2016. 7. 15.)

〈위로〉는 2015년 겨울부터 각종 음악회에서 불려지기 시작했다. 소프라노 이윤지, 이현정, 정혜숙, 이지연, 고진영, 장유리 등이 불렀으며 정혜숙은 2016년 봄에 낸 자신의 앨범 타이틀을 〈위로〉로 하기도 했다.

해설이 있는 가곡음악회(해가음)

2016년 3월부터 11월까지 홀수 달에 다섯 차례에 걸쳐 진행된 〈해설이 있는 가곡음악회〉(약칭 해가음)는 우리나라 가곡 역사에서 유례를 찾기 어려운 특별한 음악회였다고 할 수 있다.

노래에 해설이 곁들여지는 음악회가 클래식과 오페라 분야에서 종종 있다. 그러나 한국 가곡의 경우 하나하나의 노래에 클래식이나 오페라에 견줄 만한 스토리가 있겠느냐고 생각한다. 6·25 전쟁 등으로 실제 남아있는 자료 자체도 매우 빈약하여 본격적인 해설을 시도하기가 어려웠을 것

'해설이 있는 가곡음악회' 사회자 김정주(다빈) 아리수사랑 가곡카페 대표. 〈어느 날 내게 사랑이〉 작사자.

이다.

그러나 이곳저곳 찾아보니 우리 민족이 일제의 식민지라는 역사이래 최대의 수난을 겪고 있던 시대에 태어난 우리 가곡에는 나름 숨은 사연들이 많이 있었다. 대체로 질곡의 우리 역사와 관련된 가슴 아픈 사연이다. 사랑과 이별에 얽힌 흥미로운 이야기도 있다.

'해설이 있는 가곡음악회'는 바로 가곡에 얽힌 그러한 사연들과 노래를 나눈 의미 있는 음악회였다.

노 작곡가의 봉사에 성악가들 기꺼이 호응

'해설이 있는 가곡음악회'는 2016년 찬바람이 조금씩 잦아들던 2월 어느 날 신동근 동인음악 사장, 이안삼, 김정주 세 분이 나의 일터인 용산 서울문화사의 새로 단장한 강당을 구경하러 오셨다가 전격적으로 결정된 것이다.

강당은 서울문화사 별관인 시사저널 빌딩 지하에 있다. 원래 이 공간은 인쇄시설이 있던 곳인데 2015년 직원들 교육이나 세미나 또는 북 콘서드용으로 개조되었다.

강당을 둘러보고 근처에서 함께 점심 식사를 하면서 강의실 같이 좋은

제4회 해설이 있는 음악회를 마친 후. 좌로부터 이정식 해설자 , 김정주 아리수사랑 가곡카페 대표, 이안삼 작곡가, 소프라노 이현정, 신동근 동인음악 사장(2016. 9. 23.)

책상도 있으니 이 공간을 활용해 해설음악회 같은 것을 하면 좋겠다는 이야기가 나오면서 전격적으로 '해설이 있는 가곡음악회'라는 제목과 제1회 날짜까지 결정되었다.

이안삼 선생이 성악가와 피아니스트 섭외를 맡기로 하고, 김정주 선생이 기획과 진행을 맡기로 했으며, 해설은 필자가 하기로 했다. 신동근 사장은 비용의 일부를 감당해 주기로 했다.

처음에는 공간에 3백 명 정도는 들어갈 수 있지만 주차 문제도 있으므로 조촐하게 시작하는 게 좋겠다고 생각하여 100명 정도의 소규모로 시작하기로 했다.

그런데 이안삼 가곡카페와 아리수사랑 가곡카페에서 회원들의 접수를 받다보니 금세 100명이 넘었다. 그래서 150명으로 마감했으나 당일 현장으로 직접 온 사람들이 있어서 200명 이상이 되었다.

해가음은 쉬는 시간 없이 2시간 가량 진행되었다. 가곡 하나하나에 대해 작사나 작곡 동기, 당시의 시대 상황 등에 대해 설명을 하고 사진을 통해 현장 등을 보여준 후 성악가가 나와 노래를 하는 식으로 진행됐다. 참석자들은 처음 듣는 얘기들이 많다며 재미있어 했다. 강당 구조상 좁은 대기실에서 밖에 나오지도 못한 채 꼼짝 못 하고 기다려야 하는 성악가들은 힘들었을 것이다.

음악회는 1회부터 5회까지 언제나 참석자 전원과 관객이 이안삼 작곡가의 지휘로 함께 합창하는 것으로 피날레를 장식했다. 1회 때는 임긍수 작곡가도 무대로 나와 〈강 건너 봄이 오듯〉을 직접 지휘했다.

이안삼 작곡가는 5회에 걸친 해가음의 섭외를 혼자 하셨다. 재능기부 차원으로 성악가를 초치한다는 것은 쉬운 일이 아니다. 노 작곡가의 봉사에 성악가들이 기꺼이 호응했기에 가능했다. 그 어려운 일을 매번 혼자 감당하셨으니 해가음의 가장 큰 공로자라 아니할 수 없다.

작곡가이며 피아니스트인 장동인 씨도 이 음악회를 위해 끝까지 봉사해 주었다. 김문기 사진작가는 전 과정을 녹화하면서 별도로 스틸 사진까지 찍어주었다. 녹화한 화면은 편집하여 유튜브에도 올리는 등 수고를 아끼지 않았다.

유려한 글 솜씨, 적극적인 SNS 소통

이안삼 선생은 글도 유려하게 잘 쓰시고, SNS 소통에도 매우 열심이시다. 음악회에 함께했던 사람들에게도 한 사람 한 사람 칭찬과 격려의 말을 SNS에 남긴다.

해가음을 시작할 때 해가음 관계자, 출연 성악가들과의 소통을 위해 단체 카톡방을 만들었는데, 이안삼 선생은 제1회 해가음(3월 18일)을 마친 다음 날인 19일 오후, 이런 문자를 올렸다.

"훌륭하신 분들과 이렇게 좋은 공연에 함께할 수 있어서 영광이었습니

작곡가 이인삼 초청음악회로 열린 돌체 마티니 콘서트(해설 이준일)가 끝난 뒤 생일 꽃다발을 받는 이안삼 작곡가. 이안삼 작곡가는 1943년 9월 12일 생.(2016. 9. 12.)

다. 어제 음악회 준비와 진행을 도와주신 모든 분들께 감사드립니다."

이어 출연자 중 가장 나이가 적은 소프라노 홍은지에게는 이런 카톡 문자를 남겼다.

"홍은지 성악가, 연주가 아름다웠어요. 참 잘했어요. 티 없이 맑아 비단 같았단 느낌 받았어요. 이제부터 시작이란 마음으로 힘 있게 전진하세요. 축하해요."

한 시간 쯤 후에 홍은지의 답신이 왔다. "좋게 봐주셔서 감사합니다. 선생님~. 앞으로도 열심히 하겠습니다."

해설을 했던 내게는 밤 10시 넘어 다음과 같은 문자를 남겼다.

"이정식 사장님, 해설 담긴 시와 가곡 이야기, 퇴근길 포장마차 들러 연탄에 돼지갈비 구워 쇠주 마시며 듣는 느낌이어서 좋았습니다. 왠지 제주도가 따뜻해 보였습니다."

여기서 제주도란 아마도 내가 〈이별의 노래〉를 해설하면서 이 시를 쓴

가곡 작곡가 4인 그룹, 좌로부터 이수인, 최영섭, 이안삼, 임긍수(2012. 9. 12.)

박목월 선생이 6·25 전쟁이 끝난 다음 해인 1954년 젊은 여대생과 제주도로 잠시 사랑의 도피를 했던 이야기를 한 데 대한 코멘트 같았다.

이 문자를 보니 나도 갑자기 포장마차에 가보고픈 생각이 들었다. 하도 가본 지가 오래여서 요즘엔 어디에 있는지조차 모르지만……. 나는 이렇게 답신했다.

"고맙습니다. 언제 이안삼 선생님 모시고 포장마차 한번 가고픈 생각이 드네요."

선생은 직선적이고 고집스러운 면이 있으면서도 매우 자상하고 적극적인 성격이다. SNS 등 새로운 모바일 환경 변화에 빠르게 따라가려고 하는 노력과 부지런함 또한 큰 장점이 아닐 수 없다. 그러한 적극성과 부지런함은 모든 이들에게 귀감이 되는 것이다.

선생은 〈여성경제신문〉 등에 나온 해가음 관련 기사도 빠짐없이 카페는 물론 단체 카톡과 카카오스토리에 직접 올려 놓는다. 전국적으로 음악

관련 행사 등에 초청도 많다. 몇 해 전부터 해마다 봄에 세종문화회관에서 열리는 "서울신춘가곡제 — 신춘 가곡의 향연"의 운영위원장도 했다. '신춘가곡의 향연'은 동인음악 신동근 사장이 30년간 이끌어온 순수가곡 음악회다.

선생은 현직에 계실 때보다 바쁜 생활을 하고 계시는 것이 틀림없다. 얽매이지 않은 상황에서 바쁜 것은 건강에도 좋을 것이라고 생각한다.

스승 김동진 선생으로부터 많은 영향 받아

이안삼은 1943년 일본 나고야에서 태어나 6살 때 아버지의 고향인 김천으로 돌아왔다. 1961년 김천고등학교를 졸업하고 서라벌 예대 기악과에 입학했다. 기악과에 들어간 것은 그가 트럼펫을 잘 불었기 때문이다. 후일 유명한 가곡 〈고향의 노래〉를 작곡한 이수인이 이 학교 선배다.

어느 날 작곡을 가르치던 김동진 선생이 그를 불러 작곡과로 전과하기를 권했다. 가곡 〈가고파〉를 작곡한 그 김동진이다. 스승의 한마디에 전과를 결심했다. 김동진 선생이 경희대 음대로 옮겨가자 그 역시 스승을 따라 경희대 작곡과로 적을 옮겼다가 1964년 대학 4학년 때 군에 입대했다.

이안삼은 자신의 음악 인생과 관련해 김동진 선생 이야기를 자주 한다. 꾸밈없고 소탈한 그의 모습은 검소하고 겸손했던 스승 김동진 선생으로부터 많은 영향을 받은 것으로 보인다.

제대 후 그는 1967년부터 2006년 정년까지 39년간 마산중학교와 김천중·고교 교사를 지냈다. 그 사이 1980년부터 82년까지 2년간 미국에 건너가 브루클린 음대 작곡과를 졸업하고, 줄리어드 음악원에서 지휘과를 수료했다.

정년 퇴직 전후 경북대 예술대 음대 강사, 한국작곡가회 부회장, 한국예술가곡 연합회 초대회장을 비롯, 포럼 '우리 시, 우리 음악'(이안삼, 문효치, 박세원 공동대표)을 이끌어왔다. 2004년에는 최영섭, 이수인, 임긍수 작곡가와 '가곡 작곡가 4인 그룹'을 결성했다. 그동안 4개의 음반과 4인 예술가곡집을 출판하는 등 한국 가곡에 활기를 불어넣기 위한 활동을 이어오고 있다. 이안삼은 대한민국 가곡제, 서울가곡제, 국민가곡제 등도 잇달아 출범시켰다.

이안삼은 부인 임성애 여사와의 사이에 2남 1녀를 두었다. 딸(이시라)이 아버지의 뒤를 이어 음악교사를 하고 있다. 대학에서 성악을 전공했다. 장남은 의사, 차남은 회사원이다. 큰며느리, 사위가 다 의사다. 의사가 많은 다복한 집안이다.

그는 지금까지 〈내 마음 그 깊은 곳에〉 등 가곡 300곡, 〈메밀꽃 필 무렵〉 등 합창곡 100곡, 〈선하신 목자〉 등 교회음악 합창곡 100곡, 그리고 기악곡 14편을 작곡했다. 가장 최근에 지은 곡은 한상완 시인(전 연세대 부총장)의 〈여름 보름밤의 서신〉. 2016년 10월 작곡되어 2017년 초부터 각종 연주회에서 불려지고 있다.

이안삼 선생은 교직 퇴임 시의 중요한 결단 이후 인생 후반전을 누구보다 성공적으로 보내고 있다. 언젠가 해가음 행사 때 필자가 해설 도중 멀리 뒷자리에 앉아 계신 이안삼 선생의 이야기를 한 일이 있었다. 이때 이 글 맨 앞에 언급한 지센린의 '80대 전성기론'을 소개하면서, "이안삼 선생님은 100세까지 전성기를 구가하시기를 바랍니다"라고 말했다. 그렇게 되시기를 진심으로 기원한다.

강 건너 봄이 오듯·그대 창밖에서

대표적인 봄의 노래 중 하나가 된 가곡

노래의 탄생과 성장

노래도 사람의 삶을 닮았다는 생각이 들 때가 있다. 대중가요와 달리 특히 예술가곡의 경우가 그런 것 같다. 10년, 20년의 오랜 성숙기를 거치면서 서서히 대중 속에 파고드는 노래가 가곡이 아닐까 한다. 그리곤 절정의 시기를 맞다가 천천히 추억의 노래로 변해가기도 하고 어떤 것은 오랫동안 생명력을 유지하기도 한다.

이런 생각을 하게 된 것은 〈강 건너 봄이 오듯〉(송길자 작시, 임긍수 작곡)을 보아오면서부터이다.

나는 가곡애호가로 자처하지만 〈강 건너 봄이 오듯〉을 2004년 12월 예술의 전당에서 열린 'CBS 창사 50주년 기념음악회'에서 소프라노 조수미의 노래로 처음 주의깊게 들었다.(그 이전에도 들은 적이 있었을 것이란 뜻)

봄을 기다리는 내용을 담은 이 노래에서 매우 화사하면서도 강렬한 느낌을 받았었다. 한아름 연분홍 꽃다발 같은 훈훈한 봄바람이 안겨주는 희망의 봄을 느끼게 하는 밝은 노래였다.

봄을 기다리는 살얼음 언 강. 북한강과 남한강이 만나는 경기도 양평군 양수리 인근 한강.

그 뒤 이 노래가 그보다 10년도 더 전인 1992년에 초연되었다는 것을 알게 되었다. 처음 〈강 건너 봄이 오듯〉을 부른 이는 테너 임정근이었다. 노래는 서서히 알려지기 시작했다. 이 노래는 내용적으로 보면 다소 여성적인 분위기라고 할 수 있다.

그래서일까? 천천히 알려지던 이 노래는 그 후 조수미가 부르면서 강한 흡인력을 갖고 인기 가곡의 반열에 오르게 되었다. 조수미의 깨끗하면서도 힘과 기교를 갖춘 소리가 주는 감동이 이 노래를 살아 움직이게 한 원동력이 아닐까 하는 생각을 한다. 역시 노래는 멜로디와 가사에 못지않게 누가 부르느냐도 중요하다는 사실을 새삼 느끼게 된다.

〈강 건너 봄이 오듯〉은 2000년대 중반 이후로 겨울부터 봄까지 각종 음악회에서 가장 많이 불리는 가곡이 되었다. 서울국제음악콩쿨 등 여러 콩쿨에 지정곡이 되었고, 자동차 CF에도 등장했다. 중·고등학교 음악교과서에도 해마다 실리고 있다. 2013년 2월 대통령 취임 축하음악회에서도 이 노래가 불렸다. 노래가 탄생한 지 20년이 지나면서 성숙의 단계로 들어선 것 같다.

강 건너 봄이 오듯

송길자 작시 임긍수 작곡

1.
앞 강에 살얼음은 언제나 풀릴꺼나
짐 실은 배가 저만큼 새벽안개 헤쳐왔네
연분홍 꽃다발 한아름 안고서
물 건너 우련한 빛을 우련한 빛을
강마을에 내리누나
앞 강에 살얼음은 언제나 풀릴꺼나
짐 실은 배가 저만큼 새벽안개 헤쳐왔네

2.
오늘도 강물따라 뗏목처럼 흐를꺼나
새소리 바람소리 물흐르듯 나부끼네
내 마음 어둔 골에 나의 봄 풀어놓아
화사한 그리움 말없이 그리움 말없이
말없이 흐르는구나
오늘도 강물따라 뗏목처럼 흐를꺼나
새소리 바람소리 물흐르듯 나부끼네
물흐르듯 나부끼네

(주: 당초 송길자 시인의 원본에는 '풀릴거나' '흐를거나'였으나 가사가 되면서 '풀릴꺼나' '흐를꺼나' 등 된소리로 바뀌었다)

임긍수 작곡가

송길자 시인

이 노래의 가사는 〈소식〉이라는 제목의 사설시조에서 온 것이다. 평범한 가정주부로 살다가 1982년 등단한 송길자(1942~) 시인의 작품이다. 1992년 어느 날 박재삼 시인(1933-1997)으로부터 KBS에 가곡으로 만들 시를 한 편 보내주면 좋겠다는 연락을 받고 시인은 자신이 쓴 사설시조 〈소식〉을 문득 떠올렸다.

소식

앞 강에 살얼음이 풀릴 때쯤이면
나뭇짐을 실은 배가 새벽안개 저어왔네.

삭정이 청솔가지 굴참나무 가랑잎 덤불
한 줄로 부려놓은 지겟목 쇠바릿대 위엔,

연분홍 진달래도 한 아름씩 꺾고와서,

강 건너 봄 그 우련한 빛을 이쪽 강마을에 풀어 놓더니

오늘은 저문 강을 뗏목으로 저어와,

내 마음 어둔 골에 봄빛을 풀어놓네.

화사한 꽃 내음을 풀어놓네.

(송길자 시집, 『달팽이의 노래』, 1994)

「강 건너 봄이 오듯」의 원전이 된 사설시조 「소식」이 실린 시집 『달팽이의 노래』(1994.)

그러나 이러한 사설시조를 그대로 가사로 하라고 보낼 수는 없었다. 밤새 이 시조를 기초로 노랫말을 만들었다.

송길자 시인은 2013년 봄, 필자에게 보낸 메일에서 당시의 상황을 이렇게 설명했다.

"어느 작곡가에게 갈지도 모르면서 감히 사설시조 전문을 그냥 보내놓고 알아서 가사화해 쓰라고 함부로 할 순 없는 것쯤은 잘 알기에 시간에 쫓기면서도 밤새 그 사설시조에서 힌트, 그 뜻을 살려 지금의 노래대로 가사화해서 보냈습니다."

사설시조 〈소식〉을 〈강 건너 봄이 오듯〉으로 바꿔

송길자 시인은 당시 KBS에 보낸 가사의 원본을 갖고 있지 않아서 정확하다고는 할 수 없지만 〈소식〉을 대충 다음과 같은 내용의 노랫말로 만들

좌로부터 임긍수 작곡가, 송길자 시인, 필자. 취재를 위해 두 분을 함께 만났다.(2013. 3. 11.)

어 보낸 것으로 기억한다고 했다. 이때 제목도 〈강 건너 봄이 오듯〉으로 바꿔달았다.

창 앞에 언 강물은 언제나 풀릴거나
나뭇짐을 실은 배가 저만큼 새벽안개 헤쳐왔네
연분홍 진달래꽃을 한 아름씩 안고서
물 건너 우련한 그 빛을 강마을에 내리누나
오늘도 강물 따라 뗏목처럼 흐를거나
새소리 바람소리 물 흐르듯 나부끼네
내 마음 어둔 골에 나의 봄을 풀어놓아
화사한 그리움 말없이 흐르는구나
〈강 건너 봄이 오듯〉(가사 원본)

KBS는 해방 이후 오랜 세월 시인들로부터 노랫말이 될 만한 시를 받아 이를 작곡가들에게 가곡으로 만들어 달라고 의뢰하는 일을 꾸준히 해왔다. 가곡 프로그램에 쓰기 위한 것으로서 우리 가곡 보급을 위한 작업의 하나였다. 송길자 시인은 1980년대 KBS에서 '내고장 노래 만들기 운동'을 펼칠 때 고향인 〈여주의 노래〉를 작사한 경험이 있어 노랫말 만들기가 생소한 작업은 아니었다. 그렇게 만들어져 KBS로 보내진 가사는 임긍수 작곡가(1949~)에게 의뢰가 갔다.

한편 임긍수 작곡가는 가사를 받고 '여기에 어떻게 아름다운 멜로디를 붙일 것인가?'하며 깊은 생각에 빠졌다.

가사는 하나의 노래로 만들기에는 좀 길었다. 노래는 반복을 통한 리듬이 중요한데, 이 시에는 반복이 거의 없다.

어떻게 할 것인가?

임긍수 작곡가는 마침내 작곡에 따른 가사 정리 문제 등을 상의하기 위해 시인과 만났다.

이때 상황과 관련하여 송길자 시인은 메일에서 이렇게 설명했다.

"임긍수 선생님이 '노래에 후렴이 들어갔으면 좋겠다'며 '어느 부분을 어떻게 했으면 좋겠느냐'고 물으셨지요. 그래서 후렴 부분 가사는 윗글에서 따든 아랫글 가사 중에서 따든 편의대로 하셔도 좋겠다 하여 그것은 그분께 맡겼었지요. 그래서 지금의 노래처럼 1,2절로 나뉘고 그 사이에 후렴이 들어가게 되었답니다."

임긍수 작곡가의 말도 들어보았다.

"아름답고 서정적인 노래를 만들기 위해서는 어떨 때는 가사 중의 일부 단어들을 순화시켜야 할 필요가 있습니다. 또 노래의 틀에 맞추기 위해서 원래의 뜻을 거스르지 않는 범위 내에서 정리해야 할 것이 많은 때도 있지요."

〈강 건너 봄이 오듯〉은 이러한 어려운 과정들을 거쳐 비로소 세상에 나왔다.

오늘날의 임긍수를 있게 한 〈그대 창밖에서〉

임긍수 작곡가는 〈강 건너 봄이 오듯〉을 이야기할 때마다 이 노래가 나오게 된 뿌리는 데뷔작인 〈그대 창밖에서〉라고 말한다.

그는 〈그대 창밖에서〉가 오늘날 '작곡가 임긍수'를 있게 한 소위 '처녀작'이라고 생각한다.(나는 처음에 '출세작'이란 표현을 썼는데 그보다는 '처녀작'이란 표현이 좋겠다는 임 작곡가의 의견을 존중하여 바꿨다.) 〈그대 창밖에서〉가 인정을 받으면서 방송사에서도 작곡 의뢰가 오기 시작했고 그러던 중 탄생한 곡이 〈강 건너 봄이 오듯〉이므로 〈그대 창밖에서〉가 없었다면 〈강 건너 봄이 오듯〉도 없었다고 보는 것이다.

그대 창밖에서

박화목 작시 임긍수 작곡

그대 그리워 노래하네
휘영청 밝은 달빛 아래
애절한 나의 노래 듣는가
두견새 혼자 울어예는 밤
이 마음 저 밤새와 같이
이 밤 허비며 사랑노래 부르네
괴로운 내 가슴속엔 한 떨기 장

시집 『그대 내 마음의 창가에』(1990)에 실려있는 박화목 시인의 사진

미

오 내사랑 말해다오

애타는 이 마음 어이해 들어주오

저 달이 지도록

나 그대 창가 밑에 서성이면서 기다리네

오 내 사랑아 내 사랑아

1949년 충남 천안 출생인 임긍수 작곡가는 병천 초·중·고교를 거쳐 1969년 서울음대 작곡과에 진학했다. 그가 초·중·고교를 다닌 천안 인근 병천은 1919년 유관순 열사가 3·1만세운동을 벌인 아우내 장터가 있는 곳이다. 그는 재학 중 군 생활을 마치고 졸업 이듬해인 1977년부터 1984년까지 은광여고에서 음악교사로 재직했다.

1984년 어느 날 학교에서 시험 감독을 하게 되었다. 무료한 시간을 때우기 위해 교실에 갖고 들어간 박화목 시인(1924~2005)의 시집을 한 장 한 장 넘기던 중 〈그대 창밖에서〉가 눈에 들어왔다. 그 자체로 하나의 세레나데를 연상케 하는 아름다운 시였다. 박화목 시인은 가곡 〈보리밭〉, 동요 〈과수원길〉 등의 작사자로도 널리 알려진 분이다. 이 시를 거듭 읽는 동안 아름다운 멜로디가 문득 머릿속에 떠올라 이를 급히 스케치했다. 시험 감독을 마치자마자 교무실로 들어와 스케치한 멜로디를 악보로 그렸다. 그가 외부에 발표한 첫 작품인 가곡 〈그대 창밖에서〉는 그렇게 탄생했다.

이 노래는 유명 성악가인 서울대 음대교수 테너 박인수 씨에 의해 처음 불려졌다. 〈그대 창밖에서〉는 그때까지의 일반적인 가곡과 달리 오페라 아리아를 연상케 하는 극적인 분위기와 강렬한 클라이막스를 가진 신작 가곡이었다. 세상에 처음 선보인 이 노래로 인해 그는 단박에 실력을 인정 받았다. KBS는 이 가곡의 작곡가인 그를 FM 〈정다운 가곡〉 프로그램의 전속 작곡가로 위촉했다.

한 번도 못 만난 작사가와 작곡가

나는 임긍수 작곡가와 〈그대 창밖에서〉의 작사자인 박화목 시인과의 사이에 필경 어떤 만남이 있었을 것으로 생각하고 "두 분이 만난 적이 있는지" 물어보았다. 임 작곡가는 박화목 시인과 "한 번도 만난 적이 없다"고 했다. "전화통화 한 일도 없느냐?"고 물으니 "전화도 한 일이 없다"고 했다. 〈그대 창밖에서〉는 임 작곡가 스스로 데뷔작으로 생각하는 노래이므로 그러한 대답은 의외였다.

이 노래가 나온 1984년은 박 시인이 회갑을 맞은 해였다. 박화목 시인은 2005년에 작고했으니 그후 21년의 세월이 있었다. 한창 때의 테너 박인수 교수가 각종 음악회에서 즐겨 불렀으므로 라디오나 텔레비전에서도 제법 소개가 됐을 것이고 박화목 시인도 자신의 시로 된 그 노래를 들었을 법한데 두 분 간에 전화통화 한 번 없었다는 대답을 들으니 아쉬웠다. 두 분이 한 번쯤이라도 만났더라면 후일에 이야깃거리가 될 만한 즐거운 대화가 있었을텐데…….

"박화목 시인이 작사자로 저작권 등록은 되어있는지" 물어보았다. "노래 가사의 저작권 등록이 어떻게 되어있는지는 알지 못한다"고 하였다. 작사, 작곡은 각자의 문제이므로 그럴 것이다.

요즘에는 누구나 저작권에 신경을 쓰지만, 우리나라에 그런 개념이 제대로 알려지기 시작한 것은 2000년대 이후가 아닐까 생각한다. 지금 같으

세종문화회관에서 열린 제19회 '신춘 가곡의 향연'이 끝난후 로비에서. 좌로부터 고옥주 시인, 송길자 시인, 임긍수 작곡가(2013. 3. 19.)

면 자신의 노래가 유행하면 당장 저작권과 저작권료부터 떠올리겠지만 과거에는 그런데 대한 관념이 별로 없었다.

제주대 교수였던 가곡 〈떠나가는 배〉(1952년 변훈 작곡)의 원작자 양중해(1927~2007) 시인은 방송과 음악교과서 등 모든 자료에서 이 노래의 작사자를 양명문 시인으로 소개하는 오류가 오랫동안 계속되었음에도 수십 년간 아무 이의를 제기하지 않았다. 후일(1984년) 그 사실을 알게 된 제주MBC에 근무하던 제자 김순두 라디오 편성부장이 앞장서서 문교부와 제주도교육청 등에 시정 요청을 하지 않았더라면 아직까지도 작사자 이름이 바뀌지 않았을지 모른다. 작사자의 이름이 고쳐진 후 양중해 교수는 김순두 부장에게 "요즘 내 수입이 괜찮아. 원고료가 꼬박꼬박 들어와" 하며 김 부장 덕에 저작권료를 받게되어 고맙다는 인사를 했다고 한다.(이정식 가곡 에세이『사랑의 시, 이별의 노래』51쪽, 한결미디어, 2011)

박화목 시인 역시 저작권 같은 문제에 무덤덤하던 시대에 살던 분이다.

훌륭한 시인의 시에 아름다운 멜로디가 붙여져 후세에 남겨졌으니 고인도 하늘나라에서 즐겁게 생각하시지 않겠는가 한다.

시집에 없는 시

〈그대 창밖에서〉와 관련해 오랫동안 풀지 못한 숙제가 있었다. 나는 〈그대 창밖에서〉의 원본 시가 있을 것으로 생각하고 그것을 찾아보기 위하여 국립도서관을 몇 차례 드나들며 도서관에 있는 6권의 박화목 선생 시집들을 거듭 열람해 보았으나 찾을 수가 없었다.

노래 제목과 비슷한 제목의 시는 있었다. 박화목 시인의 시집 제목 가운데 하나가 된 〈그대 내 마음의 창가에〉가 그것이다. 그러나 내용이 〈그대 창밖에서〉와 전혀 달랐다. 이 시는 1974년에 나인용 작곡가에 의해 가곡으로 만들어졌고 박화목 선생도 이 시가 노래로 만들어져 불리고 있다는 것을 시집의 서문에 적어 놓았다.

김노현 작곡의 〈그대 창밖에〉가 실려 있는 가곡악보집(세광출판사, 1973)

그대 내 마음의 창가에

박화목 작시 나인용 작곡

그대 내 마음의 창가에
황혼의 그늘 같은 고요한
미소를 머금고 날 바라보네

어서 들어오라는 정열의 손짓에도
나의 애타는 안타까운 표시에도

그대는 창가에서 미소할 뿐이네.

구월의 밤 하늘에 흰 달이 돋아 오고
유달리 반짝이며 선회하는 인공위성과 함께
기러기들 날아올 테지만, 그대는 흘러간 세월과 같은 것.
자꾸만 식어가는 싸늘한 그대의 입김
내 마지막 사랑을 노래하여 덥힐 수 있으랴.

아 지금은 가을이 오고 황혼이 내리고
고독한 내 마음의 창가에 그대는 서서
고요한 미소를 머금고 날 바라볼 뿐이네.

2014년 7월, 나는 문득 임긍수 작곡가에게 전화를 하여 "〈그대 창밖에서〉가 들어있던 박화목 시인의 시집을 기억하느냐?"고 물어보았다.

임 작곡가는 "기억하지 못한다"고 했다. 그는 "박화목 선생의 시 가운데에서 〈그대 창밖에서〉를 가져왔기 때문에 박화목 작시라고 한 것은 사실인데, 내용이 어디에서 왔는지는 정확하게 기억이 나지 않으며 작곡을 위해 시에 가필한 것은 기억이 난다"고 했다. 임 작곡가는 박화목 시 〈그대 내 마음의 창가에〉를 가사로 하여 나인용 작곡가가 가곡을 만든 사실은 알고 있었다.

1973년 이전에 쓰인 가사

임긍수 작곡가와 통화를 한 지 두 달쯤 후인 2014년 9월 하순, 고 박화

김노현 작곡의 〈그대 창 밖에〉 악보

목 시인의 아드님이 서울에서 목회를 하고 있다는 사실을 우연히 알게 되었다. 박성혁 목사다. 나는 전화번호를 알아내어 박 목사에게 전화를 걸었다. 나를 소개하고 전화를 건 가장 중요한 이유 즉, 가곡으로 불리고 있는 〈그대 창밖에서〉가 들어있는 시집을 알고 있는지 물어보았다.

박 목사는 처음에는 〈그대 창밖에서〉란 아버지 박화목 시인의 시가 있고, 그것이 노래로 불린다는 자체를 모르고 있는 것 같았다.

나의 설명을 듣고 박 목사가 10여 일 후 전화를 해왔다. 내가 찾아 본 6권의 시집(『그대 내 마음의 창가에』『시인과 세월』『시인과 산양』『그 어느 목소리를 들을 수 있다면』『이처럼 꽃잎 흩날리는 날에』『이 사람을 보라』)을 포함해 집에 있는 9권을 모두 살펴봤지만 그 시를 찾지 못했으나 가곡집에서 중요한 내용을 발견했다고 말했다. 스마트폰으로 그가 찍은 가곡집 표지 사진과 악보를 나의 스마트폰으로 보내주었다.

1973년에 나온 세광출판사의 가곡악보집 〈한국가곡 200곡선, 하권〉인데, 그 안에 박화목 작사, 김노현 작곡의 〈그대 창밖에〉의 악보가 들어있었다. 물론 멜로디는 전혀 다른 노래다.

나는 박 목사와 통화를 하기 전에 이 노래 가사의 저작권자가 김복득 씨로 되어 있다는 사실을 확인했다. 박화목 시인의 미망인 즉 박 목사 모친의 성함이었다.

노래가 된 자신의 시를 시집에 싣지 않은 시인들

그 후 나는 임긍수 작곡가에게 다시 전화를 하여, "혹시 당시 시험감독 때 갖고 들어간 것이 박화목 시인의 시집이 아니고 가곡악보집이 아니었는지?" 하고 물어보았다. 임 작곡가는 "오래되어서 정확한 기억이 없지만 그럴지도 모른다"고 말했다.

마침내 궁금증이 풀리는 듯 하였다. 임긍수 작곡가는 당시 시집이 아니라 가곡악보집의 가사를 보고 여기에 자신의 새로운 곡을 붙였던 것으로 보인다. 하나의 시에 여러 작곡가가 각각 자신의 곡을 붙이는 것은 흔한 일이니까. 또한 멜로디를 새로 붙이면서 가사도 조금 바꾼 것 같다.

그런데 왜 박화목 시인은 〈그대 창밖에서〉를 자신의 시집에 싣지 않았을까? 시인이 노래로 된 자신의 시를 시집에 싣지 않는 경우가 아주 드문 일은 아니다. 가곡으로 유명한 박목월 시인의 〈이별의 노래〉가 그의 시집

제19회 '신춘 가곡의 향연'(2013. 3. 19.)이 끝난 후 아리수사랑 가곡 카페 회원들과 함께 한 임긍수 작곡가(뒷줄 오른쪽에서 세 번째), 필자(임 작곡가 옆, 필자는 이날 〈강 건너 봄이 오듯〉을 불렀다)

세종문화회관에서 열린 제21회 신춘가곡의 향연에서 임긍수 곡 〈두물머리 아리랑〉을 부르는 소프라노 임청화(2015. 3. 24.)

에 없고, 역시 유명 가곡인 양중해 시 〈떠나가는 배〉가 작사자인 양 시인의 시집에 없다.

요즘 분위기로 봐선, 자신의 시가 노래로 만들어지면 시집을 만들 때 그 시를 더 부각시키려고 할 것 같은데 수십 년 전의 시인들은 요즘 사람들과는 생각이 달랐던 것 같다. 노랫말이 되었으니 시가 아니라고 생각해서 시집에 안 넣었을까? 아니면 노래가 된 자신의 시를 시집에 싣는 것을 점잖지 못하다고 겸연쩍게 생각해서였을까? 그러한 이유들로 인해 〈그대 창밖에서〉도 박화목 시인의 시집에 안 들어있는 것 아닐까?

노(老) 시인의 〈잠 못 이룬 밤〉

세월이 달라졌고 또한 정도의 차이는 있겠지만 자신의 시가 노래로 만들어진다는 것은 당사자 시인에게는 밤잠을 설칠 정도로 기쁘고 흥분되는 일인가 보다.

2016년 10월 작고한 교신 오두영(1934~2016) 시인은 늦게 시작(詩作)을 배워 시인이 된 분이다. 근년에 들어와 여러 작곡가들이 그의 시를 가지고 노래를 만들었다. 주로 가곡이다. 임긍수 작곡가도 그중 한 분이다. 임 작

제21회 '신춘 가곡의 향연'이 끝난 후 세종문화회관 로비에서(좌로부터 필자, 고옥주 시인, 김춘환 여사(임 작곡가 부인),임긍수 작곡가, 이안삼 작곡가(2015. 3. 24.)

곡가는 오 시인의 시 〈겨울바다〉 등 세 곡을 노래로 만들었고, 정애련 작곡가도 그의 시 〈벚꽃 핀 날에〉 등으로 세 편의 노래를 지었다.

오두영 시인은 2013년 6월 8일 지인들과 저녁 식사를 하고 집으로 돌아가는 전철 안에서 임긍수 작곡가로부터 자신의 시 〈어느 누가 부르는 노래인가〉의 작곡이 완료되었다는 스마트폰 문자를 받았다. 그날 밤 그는 너무 기쁘고 흥분되어 잠을 못 이뤘다. 다음 날 새벽 오 시인은 〈잠 못 이룬 밤〉이란 제목의 글을 '임긍수 카페'(Daum)에 올렸다. 작은 활자로 A4 용지 한 장을 꽉 채울 정도의 짧지 않은 글이지만 그 가운데 다음과 같은 몇 줄을 소개한다.

"너무 즐겁고 기쁜 날에는 잠이 안 온다. 밤 12시 자정이 넘어서 자리에 누웠으나 잠이 안 온다. 기쁨이 넘쳐 흥분되어 잠을 못 이룬 것이다. — 나이 팔십에 지난날을 돌아보니 세월은 살과 같이 빠르고— 내 마지막 생에 시를 쓰게 되고 몇몇 분이 명곡으로 내 시에 날개를 달아주셨으니 어찌 은혜를 많이 입은 내 삶에 감사하지 않으리오."

6월 9일 새벽 3시 35분에 썼다고 적혀있다. 카페에 올린 시각은 새벽 4시 10분이다.

이로부터 3년 4개월 후 세상을 떠나신 것이다. 그 기쁨을 그대로 가슴에 간직하시고 하늘나라로 가셨을 것으로 믿고 싶다.

전업 작곡가

작곡가들은 아름다운 시나 가사에 곡을 붙이거나 자신이 작사 작곡을 모두 하기도 하지만, 학교의 교가, 회사의 사가, 교회가, 각 시(市)의 시민의 노래 등을 주문받아 노래를 만들기도 한다. 때때로 오페라 작곡도 주문받는다. 임긍수 작곡가는 흔치 않은 전업 작곡가이다. 음악교사로서의 편한 길을 가다가 중도에 전업 작곡가로 방향을 바꿨을 만큼 작곡에 대한 그의 열정은 남다르다.

임 작곡가는 〈그대 창밖에서〉 〈강 건너 봄이 오듯〉 등의 가곡뿐만 아니라 〈사랑하는 마음〉 〈안개꽃 당신〉 등 크로스 오버 곡도 많이 작곡하였다. 김삼환 명성교회 당회장 목사의 작사로 만들어진 〈주님의 옷자락〉은 유명한 성가곡 중 하나가 되었다.

또한 창작 오페라도 다섯 편 작곡하였다. 첫 오페라는 군산시의 위촉으로 작곡한 채만식 원작의 〈탁류〉였다. 이후 〈메밀꽃 필 무렵〉 〈행주치마 전사들〉 〈권율장군〉을 작곡했고, 2011년에는 국립오페라단의 창작오페라 공모에 서기 613년 신라를 배경으로 화랑 김유신과 천관녀의 사랑 이야기를 다룬 〈천년의 사랑〉이 최우수 작품으로 선정되기도 했다. 이 오페라는 2012년 6월 대구오페라극장에서 공연되었다. 그러나 정성을 들여 작곡 중이던 성가 오페라 〈에스더〉는 요청했던 교회의 사정으로 완성을 보지 못했다.

제5회 해설이 있는 가곡음악회에서 인사말 하는 임긍수 작곡가(2016. 11. 25.)

임긍수 작곡가는 2015년 10월에는 미국 LA에서 '작곡가 임긍수 초청 음악회'를 가졌다. 이 음악회에서는 소프라노 임청화, 김영선, 김민지, 테너 오위영, 바리톤 정재혁이 〈강 건너 봄이 오듯〉〈누군가 부르는 소리〉〈세월, 그 노을에〉〈풍년갈이〉〈안개꽃 당신〉〈그대 창밖에서〉〈초혼〉〈나팔꽃〉 등을 불러 동포들의 뜨거운 박수갈채를 받았다.

LA에서 소프라노 김민지가 초연해 큰 호응을 불러일으킨 임 작곡가의 신작가곡 〈나팔꽃〉은 2016년 6월 예술의 전당에서 열린 제6회 평화음악회에서 김민지가 다시 불렀고, 2016년 11월 제5회 '해설이 있는 가곡음악회'에서도 소프라노 김성혜가 불렀으며 2017년 1월 '제7회 아리수사랑 신년음악회'에서는 소프라노 김은정이 불렀다.

나팔꽃

고옥주 작시 임긍수 작곡

하늘길을 오르지 못한 내 꿈은

나팔꽃으로 피어나리라

길끼리 얽히며 허공을 기어오르면서

허공에 길을 쌓으면서 길로 만든 벽을 세운다

길목마다 서늘한 샘 한 모금씩 달아 놓는다

제 돌아갈 길조차 굽이접어 씨 속에 봉하는 나팔꽃

늦가을 누렇게 말라가는 길에 갇혀 허우적대다

길의 씨를 한 움큼 얻었네

내속의 가지 못한 길을 모두 쏟아놓고 나는 떠나네

내속의 가지 못한 길 다 쏟아놓고 떠나네

길의 씨를 내안에 심네

내속의 가지 못한 길 나팔꽃으로 피어나리

제1회 해설이 있는 가곡음악회(해가음)를 마친 후 출연진 및 관계자와 함께. 좌로부터 테너 김현욱, 사회자 김정주, 신동근 동인음악 사장, 임긍수 작곡가, 이안삼 작곡가, 소프라노 이지연, 정혜숙, 홍은지(2016. 3. 18.)

브랜드가 된 평화음악회

한편, 임긍수 작곡가의 곡만으로 꾸며진 평화음악회가 그간 여섯 차례 열렸다. 제1회는 예술의 전당, 2회는 국회의사당, 3회와 4회는 명성교회 월드 글로리아홀에서 열렸고, 5회는 2012년 7월 예술의 전당 콘서트홀에서 열렸다. 제6회 평화음악회도 2016년 6월 예술의 전당 콘서트홀에서 성황리에 열렸는데 이날 음악회에서는 고(故) 박정희 대통령이 먼저 떠난 육영수 여사를 그리워하며 쓴 시 〈님이 고이 잠든 곳에〉를 바리톤 고성현이 초연하기도 했다.

앞서 임 작곡가는 제5회 평화음악회 프로그램북에 실은 '감사의 글'에서 음악과 함께 해온 삶에 대해 이렇게 술회하고 있다.

"지난 세월을 보면 이제 내 삶의 반 이상을 음악과 함께 해왔다고 말할 수 있는 삶을 살아 왔습니다. 나는 그렇게 음악에 빠져있었고, 내 모든 열정과 투혼을 실어 창작의 집념에 시간들을 보내기도 했습니다. 청춘 시절 곁에 함께 있던 많은 친구들이 사회생활에 접어들면서 얼마나 많이 자신의 꿈과 이상을 저버리고 현실 속으로 뛰어들어야 했던가!

음악가의 길을 고집하고 음악에 대한 열정을 가지고 오로지 이 힘으로 지금까지 나를 지켜온 것은 그 무엇과도 바꿀 수 없는 소중함이 되었

제5회 평화음악회 포스터(2012. 7. 30.)

임긍수 작곡가 모교 방문(병천중·고등학교, 2015. 5. 28.)

습니다. 뼈를 깎는 창작의 고통은 번데기를 까고 깨어 나와 하늘을 날고 있는 나비의 모습과 비유될까! 아무튼 그러한 희열을 느끼게 하고 이 기쁨이야말로 내가 살아있다는 증거가 됩니다."

임긍수 작곡가에게는 2015년 5월 28일, 어린 시절 다녔던 모교인 병천초·중·고 방문도 잊을 수 없는 기억이다. 30여 명의 임긍수 가곡 애호가들과 함께 서울에서 버스를 타고 병천에 갔을 때 모교 합창단은 〈강 건너 봄이 오듯〉을 불러 임긍수와 그 일행을 환영해 주었다. 병천중·고교 강당에는 '세계적인 작곡가 임긍수 선생 모교 방문'이라는 대형 플래카드가 높이 걸렸고, 이날 임긍수 작곡의 노래만으로 작은 음악회도 열렸다.

임 작곡가는 김춘환 여사와의 사이에 딸과 아들(1남 1녀, 딸 임재의, 아들 임성우)을 두었는데 둘 다 독일에서 유학하고 돌아와 작곡가와 피아니스트로 활약하고 있다. 며느리는 교사이며 성악가(소프라노)이다. 임 작곡가는 자녀가 음악을 전공한다고 했을 때 속으로는 안 하기를 바랐다고 한다. 과거 임 작곡가가 고교를 졸업하고 음대에 진학하고자 했을 때 그의 부모님도 아들이 그 길을 가기를 원치 않으셨다고 하였다. 그런데 후일 본인도 자식에 대해 그런 심정이 되었다. 자신이 걸어 온 음악의 길이 얼마나 힘든지를 잘 알기 때문이다. 그러나 유전자는 어쩔 수 없는 모양이다.

60중반을 넘어 70을 향해 가는 나이에 전업 작곡가로서 누구보다 활발하게 활동하고 있는 임긍수 작곡가. 그의 손길에서 후세에 길이 남을 명작이 많이 탄생되기를 기대한다.

독도의 사랑

〈홀로아리랑〉 후편으로 만든 가곡

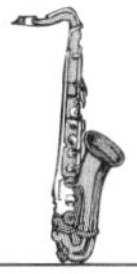

〈독도의 사랑〉은 〈홀로아리랑〉의 작사·작곡가 한돌이 가곡으로 만든 노래다. 가곡 〈독도의 사랑〉은 그 뿌리를 민요풍의 〈홀로아리랑〉에 두고 있다. 말하자면 〈홀로아리랑〉의 속편 노래다.

한돌은 독도를 소재로 민요, 가요, 가곡, 동요 등 10여 곡의 노래를 지었다. 모두 자신이 작사, 작곡한 것이다. 그런데 그가 가곡을 만들었다는 사실은 좀 생소하게 들린다.

작사·작곡가이며 가수인 한돌

한돌은 작사·작곡가이며 가수다. 오랜 세월 유명한 노래를 많이 만들었다. 〈홀로아리랑〉 〈개똥벌레〉 〈터〉 〈유리벽〉 〈조율〉 〈여울목〉 등이 그것이다.

〈조율〉은 2012년 TV프로그램 〈나는 가수다〉에서 JK 김동욱이 불러서 더 유명세를 탔다. 한영애는 그녀 나름의 독특한 허스키 음색으로 이 노래를 호소력 있게 부르고 있다.

요즘엔 유튜브에 들어가면 한돌이 지은 대부분의 노래를 누구나 쉽게 들어볼 수 있다. 나도 한돌의 노래를 유튜브에 들어가 가끔 듣는다.

한돌은 자기가 가사를 짓고, 거기에 작곡을 하고 자신이 노래까지 부른다. 그의 음색은 털털하여 구수하지만 그렇게 대중적이지는 않다.

그의 대부분의 히트곡은 본인이 불러서 히트한 것이 아니고 신형원, 서유석, 한영애 등 다른 가수가 불러서 히트했다.

유명가수 조용필이 자신이 작곡한 노래를 본인이 불러 히트한 데 비하면 한돌의 가치는 가수보다는 작사 작곡 쪽에 더 있다고 할 수 있다.

노래는 같은 노래라도 누가 어떻게 부르느냐에 따라 관심이 달라지기도 한다.

〈홀로아리랑〉은 노래를 만든 한돌을 비롯, 오랫동안 여러 가수들에 의해 불렸지만, 2005년 조용필이 평양에서 부르고 나서 더 인기가 올라갔다.

두 개의 섬으로 이뤄진 독도. 왼쪽이 동도, 오른쪽은 서도

조용필, 북측 요청으로 평양에서 〈홀로아리랑〉 불러

당시 조용필이 평양에서 〈홀로아리랑〉을 부른 것은 의외였다. 조용필은 좀처럼 남의 노래를 부르지 않는 가수이기 때문이다. 한돌은 후에 조용필이 북측의 요청으로 그 노래를 불렀다는 이야기를 들었다.

어떻게 북측에서 그 노래를 요청했을까? 북쪽 사람들은 어떻게 그 노래를 알고 있었을까?

조용필이 평양에 다녀 온 후인 2009년 9월 한돌이 사할린에 간 적이 있었다. 지인 한 사람과 홈스크 항으로 바다 구경을 나갔다가 우연히 김일성 배지를 달고 있는 북한에서 온 두 사람과 한잔하게 되었다.

취흥이 오르자 북에서 온 사람 중 하나가 노래를 불렀다. 그런데 뜻밖에도 〈홀로아리랑〉을 부르는 것이었다.

작곡가 한돌(2012년 11월)

한돌과 함께 있던 지인이 노래를 따라 부르자 노래하던 사람이 하던 노래를 멈추고 물었다.

"아니, 이 노래를 아시오?"

"그 노래를 이분이 만드셨지요." 하고 지인이 한돌을 가리키자,

그들은 그 말이 농인 줄 알고는,

"아아, 그렇다면 홀로아리랑이 남조선 사회에도 깊이 침투했군요."

그렇게 말하는 것이었다.

그러자 지인이 다시 말했다.

"아, 그게 아니라 이분이 그 노래를 만들었다니까요."

"아, 글쎄 농담 좀 그만 하시라요. 그 노래는 우리 조국의 노랩네다."

"그럼 그 노래 만든 사람이 누굽니까?" 하고 지인이 묻자,

"그거이 구전으로 내려오는 우리 조국의 민요입네다. 그 유명한 남조선 가수 조용필이도 평양에 와서 이 노래를 불렀드랬시오."

홀로아리랑은 어느새 북조선의 구전민요가 되어있었다.

한돌은 당시 상황을 설명하면서 이렇게 말했다.

"그래도 나는 기분이 좋았다. 독도의 마음이 북녘 땅에 전해졌다고 생각해서이다. 독도의 소원대로 내 나라가 하나가 된다면 구전민요가 된들 어떠하리."

한돌은 〈홀로아리랑〉이 어떻게 북한까지 '침투'(북한에서는 히트를 이렇게 표현한다고 한다)했는지 잘 알지 못한다고 했다.

아무튼 〈홀로아리랑〉은 〈우리의 소원은 통일〉과 함께 남북이 함께 부를 수 있는 흔치 않은 노래 중 하나가 되었다.

한돌이 〈홀로아리랑〉을 처음 구상한 때는 1988년 10월경이었다. 완성까지는 1년이 걸렸다. 물론 처음부터 제목을 정해놓고 작사를 시작한 것은 아니다. 독도에 대한 노래를 캐기(만들기) 위해 독도에 갔을 때 그의 머

릿속의 주제는 '독도와 통일'이었다.

민족의 가슴을 적신 〈홀로아리랑〉

그는 함경도 피난민의 아들이다.

그의 부모는 북한에 어린 두 아들과 딸 하나를 둔 채 6·25 때 거제도로 피난을 나왔다가 돌아가지 못했다. 한돌은 부모가 피난 나와 낳은 아들이다.

평생 부모의 한을 보며 자랐다.

그의 노래에는 그런 부모의 한이 섞여있는 듯하다.

〈홀로아리랑〉이 남북 우리 민족의 가슴을 적시는 이유이다.

홀로아리랑

한돌 작시 작곡

저 멀리 동해바다 외로운 섬
오늘도 거센 바람 불어오겠지
조그만 얼굴로 바람 맞으니
독도야 간밤에 잘 잤느냐

아리랑 아리랑 홀로아리랑
아리랑 고개를 넘어가보자
가다가 힘들면 쉬어가더라도
손잡고 가보자 같이 가보자

금강산 맑은 물은 동해로 흐르고
설악산 맑은 물도 동해 가는데
우리네 마음들은 어디로 가는가
언제쯤 우리는 하나가 될까

아리랑 아리랑 홀로아리랑
아리랑 고개를 넘어가보자
가다가 힘들면 쉬어가더라도
손잡고 가보자 같이 가보자

〈홀로아리랑〉이 처음 수록된 한돌 음반 표지(LP판, 1989. 10.)

백두산 두만강에서 배타고 떠나라
한라산 제주에서 배타고 간다
가다가 홀로섬에 닻을 내리고
떠오르는 아침 해를 맞이해보자

아리랑 아리랑 홀로아리랑
아리랑 고개를 넘어가보자
가다가 힘들면 쉬어가더라도
손잡고 가보자 같이 가보자

한돌은 언제부턴가 독도에 가고 싶었다. 독도에 가서 노래를 만나고 싶었다. 그는 1988년부터 1993년까지 12차례 독도를 드나들었다. 〈홀로아리랑〉의 가사는 거센 바람으로 독도에서 발이 묶여있던 1989년 4월 어느 날 말하기조차 민망한 어떤 사건이 있던 날 밤에 문득 떠오르기 시작했다.

거센 바람 때문에 독도에 갇히다

1989년 4월, 한돌은 울릉도의 '푸른 독도 가꾸기 모임' 회원들과 함께 독도에 나무를 심으러 갔다. 1988년 9월과 10월에 이은 세 번째 독도 방문이다.

처음 독도에 간 것은 1988년 9월, KBS 신년(1989년) 다큐멘터리를 위해서였다. 생전 처음으로 리포터를 해봤다. 돌아와서는 이 다큐멘터리의 배경음악을 만들어서 주었다.

처음에 독도 다큐멘터리 리포터로 PD의 제의를 받았을 때는 어리둥절했다. 그러나 오랫동안 가고 싶었던 독도였기 때문에 제의를 받아들였다. 어려서부터 어렴풋이 그리워만 했던 독도와의 첫 상면은 그렇게 이뤄졌다.

그 뒤로 그는 1993년까지 매년 두 차례씩 모두 12번 독도를 방문했다.

'푸른 독도 가꾸기 모임' 회원들이 모두 울릉도로 돌아가고 한돌은 2박 3일 예정으로 젊은 똑딱선 선장(조준기)과 단둘이 독도에 남았다. 섬 아래 어부들을 위해 지어놓은 조그만 2층 콘크리트집이 숙소였다.

이튿날 오후부터 바람이 거세지기 시작했다. 거센 바람 때문에 숙소 밖으로 나다닐 수가 없었다. 선장은 집밖에 나갈 때면 10킬로그램짜리 아령을 양손에 들고 나갔다. 바람에 몸이 날아갈 수도 있으니까 균형을 잡기 위해서다.

갇혀있는 기간이 길어지면서 식량난도 생겼다. 갈매기 알을 주워다 삶아 먹기도 했다. 크기는 달걀만 했다.

삶은 갈매기 알에 체했는지 넷째 날 오후부터 배가 살살 아파왔다. 용변이 보고 싶었다. 그런데 바람 때문에 나갈 엄두를 내지 못했다.

경험 많은 조 선장이 '이럴 때 처리하는 방법이 있다'면서 방 한구석에 신문지를 깔아줬다. 볼일 보고 잘 싸서 창밖으로 잽싸게 던져버리면 된다는 거였다.

선장의 말대로 했다. 잘 싸서 창문을 열고 힘껏 던졌는데, 이게 웬일인가?

신문지만 밖으로 '휙' 날아가 버리고 내용물은 던진 사람에게 되돌아왔다. 얼굴에 자기의 똥을 그대로 뒤집어 쓴 것이다. 순간에 벌어진 일이다.

씻을 물도 없었다. 수건으로 대충 닦은 다음 문을 살짝 열고 거센 바람에 얼굴을 씻어보기도 했지만 냄새는 쉽게 없어지지 않았다.

그날 밤 찜찜한 상태로 촛불을 켜놓고 무심코 벽에 붙어있는 우리나라

독도 나무 심기에 참여한 한돌(1989. 4.)

지도를 바라보고 있는데, 갑자기 번개처럼 머리를 스치고 지나가는 무엇이 있었다.

"내 나라의 허리를 낫게 해 주는 혈(穴) 자리는 비무장지대가 아니라 독도가 아닌가!" 그러면서 자꾸만 '아리랑'이 떠올랐다.

마침내 노래를 만나다

몇 년 전 독도 노래를 만들어 달라며 자신을 찾아왔던 대학생 독도탐사대원들도 생각났다. 그들은 그 뒤 울릉도에서 독도까지 뗏목 탐사를 마쳤다고 했다. 다음번엔 제주에서 독도까지 가겠다고 했었다.

"그래 제주에서 뗏목을 띄운다면, 두만강에서도 누군가 뗏목을 띄워야지."

그런 생각 속에 이런 노랫말이 떠올랐다.

백두산 두만강에서 배타고 떠나라
한라산 제주에서 배타고 간다
가다가 홀로섬에 닻을 내리고
떠오르는 아침 해를 맞이해보자

가사의 홀로섬은 독도를 우리말로 바꾼 것이다.

"남북이 독도에서 만나는 장면을 셋째 절로 하고 둘째 절에서는 남과 북이 하나일 수 밖에 없다는 것을 이야기하자. 그리고 첫 절엔 독도의 모습을 그려야지." 이렇게 노랫말을 3절, 2절, 1절 순으로 지어갔다. 작업이 거꾸로 진행되고 있었다.

금강산 맑은 물은 동해로 흐르고
설악산 맑은 물도 동해 가는데
우리네 마음들은 어디로 가는가
언제쯤 우리는 하나가 될까

후렴부분도 만들어졌다.

아리랑 아리랑 홀로아리랑
아리랑 고개를 넘어가보자
가다가 힘들면 쉬어가더라도
손잡고 가보자 같이 가보자

2012년 12월 마포아트센터에서 열린 독도음악회에서 CBS어린이합창단과 〈홀로아리랑〉을 함께 부르는 한돌(맨 왼쪽)

노찾사(노래를 찾는 사람들)와 〈모아비추로 가는 길〉을 부르는 한돌(가운데 모자 쓴 이)

이튿날 동이 틀 때까지 가사와 씨름을 했다. 그러나 1절 가사는 끝내 떠오르지 않았다. 가사를 완성은 못 했지만 2, 3절과 후렴이 만들어져 기분은 좋았다.

닷새째 날 아침에야 바람이 잠잠해져 겨우 독도를 떠날 수 있었다. 독도를 떠나려는데 갈매기 떼가 울음소리를 드높이며 배웅을 나왔다. 인사를 하러 온 줄 알았는데, 개중에 흰 배설물을 머리 위로 마구 뿌려대는 갈매기들이 있었다. 알을 빼앗긴 갈매기였을까? 왠지 미안한 생각이 들었다.

울릉도까지 뱃길 8시간. 배 안에서 후렴부분("아리랑 아리랑 홀로아리랑--")의 멜로디가 떠올랐다. 노래가 점차 모양을 드러내고 있었다.

조그만 얼굴의 외로운 섬 독도

한돌이 울릉도에 돌아온 다음 날 석포(옛 정들포)로 가서 아는 이들을 만나 술잔을 기울이는데 한 사람이 손가락 끝으로 멀리 수평선 한쪽을 가리켰다. 1년에 열 번쯤 볼 수 있다는 독도였다. 보일 듯 말 듯했다. 한참 동안 눈을 감았다가 다시 떠보니 이번엔 조그만 독도가 또렷하게 삼각형으로 보였다.

순간 거센 바람 때문에 고생했던 기억과 더불어 1절 가사가 갑자기 떠올랐다. 얼른 수첩에 적었다.

저 멀리 동해바다 외로운 섬
오늘도 거센 바람 불어오겠지
조그만 얼굴로 바람 맞으니
독도야 간밤에 잘 잤느냐

누군가가 자신의 마음속에 들어와서 읊어대는 것 같았다. 한돌은 뛸 듯이 기뻤다. 드디어 가사를 완성한 것이다.

술잔을 받아들던 한돌은 자신도 모르게 '흑…' 하고 등을 들썩이고 말았다.

"아니, 지금 우는 거요?"

사람들이 영문을 알 리 없었다.

우리나라의 모든 아리랑이 지명을 앞에 달았기 때문에 제목을 처음엔 〈독도아리랑〉이라고 하려다가, 〈홀로아리랑〉이 어떨까 생각해보았다.

"독도 혼자서 아리랑을 부르면 남과 북이 모른 척 하지는 않을 것 아니냐"는 생각에서였다.

한돌은 〈홀로아리랑〉을 이야기할 때마다, 이 노래는 자기가 똥 맞으며 만든 노래라고 말한다.

바람의 선물

오늘날 독도를 대표하는 노래이며, 남북이 함께 부르는 노래이고, 남한에서는 신민요로도 불리고, 북한에서는 구전민요로 알려져 있는 〈홀로아리랑〉은 이렇게 독도의 세찬 바람 속에서 탄생되었다. 그는 그것을 '바람의 선물'이라고 했다.

그것은 '바람의 선물'이기도 하지만, 나는 '한돌 부모님의 선물'이 아닐까 생각한다.

한돌의 아버지는 세상을 떠날 때 그에게 이렇게 당부했다고 한다.

"통일이 되어 북에 있는 네 두 형과 누나를 만나거든 내가 버린 게 아니라는 것을 꼭 말해다오."(『저 산 어딘가에 아리랑이 있겠지』 한돌 지음, 실천문학사, 2006)

〈홀로아리랑〉은 1989년 10월, 그의 독도음반 〈독도야 간밤에 잘 잤느냐〉에 수록되면서 세상에 알려지기 시작했다.

한돌은 처음 독도에 갈 때 남북이 함께 부를 수 있는 노래를 만나게 해달라고 빌었다. 갈 때마다 같은 기원을 되풀이했다.

그는 마침내 독도에서 노래를 만났다. 〈홀로아리랑〉을 만난 것이다. 그 소원이 이뤄진 것이다.

한돌, 통일 이후 부를 노래를 만들다

한돌의 본명은 이흥건이다. 1953년 거제 출생.

한돌이란 한 개의 작은 돌이란 뜻이다. 누군가 독일어로 아인슈타인(Ein Stein)이라고 했다. 상대성 이론으로 유명한 세계적인 물리학자 아인슈타인(Albert Einstein, 1879~1955)박사의 이름을 우리말로 번역하면 한돌이라는 얘기다.

한국의 아인슈타인 한돌. 물리학자가 아닌 음악가.

한돌은 작사·작곡가로서 가요, 동요, 가곡 등 백여 곡의 노래를 만들었다. 다작은 아니다. 그의 작업 속도는 그의 말투처럼 느릿느릿하다. 그러나 어찌 보면 작사 작곡에 노래까지 세 가지를 혼자 다 하니 느리다고만 볼 수도 없다.

그는 먼저 가사를 만들고 거기에 곡을 붙인다. 물론 곡을 만들어 놓고 가사를 붙일 때도 있지만 8 대 2 정도로 가사를 먼저 짓는다.

그가 만든 노래 중에 독도 노래는 10곡이다. 미완성 독도 노래가 아직 두 곡이 더 있다.

독도 노래에 관한 한 대한민국 작사·작곡가 가운데 양적으로나 질적으로나 한돌이 단연 으뜸이다.

그가 20여 년간 만들어 온 독도 노래 10곡이 2012년 12월 8일 마포아트센터에서 열린 '독도음악회' 〈독도야 간밤에 잘 잤느냐〉에서 모두 연주되었다. 〈홀로아리랑〉을 비롯, 〈독도의 아침〉 〈부디부디〉 〈별들의 춤〉 〈모아비추로 가는 배〉 〈꿈언덕〉 〈독도의 사랑〉 〈물골 가는 길〉 〈독도에 비가 내리면〉 〈미르봉의 하루〉의 출생지가 모두 독도다.

소프라노 허진설이 부른 〈꿈언덕〉, 이정식이 부른 〈독도의 사랑〉, 노래

한돌(오른쪽)과 필자(2012. 11.)

를 찾는 사람들(일명 노찾사)이 부른 〈미르봉의 하루〉 등 세 곡은 이날 초연되었다.

독도 노래 10곡 가운데 〈홀로아리랑〉은 민요풍이라고 할 수 있고, 〈부디부디〉와 〈별들의 춤〉은 동요이며, 〈독도의 사랑〉과 〈꿈언덕〉은 가곡, 그리고 나머지는 가요이다.

〈독도의 사랑〉을 가곡으로 만든 이유

이 가운데 가곡 〈독도의 사랑〉은 제목과 가사에서 한돌이 가장 고심한 노래 중 하나라고 한다.

〈독도의 사랑〉 역시 20여 년 전 그가 독도를 드나들 때 독도의 동도와 서도 사이에 있는 물개바위에서 만들어 다듬기 시작했던 노래다. 제목도 가사도 여러 차례 바뀌었다. 처음엔 제목을 〈물개바위〉로 했다가, 그 뒤 〈꿈꾸는 섬 독도〉로, 또 〈모아비추의 사랑〉으로, 그러다가 마지막에 붙인 제목이 〈독도의 사랑〉이다.

그의 곡 중에 〈모아비추로 가는 배〉란 제목도 있는데, '모아비추'란 말은 한돌이 명명한 수호신 독도의 이름이다. 동쪽의 빛을 모아 우리나라에 비춰주는 섬이라는 뜻이다.

한돌의 설명에 의하면, 독도의 동쪽 섬 동도에 하늘이 뻥뚫린 천장굴이 있는데 독도가 이곳을 통해 하늘의 기를 모은다는 것이다. 그래서 동도의 이름을 모아섬이라고 지었다. 또 서도는 우리나라에서 가장 먼저 독도가 받은 아침 햇살을 우리가 사는 곳에 골고루 비춰주는 역할을 하므로 비추섬이라고 부르기로 했다. 그래서 독도의 두 섬의 이름을 합쳐 '모아비추'라는 그 나름의 새 이름을 붙였다.

한돌이 오랜 세월 고심하며 다듬은 〈독도의 사랑〉은 노래의 풍은 다르지만 앞서 말한 대로 〈홀로아리랑〉과 직접적으로 연결되는 노래라고 할 수 있다.

한돌은 "왜 〈홀로아리랑〉의 후속작으로 생각하는 〈독도의 사랑〉을 가요로 만들지 않고 가곡으로 만들었느냐?"는 나의 질문에, "사람들마다 좋아하는 노래의 분야가 다른데 어린이들에게 독도를 알리기 위해서는 동요로 만들어야 하듯이 〈독도의 사랑〉은 가곡을 좋아하는 이들을 위해 가곡풍으로 만든 것"이라고 말했다. 그러면서 "가곡으로 만들었다고 하기보다는 가곡풍으로 만들었다는 게 맞을 것"이라고 '가곡풍'임을 거듭 강조했다.

"탱고풍의 가곡도 생겨나는 마당에 가곡풍이면 그게 바로 가곡"이라고 오히려 내가 말해주었다. 한돌은 그가 가요 작곡가이므로 "이 노래는 가곡이오"하고 딱 잘라 말하기가 조심스러워 그렇게 말한 것으로 나는 이해하였다.

〈홀로아리랑〉이 우리 민족이 하나가 되는 그날을 소망하며 만든 노래라면 〈독도의 사랑〉은 통일 이후를 상상하고 만든 노래다. 한돌은 우리가 독도를 지키는 것이 아니라 독도가 우리를 지켜준다고 생각한다. 독도는 우리나라의 수호신이라는 것이다.

〈독도의 사랑〉은 그 독도의 사랑으로 남북이 하나가 되어 지난날의 아픈 상처를 씻어버리고 꿈을 안고 큰 바다로 나아가자는 내용의 미래지향적인 노래이다.

가사도 '백두산' '한라산' '아침 해' 등의 가사가 들어있는 〈홀로아리랑〉 3절의 연장선에 있다고 할 수 있다.

독도의 사랑

한돌 작시 작곡

새날이 밝아오네 독도의 사랑으로
희망의 파도소리 빛나는 물결이여
이 배는 백두산배 저 배는 한라산배
뜨거운 가슴으로 아침 해를 맞는다
부딪치는 파도에 아픈 세월 씻어버리고
꿈을 노래하라 하나 되는 바다여

얼마나 기다렸나 이런 날이 오기를

두 물이 하나되어 큰 물결 이루나니
아리랑 내 겨레여 아리랑 내 나라여
이제는 큰 바다로 굽이쳐 흘러가자
부딪치는 파도에 아픈 세월 씻어버리고
꿈을 노래하라 하나 되는 바다여

나는 '독도음악회'에서 이 노래를 불러보라는 한돌의 제의를 받고 처음에는 망설였다. 내가 처음 부른다는 부담도 있는 데다 작곡자의 원래 의도와 달리 원조(원래의 악보)보다 반음쯤 낮춰야 좀 편안하게 부를 수 있지 않을까 생각했기 때문이다. 그런데 반음을 낮춰 불러보니 왠지 노래의 맛이 덜 나는 것 같았다. 결국은 원조대로 했는데 다행히도 별 무리없이 불렀고 반응도 괜찮았다.

한돌이 지은 또 하나의 독도 가곡은 〈꿈언덕〉이다. 당초 〈꿈꾸는 언덕〉

독도 선착장 쪽에서 본 독도의 동도

에서 〈꿈언덕〉으로 제목을 바꿨다.

꿈언덕

한돌 작시 작곡

노을이 아름다운 건 구름 때문이지
너의 눈물이 빛나는 건
꿈이 있기 때문이야
간절히 원한다면 이루어진다네.
슬픔은 노을구름처럼 기쁨이 될 거야
다시 일어나 떠나자
빛나는 눈물을 위하여
저 하늘 붉게 타오르는
슬픔을 보라
노을이 아름다운 건 구름 때문이지
너의 눈물이 빛나는 건
꿈이 있기 때문이야

노래 캐는 심마니

한돌은 이날 음악회에서 노래를 한 곡 한 곡 자신이 직접 소개했다. 어디에서 어떤 상황 속에서 작사 작곡 됐는지, 녹도 노래가 만들어진 사연들에 대한 설명이었다.

공연 프로그램을 만들 때 기획자가 "〈홀로아리랑〉 외에 다른 독도 노래들은 관객들에게 생소하게 들릴 테니 다른 히트곡들을 중간중간 섞어서 구성하면 어떻겠느냐?"고 제의했으나 '독도 노래만으로 하자'는 그의 고집을 꺾지 못했다.

독도 문제에 대해서는 국민 모두가 비상한 관심을 기울이지만, '독도음악회'라고 하니 대개들 '왠지 재미없을 것 같다'는 느낌을 갖는 것으로 보였다.

그러나 이날 청중들의 반응은 좋았다. 뜨거웠다기보다는 따뜻했다고 하는 평이 나을 것 같다. 대체로 "독도음악회라고 해서 재미없을 줄 알았는데 재미있었고 매우 의미 있는 음악회였다"는 반응이었다. 자녀들을 데리고 온 부부들도 많았다.

어떤 분들은 "이런 내용의 음악회라면 전국의 지자체가 서로 주최하려고 하지 않겠느냐?"고도 했다.

작사·작곡가가 곡을 직접 소개하면서 한 곡 한 곡 들려주는 진행 형식 덕에 많은 곡들이 생소한 것임에도 불구하고 친근하게 다가간 것 같았다. 중요한 것은 곡들이 하나하나 다 좋았다는 것이다.

자칫 잊히고 묻힐 뻔했던 20년 이상을 공들인 한돌의 아름다운 독도 노래들이 〈독도야 간밤에 잘 잤느냐〉 공연을 통해 다시 부활하여 세상에 퍼져나가기 시작했다. 한돌은 이런 독도음악회가 성황리에 열렸다는 자체가 '기적'이라고 말했다.

지난 시절, 히트곡 낸 후 오히려 상처 받아

어쩌다 한돌을 접할 때마다 '참 순박한 사람'이라는 느낌이 들곤 한다.

조선일보, 경향신문, 뉴스1 등 여러 언론매체에서 이 공연과 관련하여 한돌과 인터뷰를 했는데, 어쩌면 그렇게 똑같은 옷차림으로 나타날까 의아했다.

필자가 사장으로 있던 때인 2012년 11월, 인터뷰를 위해 뉴스1 편집국에 나타났는데, 조선일보와 경향신문에 실린 사진의 복장과 똑같았다. 오래된 둥근 모자에 허름한 국방색 코트 차림이다.

한돌은 가수이기도 하다. 그렇다면 연예인이기도 한데 옷차림에 전혀 신경을 안 쓰는 것 같았다.

인터뷰 내내 모자를 절대 안 벗었다. 둥근테가 달렸는데, 카우보이 모자도 아니고 각설이 모자도 아니다. 평범한 국방색의 낡은 모자다. 10년이 넘었다고 했다. 모양은 등산가 엄홍길 대장이 각종 사진에서 쓰고 나오는 모자와 비슷하다.

그런 모자를 무슨 모자라고 하느냐고 한돌에게 물어봤다.

그냥 산에 쓰고 다니는 모자인데, 자기는 '인디애나 존스 모자'라고 부른다고 했다.

내가, 모자를 노상 쓰고 있는 이유를 묻자,

"모자를 벗으면 생각이 달아날까 봐 그래" 하고 답했다.

공연할 때도 계속 쓸 것이냐고 물었다.

"모자를 벗으면 노래가 안 된다"고 하였다.

나는 혹시 코트 차림 그대로 무대에도 서지 않을까 걱정했다. 그렇다고 물어볼 수도 없었다. 다행히 그렇게는 하지 않았다. 내 걱정을 눈치챘는지 "집에서 찾아보니 새것이 하나 있어 입고 왔나"고 했나.

그는 도통 자신을 선전하거나 인기 관리를 위해 이런저런 일을 꾸미려 하지 않는다.

한돌과 친구들. 광화문에서 저녁식사 후. 좌로부터 이정식, 한돌, 박인배 세종문화회관 사장(당시), 서진호 서울대 교수, 김광준 KAIST 교수(2013. 1. 11.)

그는 1980년대 후반에서 90년대 초, 히트곡을 계속냈을 때는 오히려 몇몇 사람들로부터 깊은 상처를 받기도 했다. 그러나 그런 이야기들을 입밖에 내려고 하지 않는다.

"좋지 않은 이야기를 뭐 하러 다시 하느냐?"는 거였다.

산에 올라 노래를 떠올린다

한돌은 방랑 김삿갓이다. 노래 캐는 심마니다. 늘 이 산 저 산으로 노래를 캐러(만들러) 다니는 것이 일이다. 다니는 것이 일인데도 그는 차가 없다. 면허증은 따 두었는데 운전할 일이 없었다고 했다.

그는 산에 올라 노래를 떠올린다고 한다. "1년에 하나 정도 캐면 다행"

이라고 말한다.

노래를 캐기 위해 압록강, 백두산, 두만강 등으로 이른바 ‘국경 순찰’도 한두 번 한 게 아니다. 영하 43도까지 내려간 혹한 속의 백두산 천지에서 새해를 맞은 적도 있었다.

그런데 그러한 방랑에도 불구하고 2천 년대 들어서서 10년 이상 노래가 떠오르지 않았다. 노래가 그를 완전히 떠났다고 절망하기도 했다. 그런데 언제부터인가 노래가 다시 그에게 돌아왔다. 한돌은 2012년 12월의 독도음악회 〈독도야 간밤에 잘 잤느냐〉를 성공리에 마친 후 기대에 부푼 2013년을 맞았다.

그리고 1년이 더 지난 2014년 봄, 오랜만에 그와 통화를 했다.

“지금 어디 계신가?‘

“산에 와 있소.”

“지난해에 노래는 좀 캐셨는지?”

“좀 캤지.”

“발표는?”

“녹음을 해야 발표를 하는데 아직 녹음을 못 했소.”

“독도 노래는 더 안 만들었는지?”

“독도 노래는 이제 다 만든 것 같은데…….”

“미완성 독도 노래가 두 곡 더 있다고 했는데 완성하셨는지?”

“아직 못 했소.”

이렇게 덤덤한 대화를 하고는 서로 “언제 한번 만나자”고 하고 전화를 마쳤다. 이따금 하는 한돌과의 전화는 대개 이런 식이다.

그는 2016년에도 노래를 몇 곡 지었다.

한돌은 자신이 만든 노래를 선전하기 위해 누구를 찾아 다니는 스타일이 아니니 새로 만든 노래도 언제 녹음을 하고 발표를 할지 알 수 없다.

그러나 그 속에 보석 같은 노래가 숨겨져 있을지 모른다. 찾는 사람이 임자다.

홍난파의 〈봉선화〉 작곡 전후

윤치호 일기에서 발견된 홍난파의 협박 편지

유학파였던 우리 음악의 선구자들

초창기 우리 음악의 선구자들로 일컬어지는 이들은 거의가 유학파였다. 홍난파(1898~1941)는 일본, 채동선(1901~1953)은 독일, 박태준(1900~1986)과 현제명(1902~1960)은 미국에서 음악공부를 했다. 거의 100년 전인 그 시절, 일제 치하에서 온 민족이 기를 못 펴고 살 때에 해외 유학을, 그것도 음악 유학의 길을 떠났다는 것은 당시로선 대단한 사건이 아닐 수 없었다.

당시 가난했던 조선에서 보통사람들에게 유학은 언감생심, 감히 엄두도 낼 수 없는 일이었다. 이 네 사람 가운데 집안이 부유해 유학을 간 사람은 전남 벌교의 부잣집 아들이었던 채동선뿐이었다. 박태준과 현제명은 미국 선교사의 스칼러십 주선으로 미국에서 음악공부를 할 수 있었다. 그런데 홍난파의 경우, 집안 형편은 넉넉지 않았으나 일찍이 서양의학을 공부해 의사였던 형(홍석후)이 일본 유학자금을 대준 것으로 알려져왔다.

그런데 홍난파의 형 말고도 난파의 일본 유학자금을 지원해 준 사람이 있었다. 일제 때의 대표적 친일파의 한 사람으로 불리는 윤치호

(1865~1945)다.

윤치호, 홍난파에 유학자금 지원

그같은 사실은 번역, 공개된 윤치호의 일기에 의해 뒤늦게 알려지게 되었다. 구한말 개화·자강의 중심 인물 중 한 사람이었던 윤치호는 독립협회 회장을 지내고 한일강제합병 후인 1912년에는 테라우치 총독 암살 기도 사건인 105인 사건의 주모자로 체포되어 3년간 옥고를 치르는 등 민족진영의 인사였으나 이후 변절하여 친일의 길을 걸은 사람이다.

어려서부터 일본, 중국, 미국에 유학을 했던 그는 평생 일기를 썼는데 대부분 영어로 썼다. 그래서 번역작업이 필요했다. 그가 비록 친일파로 분류되는 인사이나 근현대사에서 그의 역할과 행적이 역사연구에 필요하다는 측면에서 국사편찬위원회에서 윤치호 일기에 대한 번역이 이뤄졌고, 일부 학자들은 별도로 번역을 했다. 그러한 학계의 노력으로 2000년대 이후 그 대부분의 내용이 알려지게 되었다. 그중 홍난파의 유학과 관련한 부분은 다음과 같다.

젊은 시절의 홍난파

윤치호 일기, 1921년 2월 6일 일요일

홍영후(작곡가 홍난파다-옮긴이)의 편지를 읽고 부아가 치밀어 올랐다. 작년 1~2월쯤 도쿄에 가서 음악을 공부할 수 있게 도와달라고 그가 간청한 적이 있었다. 그래서 그에게 100원을 주었다. 9월 언제쯤인가 또다시 수표로 100원을 주었다. 나중에 50원을 더 주어서, 유학비용으로 모두 250원을 대주었다.

한 달 전 그가 다시 편지를 보내와 바이올린을 사게 250원을 보내달라고 청했다. 공부하는 중에 250원짜리 바이올린을 사는 건 내 아들이나 동생이라도 절대로 승낙할 수 없는 일이었다. 그래서 부탁을 들어줄 수 없다고 답장을 썼다. 남에게서 돈을 받아 공부하면서 생활비 전액을 대달라고 하는 것이나, 고학생이 250원짜리 바이올린을 갖고 싶어 한다는 건 도저히 말도 안 되는 발상이었다.

그런데 오늘 배달된 편지에서, 그는 구두쇠의 죄악에 대해 내게 일장 연설을 늘어놓았다. 그는 조선의 부자들이 가난한 사람들을 억압하고 있다고 비난하고, 자기 재능을 계발할 만한 아무런 수단이 없는 조선의 천재와 영웅들의 운명을 비관했다. 그는 볼셰비키와 공산주의자들이 정당한 약탈자라고 강변하고, 부자들이 혼자서 자기 재산을 누릴 수 없는 때가 올 거라고 협박까지 했다. 조선 청년의 수준과, 은혜에 보답하는 그들의 마음이 어떤지를 적나라하게 보여주는 녀석이었다.(『물 수 없다면 짖지도 말라』, 윤치호 지음, 김상태 번역, 도서출판 산처럼, 2014)

윤치호(1865~1945)

홍난파의 당돌한 편지는 러시아 혁명의 영향인 듯

〈홍난파 평전〉 등 홍난파 관련 책자나 글 어디에도 윤치호 얘기는 등장하지 않는다. 하긴 윤치호가 당시에도 친일파로 불렸기 때문에 그에게 신세진 이야기를 홍난파 본인이 누구에게도 안 했을 가능성이 있다.

아무튼 윤치호가 바이올린 살 돈을 못 부쳐주겠다고 하자 "부자들이 혼자서 자기 재산을 누릴 수 없는 때가 올 것"이라는 내용의 편지를 쓴 것은 홍난파가 1917년 러시아에서 일어난 볼셰비키 혁명과 관련해 나름 영향을 받은 것이라고 볼 수 있다. 윤치호 입장에서는 당연히 협박으로 받아들였을 것이다. 당시는 러시아에서 혁명이 성공한 지 4년쯤 되었을 때이다.

볼셰비키 혁명으로 소련에서 귀족과 지주들은 모든 재산을 몰수당했다. 러시아의 마지막 황제인 니콜라이 2세는 우랄산맥 인근 예카테린부르크에 유폐되었다가 1918년 7월 볼셰비키 혁명세력에 의해 황후, 1남 4녀와 함께 총살된 후 불태워지는 비참한 일을 당했다. 윤치호는 당시 조선사회에서는 귀족이나 다름없었다. 편지를 받은 윤치호의 당황스러워하는 모습과 홍난파의 당돌한 일면을 잘 보여주는 일기이다.

딸 정임을 안고 있는 홍난파

홍난파는 사비 유학생, 윤심덕은 관비 유학생

홍난파는 만 20세 때인 1918년 4월 처음 일본으로 가 도쿄음악학교 예과에 입학했다. 홍난파가 이 학교에 들어갈 때 동기생으로 입학한 여학생이 있었으니 훗날 〈사(死)의 찬미〉를 불러 유명해진 성악가 윤심덕이다. 당시 홍난파는 사비(私費)로, 윤심덕은 총독부 주관의 조선인 관비(官費) 유학생으로 선발돼 도쿄에 왔다. 최초의 동요 〈반달〉을 작사·작곡한 윤극영은 이 학교 3년 후배다.

〈홍난파 평전〉(김양환 지음, 남양문화, 2009)에 보면, "지주나 자산가, 혹은 고위관리의 자식도 아닌 자신이 여기까지 올 수 있었던 것은 말할 것도 없이 형 석후의 지원과 배려 덕분이었다"고, 유학비용은 형 석후가 댄 것으로 기술하고 있다.

홍난파는 유학간 이듬해인 1919년, 국내에서 일어난 3·1독립운동에 앞서 일본에서 먼저 터진 2·8독립선언사건에 연루되어 이해 3월 중도 귀국한다.

홍난파는 글재주도 있어서 일본에 있을 때인 1919년 2월 우리나라 최초의 순수예술잡지인 〈삼광(三光)〉을 창간하였다. 그는 여기에 음악평론, 수필, 단편소설, 번역소설 등 10편의 자신의 글을 싣는다. 『사랑하는 벗에게』란 제목으로 실은 번역소설은 도스토예프스키의 소설 『가난한 사람들』의 일본어판을 한글로 번역한 것이었다. 국내에 소개된 도스토예프스키의 작품의 최초 번역자가 홍난파였던 것이다.

그는 이해 10월 경성악우회를 조직, YMCA강당에서 창립연주회를 갖는 등 음악활동을 계속하며 12월에는 〈삼광〉 2호도 발행한다.

홍난파의 우울했던 1920년, 〈봉선화〉의 멜로디가 탄생한 해

윤치호의 일기를 근거로 살펴보면, 홍난파는 1920년 초 도쿄음악학교 본과에 진학하기 위해 두 번째 일본에 갈 때 윤치호의 지원을 받은 것 같다. 그리고 이해 가을 귀국했다가 연말께 다시 일본으로 가서 1921년 정초쯤 윤치호에게 바이올린 살 돈을 부쳐달라는 편지를 쓴 것이 아닐까 생각한다.

홍난파는 1920년이 되자 음악공부를 계속하기 위해 다시 일본으로 가 도쿄음악학교 본과에 진학하려 했으나 불온사상 소유자(2·8독립선언사건 연루자)라는 이유로 입학을 거절당한다. 하는 수 없이 니혼대학(일본대학) 문과에 잠시 적을 두었다가 이해 가을 다시 귀국한다.

홍난파는 우울했던 이해 1920년 4월 28일 〈봉선화(鳳仙花)〉의 원곡인 바이올린 연주곡 〈애수(哀愁)〉를 작곡한다. 〈애수〉의 악보는 1921년 출간

홍난파 생가(경기도 화성시 활초동 283번지)

된 그의 창작 단편집 〈처녀혼(處女魂)〉의 서두에 처음 실린다. 그 후 1925년 선배 음악가인 성악가 김형준이 이 책에 실린 〈애수〉의 멜로디에 노랫말을 붙임으로써 일제 식민지하에서 민족의 한과 소망을 담은 노래 〈봉선화〉로 재탄생한다. 〈봉선화〉는 이듬해인 1926년 홍난파가 발행한 〈세계명작가곡선집〉에 실리면서 일반에게 알려지기 시작하였다. 〈봉선화〉 가사가 붙여진 해는 1925년이어서 1922년에 지어진 박태준의 가곡 〈동무생각〉보다 늦지만, 원곡이 1920년에 작곡된 점을 감안, 가곡의 효시로 일컬어진다.

1942년, 일본 도쿄 히비야공회당에서 열린 전일본신인음악회에서 당시 23세였던 젊은 소프라노 김천애(1919~1995)가 흰 치마저고리를 입고 무대에 올라 앵콜곡으로 〈봉선화〉를 애절하게 불러 동포들을 울린 일도 가곡사에서 빼놓을 수 없는 부분이다. 지난날 민주화 운동 시절에도 〈봉선화〉는 민주와 자유를 상징하는 노래로 불려졌다.

봉선화

김형준 작시 홍난파 작곡

울밑에선 봉선화야 네모양이 처량하다
길고긴날 여름철에 아름답게 꽃필적에
어여쁘신 아가씨들 너를반겨 놀았도다

어언간에 여름가고 가을바람 솔솔불어
아름다운 꽃송이를 모질게도 침노하니
낙화로다 늙어졌다 네모양이 처량하다

북풍한설 찬바람에 네형체가 없어져도
평화로운 꿈을꾸는 너의혼이 예있나니
화창스런 봄바람에 환생키를 바라노라

(주: 〈봉선화〉를 〈봉숭아〉로 제목한 악보가 적지 않은데, 〈봉선화〉가 원래 제목이다. 소프라노 김천애의 1940년대 녹음을 들어봐도 "울밑에선 봉선화야~~"라고 노래했다. 해방 후 언제부턴가 봉숭아가 순 우리말이라고 하여 일부에서 바꿔 쓴 것이라고 한다. 지금은 봉선화, 봉숭아 둘 다 표준어로 되어있다.)

일제는 〈봉선화〉가 조선반도는 물론 일본·만주 지역으로까지 퍼져나가자, 가사 3절이 '조선의 독립을 원한다'는 의미의 불온한 내용이라며 이 노래를 금지곡 목록에 올리고 노래하는 사람들을 잡아들이기도 했다.

홍난파의 공(功)과 과(過)

작곡가 홍난파는 한국 가곡의 효시로 불리는 〈봉선화〉, 최고의 동요 〈고향의 봄〉을 작곡한 것을 비롯, 우리나라 최초의 바이올리니스트, 최초의 관현악단 지휘자로서 우리 현대음악에 지대한 공을 세운 분이다. 그러나 일제 말기 친일 문제로 인해 종종 논란의 대상이 되기도 해 안타까운 생각이 들게 한다.

2016년 9월 2일 조선일보에 미국 로스앤젤레스에 살고 있는 홍난파의 딸 홍정임의 글이 실렸다. 9월 3일 종로구 홍파동 '홍난파의 집'에서 열리는 '2016 홍난파 가곡제'를 앞두고 쓴 글이다. '아침 편지'라는 기고란의 제목은 '타계 75년, 아버지 홍난파를 생각한다'였다.

홍난파 흉상. 서울 종로구 홍파동 홍난파의 집 앞

길지 않은 글의 요지는 "아버지 홍난파가 일제 때 독립운동단체인 '수양동우회'에 가담했다는 이유로 감옥생활을 한 후유증으로 세상을 일찍 떠났는데, 그가 생전에 작곡한 150여 곡 가운데 단지 3곡('정의의 개가' '공군의 가' '희망의 아침')이 '친일 노래'라고 해서 그를 친일파라고 몰아붙일 수는 없다"는 것이다.

홍정임은 이어 "그 세 곡도 경성방송국(KBS전신) 양악부 책임자로 재직할 때 총독부 명령으로 만든 것들이다. 친일 여부를 분류할 때 '직장을 통해 행한 행위는 친일에 해당되지 않는다'는 조항에도 분명히 해당한다. 심지어 북한에서도 홍난파를 국제적 음악가라며 교과서에 소개하고 영화까지 만들었다고 한다"고 덧붙였다.

홍정임이 세상에 태어났을 때 아버지 홍난파는 동우회 사건에 연루되어 투옥되어 있었다. 홍정임은 홍난파가 재혼하여 얻은 둘째 딸이다.

그녀는 언젠가 한 언론과의 인터뷰에서 이렇게 말했다.

"제가 이 세상에 처음 태어나던 날, 저의 아버지는 종로경찰서에 갇히셔서 옥고를 치르고 계셨습니다. 이름을 지어줄 아빠가 안 계신 저는 姙(임) 자 돌림에다 丁(정)축년에 태어났다고 丁(정) 자를 붙여서 丁姙(정임)이라는 이름을 받게 되었습니다."

홍난파는 1915년 만 17세 때 김상운과 결혼했으나 1926년 사별했다.

두 사람 사이에는 1918년에 태어난 딸 숙임이 있었다. 그리고 1934년 이대형과 재혼해 1937년 정임을 얻었다. 그러므로 정임은 홍난파의 차녀인 셈이다.

신문에 실린 홍정임의 주장은 일견 수긍이 간다. 그 서슬 퍼렇던 일제 치하에서 일제의 눈치를 보지 않고 살 수 있는 사람은 거의 없었을 테니까. 그러므로 어떤 이들은 친일도 연대별로 구분을 하여 판단해야 한다고 주장한다. 말하자면 한일강제병합(1910년)부터인가, 아니면 3·1만세운동(1919년) 이후인가, 또는 일제의 만주 침략(1931년), 중일전쟁(1937년) 이후인가를 따져 경중을 가려야 한다는 것이다.

하긴 일제가 중일전쟁을 일으킨 이후에는 조선땅의 대부분의 지식인들이 친일로 전향할 수밖에 없었을 정도로 식민지의 분위기는 살벌했다. 물론 극소수는 은둔하여 친일 행각을 피한 이도 있으니 '모두'라고 말할 수는 없어 '대부분'이란 표현을 쓴 것이다.

시대적 상황이 그러했으니 어쩔 수 없지 않았겠느냐며 '친일파라고 불리는 것이 억울하다'는 주장에 - 그의 업적에 비추어, 안타까움을 나타내는 이들도 적지 않다. 하지만 거기에 대한 '옳다' '그르다' 하는 판단은 역사에 더 맡겨두는 수밖에 없을 것 같다. 무어라고 답을 내 놓기는 아직 이르다고 본다.

굳이 말한다면 공(功)은 공이고 과(過)는 과다.

〈동심초(同心草)〉의 원작자 설도를 찾아서

중국 사천성에 있는 설도의 흔적

1200년 전 여류 시인의 자취

우리 가곡으로 유명한 〈동심초〉(同心草)의 원작자는 1200년 전 중국 당나라 때의 여류시인 설도(薛濤: 768?-832)이다.

동심초의 1,2절 가사가 같은 한시(漢詩)의 다른 번역(김억 선생이 같은 한시를 두 차례에 걸쳐 달리 번역했다는 의미. 아래 가사 참조)임은 '이정식 가곡 에세이 『사랑의 시, 이별의 노래』(한결미디어, 2011. 5.)'에서 밝힌 바 있지만, 설도의 흔적을 찾아 중국 사천성 성도에 가게 된 것은 이 책을 출간한 두 달 후인 2011년 7월 하순이었다.

동심초(同心草)

설도 원작, 김억 번역, 김성태 작곡

1.

꽃잎은 하염없이 바람에 지고

만날날은 아득타 기약이 없네
무어라 맘과 맘은 맺지 못하고
한갓되이 풀잎만 맺으려는고

2.
바람에 꽃이지니 세월 덧없어
만날길은 뜬 구름 기약이 없네
무어라 맘과 맘은 맺지 못하고
한갓되이 풀잎만 맺으려는고

한시 원문
風花日將老(풍화일장로)
佳期猶渺渺(가기유묘묘)

설도기념관 입구의 설도 좌상

不結同心人(불결동심인)
空結同心草(공결동심초)
〈설도의 '춘망사' 제3수〉

사천성에 간 원래 목적은 장족(티벳족)과 강족(챵족)이 주로 사는 사천성 서북쪽 '아바장족강족자치주'(동티벳으로도 불림)를 방문하는 것이었지만, 성도를 지나면서 설도의 흔적을 찾아보지 않을 수 없었다. 사진 작가, 사진 동호인들과 함께 한 여행이었는데 내게는 설도의 흔적 찾아 보는 일이 내심 더 중요했다.

설도의 자취가 남아있는 성도시내 망강루(望江樓) 공원에는 아바주에 다녀와 중국을 떠나기 전날인 7월 31일에야 갈 수 있었다.

대나무로 가득 찬 망강루 공원

마침내 찾아간 망강루 공원에는 설도가 좋아했다는 각종 대나무들이 입구부터 가득 들어차 있었다. 대나무의 종류만도 150종에 이른다고 했다. 공원에는 설도기념관, 설도 상, 설도정(薛濤井), 설도의 묘, 죽(竹)문화 전시관, 그리고 공원의 이름이 된 망강루 등이 들어서 있다.

기념관 안에는 설도의 모습을 이런저런 상상력을 동원해 그려놓았고, 설도가 교류했던 백거이(白居易), 유우석(劉禹錫), 원진(元稹), 두목(杜牧) 등 당대의 이름있는 문인들도 그림으로 설명해 놓았다.

한쪽에는 설도가 원진을 향해 부언가를 써 보내는 듯한 내용의 그림도 그려져있다. 동심초의 원본이 된 〈춘망사(春望詞, 봄을 기다리는 노래)〉가 연하의 남성이었던 원진을 향한 설도의 연모의 정에서 쓰인 것임을 나타내려는 것 같았다.

그림들 속에 동심초로 번역된 「춘망사」 제3수가 적혀있었다면 좋았을 터인데 아쉽게도 다음과 같은 「춘망사」 제4수가 적혀있었다.

那堪花滿枝(나감화만지) 어찌할까 꽃 가득 핀 저 가지

翻作兩相思(번작양상사) 생각할수록 그리움만 가득하여라

玉箸垂朝鏡(옥저수조경) 눈물이 아침거울에 떨어지네

春風知不知(춘풍지부지) 봄바람은 아는지 모르는지.

-「춘망사」 제4수 -(일반 번역)

그런데 김소월의 스승인 시인 김억(金億, 1896-1950?)은 1943년 여기에 '봄

망강루공원 입구. 공원 안은 각종 대나무로 가득차 있다.

설도기념관 안에 그려져 있는 춘망사 제4수

바람'이라고 제목을 붙여 다음과 같은 번역시를 그의 번역시집 〈동심초〉에 실었다.

봄바람

那堪花滿枝(나감화만지) 가지마다 가득이 피인 꽃송이
飜作兩相思(번작양상사) 이 상사 풀길 없어 쉬는 긴한숨,
玉筋乘明鏡(옥근승명경) 거울속에 비최인 세인 이머리
春風知不知(춘풍지부지) 휘도는 봄바람야 어이 알으리.

- 출전: 안서 김억 전집(한국문학사, 1987) -

망강루

한시 원본과 달리 김억의 번역시집에는 제4수 2행 '번작양상사'의 번(翻, 원본)이 번(飜)으로 되어있는데 이것은 채자(採字)과정에서의 실수로 빚어진 오자(誤字)일 가능성이 있다고 본다. 그러한 실수가 1980년대에 전집을 만들 때 생긴 것인지 번역시집 원본부터인지는 확인하기 어려웠다.

3행도 안서 김억 전집엔 '옥근승명경(玉筋乘明鏡)'으로 나와 있

설도정

시상을 떠올리는 설도. 설도기념관 벽면의 그림

다. 번역 내용도 본문과 전혀 다르다. 왜 한자가 그렇게 바뀌었는지 이유는 알 길이 없다. 다만 설도의 원문대로가 아니라는 것은 확실한 듯하다.

국학자인 한국학중앙연구원 정순우 교수의 견해에 따르면, 옥근(玉筋)은 '옥 젓가락처럼 흘러 내리는 눈물'이란 뜻의 옥저(玉箸) 혹은 글자의 형태가 비슷하게 생긴 옥저(玉筯: 앞의 옥저와 같은 뜻)의 채자상의 착오로 보이며 승(乘: 탈 승) 역시 수(垂: 드리울 수, 떨어질 수)의 채자상의 실수로 보인다는 것. 또한 명경(明鏡: 밝은 거울)은 조경(朝鏡: 아침 거울)에 비해 멋스러움이 덜하다고 했다. 그러므로 모든 실수를 감안하더라도 김억 선생이 3행을 '거울 속에 비최인 세인 이머리'라고 한 것은 지나친 비약이거나 창작에 가깝다는 것이다.

[주: 옥저(玉箸 : 마치 옥으로 만든 젓가락처럼 흘러내리는 눈물. 삼국시대 위나라 문제(文帝)의 왕후인 견후(甄后)의 얼굴이 희었는데, 그 위에 두 줄기 눈물이 흐르면 마치 옥저와 같았다는 데서 유래된 말.]

기념관 안 어디에도 설도의 〈춘망사〉중 제3수가 한국에서 〈동심초〉라는 유명 가곡이 되어 지금도 널리 불리고 있다는 설명 같은 것은 눈에 띄지 않았다. 한국인 가이드들조차 그런 사실을 아는 사람이 별로 없는 듯했다.

두 개의 설도 상

설도기념관 안쪽에는 설도가 앉아있는 모습의 대리석 상이 있었다. 기념관 밖에는 대나무 숲을 거니는 모습의 설도 상도 있다.

설도는 자신이 시를 쓸 종이를 여러 가지 꽃물을 넣어 직접 만들어 사용하였다. 그 종이가 당나라 때 황궁에서까지 유행했다는 설도전(薛濤箋)이다. 그녀가 종이를 만들 때 길어 썼다는 우물인 설도정(薛濤井)도 잘 정비되어 있었다.

명나라 때까지도 이 우물을 이용해 설도전을 만들었다고 한다. 그 뒤

망강루공원 옆을 지나는 양자강의 지류인 금강,

청나라 강희제 때(康熙 3年, 1664년) 성도 지역을 다스리던 지사 기응웅(冀應熊)이 이 곳을 설도를 기리는 유적지로 만들었다. 우물 기념비에 쓴 설도정이라는 한자도 그가 직접 쓴 것이라고 한다.

망강루 공원은 설도 기념공원

공원의 이름이 된 망강루(望江樓)는 청대에 지은 높은 누각인데, 설도정 가까이에 있었다. 바로 옆에는 양자강의 지류인 금강이 흐르고 있다. 그래서 망강루(강을 바라보는 누각)인가 보다.

원래의 이름은 숭려각(崇麗閣)이다. 지금도 숭려각과 망강루 두 이름을 함께 쓴다. 그런데 공원의 이름이 망강루 공원이다 보니 대개 망강루라고 부르는 것 같았다.

청대에 설도를 기념하여 지은 누각이라고 알았는데, 현지에 가보니 그게 아니었다. 망강루를 짓기 시작한 것은 청나라 광서12년인 1886년. 당시 이 자리에는 오래된 낡은 탑이 서 있었는데 붕괴 위험에 처해 있었다. 성도 사람들은 당시 성도의 청년들이 중앙무대에 가기 위해 치르는 국가시험(우리 조선시대의 과거 같은 시험)에 번번이 낙방하는 것이 낡은 탑 때문이라고 생각했다. 그래서 대대적으로 성금을 모아 누각을 커다랗게 지었다. 누각은 3년 만인 광서 15년 1889년에 완성됐다. 망강루는 성도를 대표하는 건축물 중의 하나이다.

그런데 망강루 공원 자체가 온통 설도와 관련된 기념물과 상징물, 그리고 설도가 좋아했다는 대나무 등으로 차 있어서 망강루 역시 설도를 기념하는 건축물이라고 해도 과언이 아닌 듯하였다.

마침내 교서(校書)가 된 설도

또한 궁금했던 것이 사진에서 희미하게 봤던 설도묘에 쓰여 있는 묘비명이었다. 묘는 공원 내 북대문(北大門) 가까이에 있었다. 대나무들이 빽빽하게 묘를 둘러싸고 있다. 묘비에는 '당여교서설홍도묘(唐女校書薛洪度墓)'라고 적혀있었다. 홍도(洪度)는 설도의 자(字)다. 교서는 관직으로 관청의 책을 관리하는 자리다.

당시 설도의 능력을 높이 평가한 절도사 위고가 그녀를 교서랑(校書郎)에 임명하려 했는데, 여자에게 일찍이 그런 예가 없다고 부하들이 극력 반대하여 포기했다고 한다. 그러나 이 일로 인해 그 뒤 기생을 교서라고도 부르게 되었다고 전해진다.

묘는 우리가 한국에서 흔히 보는 형태로 봉분을 쌓고 앞에 비석을 세웠다. 묘의 크기는 일반 묘보다 조금 큰 정도. 설도의 묘가 원래부터 그 자리였는지 옮겨 온 것인지는 알 수 없었다.

망강루 공원 설도 상 앞에서 필자.(2011. 7. 31.)

묘비명의 교서는 후세 사람들이 임의로 추서(追敍)한 관직이다. 말하자면 명예 교서인 셈이다. 묘비명 좌우에는 '1994년 10월 설도연구회에서 세웠다'고 적혀있었다. 설도 사후 1100년도 훨씬 더 지나 세워진 묘비다. 묘비 뒤에는 생몰년을 당 덕종 건중 2년, 당 문종 대화 6년이라고 새겨놓았

설도의 묘

다. 서기(西紀)로 치면 781년에서 832년이다. 설도의 출생년도의 경우 대체로 당 대력3년(서기 768년)으로 알려져 왔으므로 많은 차이가 있다.

설도는 비록 기생이었으나 시인으로서의 그 재능을 인정받아 생전에도 나름대로의 대접을 받았던 것 같고 천년이 넘도록 그 예술의 향기를 널리 전하고 있다.

일정상 망강루 공원을 둘러 본 시간은 1시간 반 남짓이었다.

짧은 시간이었지만 이곳에서 아름다운 시를 후세에 남긴 설도를 기리려는 중국인들의 많은 노력과 흔적들을 볼 수 있었고 우리가곡 〈동심초〉의 원작자의 자취를 확인할 수 있어 나름 흐뭇하였다.

가곡 〈꿈〉의 원작자 황진이의 묘소

개성에 복원된 '명월 황진이의 묘'

조선조의 유명한 기생 황진이는 우리 가곡 〈꿈〉의 원작자다. 그래서 가곡 〈동심초〉의 원작자인 중국 당대(唐代)의 설도와 종종 비교된다.

그러나 같은 기녀 출신임에도 중국에서 설도는 당당히 여류시인으로 대접을 받고 있는 반면 우리나라에서 황진이는 한낱 에피소드의 대상일 뿐이다.

중국에서는 설도가 살았던 사천성 성도의 망강루공원 안에 묘지는 물론이고 '설도기념관'과 두 개의 석상까지 세우며 그녀를 정성스럽게 기리고 있다. 이에 비해 황진이는 그동안 개성 동문 밖에 있었다던 무덤의 존재조차 잊혀 있었다.

그러던 중 지난 2011년 11월 21일 북한의 조선중앙TV의 보도로 그녀의 무덤이 복원됐음을 비로소 알게 되었다.

조선중앙TV는 이날 개성시가 오랜 작업을 통해 역사유적 및 명인들의 묘를 발굴, 복원했다면서 그 가운데 《열하일기》의 작가 박지원(1737~1805)과 황진이의 묘가 포함되어 있다는 소식을 전했다. 이 방송은 박지원의 묘는 개성시 전재리 황토고개 옆에 있고, 황진이의 묘는 개성시 선정리에 있다고 했다. 북한 책자에 실린 사진에는 깔끔하게 정돈된 묘 앞에 '명월 황진이의 묘'라고 쓰인 비석이 서 있었다.

꿈

황진이 원작, 김억 번역, 김성태 작곡

꿈길 밖에 길이 없어 꿈길로 가니
그 임은 나를 찾아 길 떠나셨네
이 뒤엘랑 밤마다 어긋나는 꿈
같이 떠나 노중에서 만나를 지고

꿈길따라 그 임을 만나러 가니
길 떠났네 그 임은 나를 찾으려
밤마다 어긋나는 꿈일양이면
같이 떠나 노중에서 만나를 지고

相思相見只憑夢(상사상견지빙몽)
儂訪歡時歡訪儂(농방환시환방농)
願使遙遙他夜夢(원사요요타야몽)
一時同作路中逢(일시동작로중봉)
黃眞伊(황진이)

이정식 가곡 에세이 『사랑의 시, 이별의 노래』에서 이야기했듯이 〈꿈〉의 가사 2절은 한시 원본이 따로 있는 것이 아니고 작곡가 김성태 선생이 1절과 비슷하게 작사해 붙인 것이다.

김억은 황진이를 '천재'로, 가람은 '뛰어난 예술가'라고 평함

황진이의 꿈을 번역한 김억 시인은 그의 한시 번역시집 〈옥잠화〉(1943)에서 황진이에 대해 이렇게 극찬하였다.

"황진이는 송도삼절(松都三絶)의 하나인 시기(詩妓). 시·노래·글씨·그림의 여러 방면에서 기능을 발휘한, 그야말로 천재(天才)의 인물(人物). 시기(詩妓)로는 고금(古今)의 독보(獨步). 중종(中宗, 재위 1506~1544) 초로 명종(明宗, 재위 1545~1567) 시대의 위관(偉觀)." [주: 황진이의 본명은 진(眞) 기명(妓名)은 명월(明月), 송도삼절: 송도(지금의 개성)의 세 가지 유명한 것이란 뜻으로 화담 서경덕(徐敬德, 1489~1546), 황진이, 박연폭포를 일컬음. 위관: 위대한 광경 또는 훌륭한 구경거리란 뜻.]

황진이는 천민인 기생 신분이었기 때문에 그의 생애에 대해 제대로 기록된 것이 없다. 개성 출신이며 조선 중종 때의 사람으로 단명했다고 전해지나 언제 출생하여 언제 사망했는지 정확히 모른다. 대체로 1500년대 초반에 실존했던 인물이라는 데는 모든 기록이 일치한다. 1506년경에 태어나 38세 때인 1544년에 사망했다는 설도 있고 1516년에 출생해 1567년 사망했다는 주장도 있으나 믿을 수 있는 것은 아니다. 출신에 관해서는 황 진사의 서녀라는 설, 혹은 맹인의 딸이라는

송혜교 주연 영화 〈황진이〉포스터(2007)

이야기도 있고, 어미가 관노비 신분인 여 악사였다는 설도 있다.

황진이에 관한 소설의 원조 격인 이태준(1904~사망년도 미상, 해방 후 1946년경 월북)이 일제 때인 1930년대에 쓴 소설 『황진이』에 국문학자이자 시인인 가람 이병기(1891~1968) 선생이 서언(일종의 추천사)을 썼는데 여기에 황진이에 관한 다음과 같은 설명이 있다.

가람 이병기의 황진이에 대한 설명

"그는 이조 중종 때 송도 황 진사의 서녀로서 절등한 미모, 호협한 성질, 탁월한 재분을 가지고 거문고 노래 시가 등을 잘하고 기생이 되어 국중 명창율객(名唱律客)과 문인학자(文人學者)와도 사귀고 명산대천을 찾아 놀기도 하여 그 일생을 분방자유하게 살았다.

그의 사적은 식소록(識少錄) 어우야담(於于野談) 송도기이(松都記異) 소호당집(韶濩堂集) 중경지(中京誌)에 약간 실려있고, 그의 저작은 기아(箕雅) 동국시화(東國詩話) 소화시평(小華詩評) 해동가요(海東歌謠) 청구영언(靑丘永言) 가곡원류(歌曲源流) 대동풍아(大東風雅)에 적혔는데 우리 노래의 단가(短歌, 시조를 일컬음)가 여섯 수, 한시(漢詩)가 오언 칠언 시를 합하여 네 수쯤 전한다. 이와 같이 그의 사적, 저작은 전하는 것이 풍부하달 수 없으되 그것으로도 그의 인물생활 가치는 얼마큼 짐작할 수 있다.

그는 한 명기(名妓)라 하기보다도 뛰어난 한 예술가(藝術家)이었다.

그는 문벌도 상당한 집에 태어나 그 순결한 처녀로서 기생생활에 전환함은 악착하고 좁은 그 문을 벗어나 좀 더 너그럽고 수나롭게 살자던 것이다.

그는 기생을 한 직함으로 삼고 예술에 살자던 것이다. 그는 실로 예술이 종래의 그 구구하던 제도나 도덕의 부문보다는 넓은 것임을 알었던 까닭이다.

이에 이를 이태준 군이 소설로 지었다. 군은 그동안 소설을 많이 지었으되 이러한 소설만은 처음 겸 마지막으로 써본다 하고 매우 노작을 하였다."

가람 선생은 황진이를 가리켜 '명기라고 하기보다도 뛰어난 예술가'라고 하였으니 그녀를 천재라고 한 김억 선생의 평가와 일맥상통한다 하겠다.

황진이가 15세 때 그를 보고 상사병에 걸린 이웃 총각이 죽었는데 총각의 상여가 황진이의 집 앞에서 움직이지를 않았다. 우여곡절 끝에 황진이가 자신의 속적삼을 벗어 덮어주자 상여가 움직였다. 이를 계기로 기생의 길을 걷게 되었다는 이야기도 있다. 30년을 면벽수도에 정진해 생불로 불리던 지족선사를 유혹해 파계시키고, 화담 서경덕을 유혹하려다가 인품에 감화되어 그의 제자가 되었다는 등의 이야기도 전해 온다. 진위를 알 수 없는 벽계수와의 일화, 소세양, 송순, 이사종, 이언방, 이생, 엄수와의 교유에 얽힌 이야기도 있다.

평양감사 백호 임제(白湖 林悌)가 개성의 황진이의 무덤을 지나다가 다음과 같은 추도의 시조를 짓고 제사를 지낸 일이 있는데 이로 인해 조야(朝野)의 비난을 받았다는 기록도 있다.

청초의 우거진 골에 자는다 누웠는다

황진이의 묘

홍안은 어디 두고 백골만 묻혔는다
잔 잡아 권할 이 없으니 그를 설워하노라

어떤 기록도 송도의 명기(名妓)였던 황진이가 뛰어난 시인이었다는 데는 이의가 없으며 거문고를 잘 탔고 노래 또한 매우 잘 불러 절창(絶唱)이었다고 전해온다.

야사에 황진이가 죽기전에, "나는 생전에 성격이 화려한 것을 좋아했으니 사후 산에다 묻지 말고 대로변에 묻어달라"고 했다고 한다. 개성에 있다는 황진이의 무덤이 대로변에 있는지는 모르겠다.

남북 경색이 풀려 개성 관광이 활성화되면 황진이의 묘를 찾는 관광객도 제법 있을 텐데, 이들에게 그녀의 시로 된 우리가곡 〈꿈〉이라도 들려주면 좋겠다는 생각도 해본다.

〈가고파〉 원본에 대하여

내 마음 가 있는 그 벗에게

가고파는 1932년 한성도서주식회사에서 펴낸 〈노산시조집〉에 들어있는 10수의 긴 시조다.

제목은 옛 한글 투인 〈가곺아〉로 되어있다. 원본에는 '보고파'도 '보곺아'로 적혀있다. 후반부에 있는 '처녀들 어미 되고'의 '처녀'는 원본에는 '처자(處子=처녀)'로 되어 있다. 원본의 '처자'를 가사에서 '처녀'로 바꾼 것은 뜻을 분명히 하기 위해 잘 바꾼 것 같다. 원본에는 지금의 맞춤법과는 다른 낱말들이 여럿 있다.

노산 이은상(1903~1982)은 시조의 제목에 부제를 달기도 했고, 각 시조 뒤에는 지은 날짜와 장소를 표기하였다. 〈가고파〉에는 '내 마음 가 있는 그 벗에게'란 부제가 달려있고, 맨 뒤에 '1932년 1월 5일 한양 행화촌(杏花村)에서'라고 적혀있다.

세상 일 모르던 어린시절, 동무들과 같이 즐겁게 뛰어 놀며 바라보던 고향 마산 합포의 그 파랗고 잔잔한 바다를 그리워하며 지은 시조다. 그의 나이 29세 때다. 한양 행화촌이라면 서울에 살구꽃이 유명한 동네인 모양인데, 그것이 지금의 행당동인지 어디인지는 알 수가 없다.

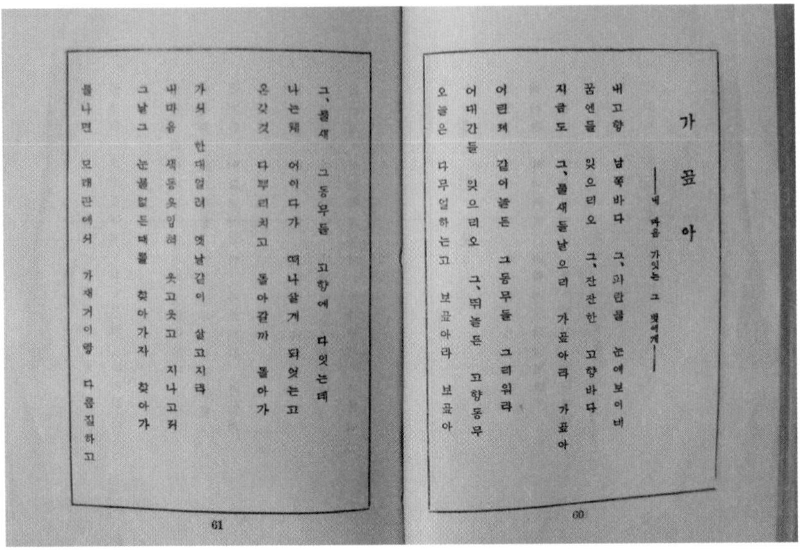
가 곺 아

— 내 마음 가잇는 그 벗에게 —

내고향 남쪽바다 그, 파란물 눈에보이네
꿈엔들 잊으리오 그, 잔잔한 고향바다
지금도 그, 물새들 날으리 가곺아라 가곺아

어릴제 같이놀든 그동무들 그리워라
어데간들 잊으리오 그, 뛰놀든 고향동무
오늘은 다무얼하는고 보곺아라 보곺아

60

그, 물새 그동무들 고향에 다잇는데
나는왜 어이다가 떠나살게 되엇는고
온갖것 다뿌리치고 돌아갈까 돌아가

가서 한데얼려 옛날같이 살고지라
내마음 색동옷입혀 웃고웃고 지나고저
그날그 눈물없든때를 찾아가자 찾아가

물나면 모래판에서 가재거이랑 다름질하고

61

가고파 원본 1

이 시조를 이듬해 이은상의 친구인 양주동 박사가 평양숭실학교에서 학생들에게 가르쳤다. 그 학생 중에 김동진이 있었다. 김동진은 시조 〈가고파〉에 감동을 받아 그해 1933년에 전체 10수 가운데 앞부분 4수에 곡을 붙였다. 이것이 오늘날까지 우리가 애창하는 〈가고파〉다. 『사랑의 시, 이별의 노래』(2011)와 이 책 『가곡의 탄생』의 '부록1, 해설이 있는 가곡음악회의 기록'에서도 언급했지만 시조의 나머지 6수는 김동진이 60세 때인 1973년에 작곡했다. 앞의 것을 전편, 뒤의 것을 후편이라고 부르는데 10수 전체를 완성하는 데 40년이 걸린 셈이다.

〈가고파 전편〉은 1933년 작곡 이후 평양의 신암교회와 신정교회 등에서 불리다가 테너 이인범이 곳곳의 순회공연에서 자주 부르면서 널리 퍼졌다고 한다. 1961년에 작곡된 〈그리운 금강산〉이 최고의 인기 가곡으로 올라가기 전까지 〈가고파〉는 부동의 인기 1위 가곡이었다.

잘 알려져 있지 않지만 현제명이 작곡한 〈가고파〉도 있다. 현제명은

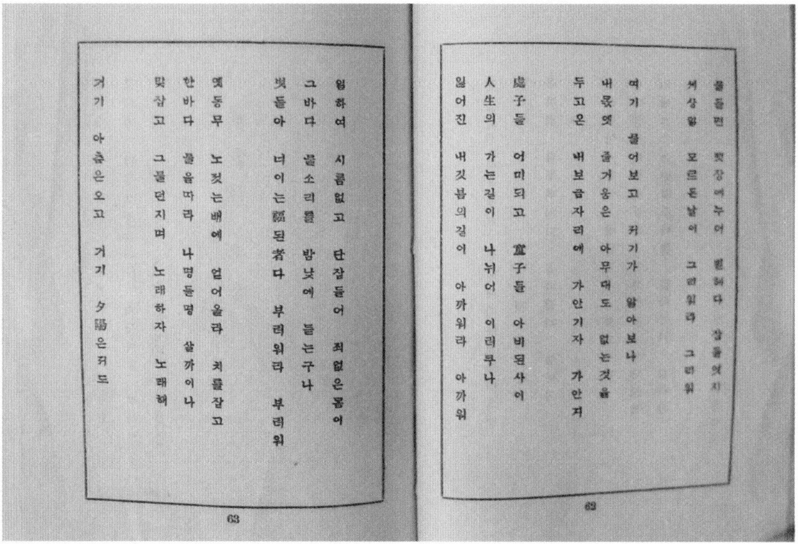

물들면 뱃장에누어 별헤다 잠들엇지
세상일 모르든날이 그리워라 그리워

여기 물어보고 저기가 알아보나
내몫엣 즐거움은 아무대도 없는것을
두고온 내보금자리에 가안기자 가안저

處子들 어미되고 童子들 아비된사이
人生의 가는길이 나뉘어 이러구나
잃어진 내깃븜의길이 아까워라 아까워

62

일하여 시름없고 단잠들어 죄없은몸이
그바다 물소리를 밤낮에 듣는구나
벗들아 너이는福된者다 부러워라 부러워

옛동무 노젓는배에 얻어올라 치를잡고
한바다 물을따라 나명들명 살까이나
맞잡고 그물던지며 노래하자 노래해

거기 아츰은오고 거기 夕陽은져도

63

가고파 원본 2

처음부터 10수 전체에 곡을 붙였다. 분위기는 김동진 곡과 전혀 다르다고 한다.

나는 〈노산시조집〉 원본을 마산문학관에서도 봤고 국립중앙도서관에서도 봤다. 마산문학관의 〈노산시조집〉은 유리 안에 전시되어 있었고, 후자의 경우는 열람신청을 하여 본 것이다. 이 책에 실은 사진은 2010년 9월, 국립도서관에 있는 원본을 촬영한 것이다. 국립중앙도서관의 원본에는 발행처 등이 인쇄된 책 뒤쪽에 '조선총독부 도서관'이란 둥근 도장이 커다랗게 찍혀있었다. 발행한 때는 소화(昭和) 7년 4월이라고 인쇄되어 있다. 소화 7년은 1932년이다.

이은상은 책 속에 시조를 지은 날짜를 일본력 대신 모두 서기(西紀)로 적었나. 식민시하에서 조선인 모두의 마음 속에 있었을 무언의 저항이 느껴진다. 〈가고파〉는 이은상 시인의 뛰어난 시재(詩才)가 느껴지는 시조의 하나다.

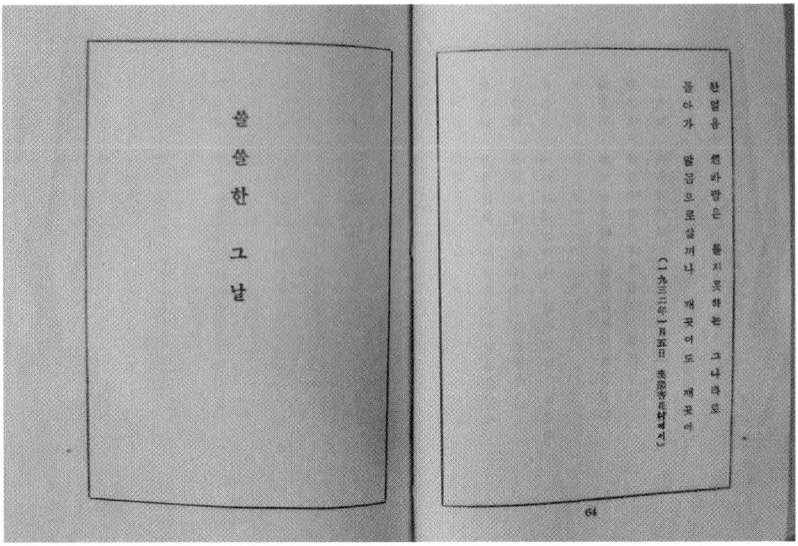

가고파 원본 3

시조집 속의 원본을 보면 현재 부르고 있는 가사와 맞춤법 등에서 여기저기 조금 차이가 있긴 하지만 내용상으로 크게 다른 점은 없다.

2016년 7월 15일 '제3회 해설이 있는 가곡음악회' 때 〈가고파 전·후편〉이 모두 무대에 올려졌다. 전·후반 합쳐 10분이나 되기 때문에 〈가고파〉 전체가 무대에 올려지는 일은 드물다. 이날 음악회에서 전편은 소프라노 고진영이 후편은 필자가 불렀다.

이은상의 〈노산시조집〉에는 110여 편의 시조가 수록되어 있다. 이 시조집에 실린 시조를 가지고 가곡을 가장 많이 지은 이는 홍난파가 아닐까? 홍난파는 모두 17곡의 가곡을 지었는데, 이중 〈봉선화〉와 〈사공의 노래〉를 제외하고 〈봄처녀〉 〈옛 동산에 올라〉 〈사랑〉 〈성불사의 밤〉 〈금강에 살으리랏다〉 등은 모두 이은상의 시조에 곡을 붙인 것이다. 그 시조의 원전은 대부분 〈노산시조집〉에 들어 있다.

가고파

이은상 작시 김동진 작곡

(전편)

내 고향 남쪽 바다 그 파란 물 눈에 보이네
꿈엔들 잊으리요 그 잔잔한 고향바다
지금도 그 물새들 날으리 가고파라 가고파

어릴 제 같이 놀던 그 동무들 그리워라
어디간들 잊으리요 그 뛰놀던 고향동무
오늘은 다 무얼 하는고 보고파라 보고파

그 물새 그 동무들 고향에 다 있는데
나는 왜 어이타가 떠나살게 되었는고
온갖 것 다 뿌리치고 돌아갈까 돌아가

가서 한데 얼려 옛날같이 살고지고
내 마음 색동옷 입혀 웃고 웃고 지내고저
그날 그 눈물 없던 때를 찾아가자 찾아가

(후편)

물 나면 모래판에서 가재거이랑 달음질 치고
물 들면 뱃장에 누워 별 헤다 잠들었지
세상 일 모르던 날이 그리워라 그리워

여기 물어보고 저기가 알아보나
내 몫엔 즐거움은 아무데도 없는 것을
두고 온 내 보금자리에 가 안기자 가 안겨

처녀들 어미 되고 동자들 아비 된 사이
인생의 가는 길이 나뉘어 이렇구나
잃어진 내 기쁨의 길이 아까워라 아까워

일하여 시름 없고 단잠 들어 죄 없는 몸이
그 바다 물소리를 밤낮에 듣는구나
벗들아 너희는 복된 자다 부러워라 부러워

옛 동무 노 젓는 배에 얻어 올라 치를 잡고
한바다 물을 따라 나명들명 살까이나
맞잡고 그물 던지며 노래하자 노래해

거기 아침은 오고 거기 석양은 져도
찬 얼음 센 바람은 들지 못하는 그 나라로
돌아가 알몸으로 살꺼나 깨끗이도 깨끗이

〈가고파 전편〉의 작곡 동기에 대해서는 간략하게 나마 본인이 남긴 글이 있다. 후편과 관련해서도 본인이 남긴 어떤 소회가 있을 법한데 나는 아직 그것을 찾지 못하였다. 나는 작곡에 대해 아는 것이 없으나 후편의 경우도 전편 못지않게 멜로디가 아름다울 뿐 아니라 한층 매력적이고 원숙하며 감동적이라고 느끼고 있다. 후편은 아마 오랜 기간 다듬으면서 만

작곡가 김동진(1913~2009)

들지 않았을까 하는 생각을 한다.

이 책 본문의 〈고향의 노래〉(이수인 작곡가), 〈내 마음 그 깊은 곳에〉(이안삼 작곡가) 편 등에서도 작곡의 고통과 기쁨에 대한 이야기가 있지만, 김동진 역시 그러한 추억들을 기록으로 남긴 것이 있다.

〈가고파 후편〉에 대해 김동진이 소회를 남겼다면 이와 비슷하지 않을까 하여 여기 〈칠월의 노래〉와 〈진달래꽃〉의 작곡과 관련한 김동진의 글 몇 대목을 옮긴다.

"(6·25때 종군작가로 활동하던 시절) 내가 가장 고심했던 것은 〈칠월의 노래〉이다. 나는 이 곡을 작곡하기 위하여 해군 정훈음악대 연습실에 매일 혼자 남아, 피아노 앞에 앉아 테마를 구하려 하였으나 좀체로 떠오르지 않던 중 무려 한 달이 넘어서야 그것이 이루어졌을 때 나는 부끄러움도 모르고 피아노에 엎드려 울음을 터뜨리기까지 하였다.

하나의 창작품이 나오기까지에는 몇 달이든 몇 년이든 그 잉태 기간의 고통스러움이 숨이 있는 것이며 결코 우연만의 소산(所産)은 아닌 것이다.

……

환도 후(전쟁이 끝나 서울로 돌아온 후) 나는 서라벌 예대에 근무하게 되었고 대외적으로는 주로 영화음악을 다루었고 이때에 작곡한 것이 소월 시에 곡을 붙인 〈진달래꽃〉 〈자나 깨나 앉으나 서나〉 〈길〉 〈초혼〉 〈못잊어〉 〈님의 노래〉 등이었고 〈창문을 열면〉 〈건설의 노래〉 〈근로의 노래〉 등 수

많은 국민가요를 작곡하기도 하였다.

〈진달래꽃〉은 '영변의 약산 진달래꽃' 부분이 뜻대로 안 돼 근 한 달이나 고심했던 것이다."(김동진 가곡집 『내마음』, 세광출판사, 1973)

〈가고파 후편〉 같은 잘 지어진 가곡이 자주 불려지지 못하는 것은 안타까운 일이다. 〈후편〉에 대한 인지도가 낮고 가사가 길기 때문인 것으로 보이지만 언젠가 크게 각광을 받을 날이 올 것만 같다.

〈바위고개〉 그 후

사라진 작사가, 우리 현대사의 아픈 상처

2017년 2월 말, 작은 소포 하나가 사무실 책상 위에 놓여있었다. 뜯어보니 『바우고개 언덕을 홀로 넘자니』라는 제목의 책이다. 가곡 <바위고개>의 1절 가사의 첫 줄과 같은데 '혼자'가 '홀로'로 바뀌었을 뿐이다. '그 찬란했던 백란영의 한평생'이란 부제가 달려있다.

문득 몇 달 전 <바위고개>와 관련해 거창에 산다는 이이화란 분과 전화 통화를 한 기억이 났다. 이이화 씨가 내게 전화를 한 이유는 인터넷에서 <바위고개>에 관한 나의 글을 보았는데, 그것을 앞으로 출판할 책에 실어도 좋겠는지 양해를 구하는 내용이었다.

나는 비록 내 글이긴 해도 그 내용을 정확하게 기억하지는 못했지만, 꺼릴 일도 아니어서 선뜻 '좋다'고 승낙을 하고, 그후 <바위고개>가 들어있는 나의 첫 번 가곡책 『사랑의 시, 이별의 노래』도 그 분께 보내드렸다.

이이화 씨가 내게 보내 준 『바우고개 언덕을 홀로 넘자니』는 가곡 <바위고개>의 작사자가 남편 이서향의 작품이라는 것을 뒤늦게 밝힌 백란영(1917~2015) 여사 추모문집이었다. 백 여사 본인의 글과 지인, 제자들의 추모의 글이 실려있다. 그 가운데 내가 청주대학교 신방과 객원교수 시절인

2011년 청주의 <충청매일>에 실었던 <바위고개(1)>도 실려있었다. "왜 (1)만 실었을까" 하고 (2)를 찾아보았으나 인터넷 속에 <바위고개(2)>는 없었다. (2)는 『사랑의 시, 이별의 노래』 속의 내용과 크게 다르지 않은 것이다. <바위고개>의 원래 제목은 <바우고개>였다.

『바우고개 언덕을 홀로 넘자니』(이산 엮음, 파랗게날, 2016.10)

기록을 위하여 <바위고개>(1)의 대체적인 내용과 『바우고개 언덕을 홀로 넘자니』에 실려있는 백란영 여사의 글 가운데 가곡 <바위고개>와 관련된 주요 대목을 간추려 싣는다.

작곡가 이름만 나와있는 <바위고개> 악보

바위고개(1)

지난(2011년) 4월, '이정식 가곡 에세이 『사랑의 시, 이별의 노래』'의 원고를 마무리 하면서, 책꽂이에 있던 『한국가곡전사』(韓國歌曲全史, 금성출판사 발행, 1967)를 다시 꺼내보았다. 44년을 언제나 나와 함께 있는 악보집이다.

이 악보집은 처음엔 네모진 단단한 통 속에 5장의 가곡 레코드와 함께 들어있던 것이다. 유니버살레코오드사에서 LP판으로 제작한 레코드의 표지에는 그때까지 흔히 보던 고즈넉한 우리네 농촌풍경을 담은 그림들이

작곡가 이름만 나와있는 〈바위고개〉 악보(한국가곡전사, 1967)

실려있어 가곡이 지닌 의미(서정성, 향토성)를 상징적으로 보여주었다. 우리 가곡의 효시라고 할 수 있는 김형준 작사 홍난파 작곡의 <봉숭아>(원제: 봉선화)를 비롯해 그때까지의 유명 가곡 68곡이 들어있다.

레코드는 이사를 다니면서 없어졌지만, 짙은 곤색 하드커버로 만들어진 악보집은 조금 낡고 색깔만 약간 바랬을 뿐 아직 건재하다. 한 질로 된 그 레코드와 악보집은 선친(고 이경성)께서 노래를 좋아하던 내게 선물로 사주신 것이다. 중학교 2학년 때인 1967년이었다. 그 음반과 악보집은 나의 가곡 선생이었다. 그 가곡들 속에 담겨있는 이야기를 이번에 낸 『사랑의 시, 이별의 노래』에 쓴 것이다. 물론 그 후에 나온 가곡들도 포함되어 있다.

『한국가곡전사』를 한 장 한 장 들쳐보다가 <바위고개>에서 잠시 멈췄다. 나른 노래에는 모두 작사자와 작곡자가 나와 있는데, 이 노래엔 작사자의 이름은 없고 '이흥렬 작곡'이라고 작곡자 이름만 나와 있다. 왜 작사자 이름이 빠져있을까?

바위고개

바위고개 언덕을 혼자 넘자니
옛 임이 그리워 눈물 납니다
고개 위에 숨어서 기다리던 임
그리워 그리워 눈물납니다

바위고개 피인 꽃 진달래꽃은
우리 임이 즐겨 즐겨 꺾어 주던 꽃
임은 가고 없어도 잘도 피었네
임은 가고 없어도 잘도 피었네

바위고개 언덕을 혼자 넘자니
옛 임이 그리워 하도 그리워
10여년간 머슴살이 하도 서러워
진달래꽃 안고서 눈물집니다.

한때 최고의 인기 가곡 중 하나였던 '바위고개'는 지금 이흥렬(李興烈, 1909~1980) 작사 작곡으로 되어있다. 시중의 악보집에는 모두 그렇게 나와 있다. 가곡에 전혀 관심이 없는 젊은 층이 아니라면 가곡 <바위고개>를 모르는 사람은 별로 없다. 누구나 부르기 쉬운 부드러운 멜로디에다 정감 어린 가사 때문일 것이다.

고려대, 숙명여대 교수와 숙명여대 음대학장을 지낸 이흥렬은 <바위고개>외에도 <어머니의 마음> <꽃구름 속에> <코스모스를 노래함> 등 가곡과 동요 <섬집아기> 등으로 널리 알려진 작곡가다. 그는 그의 곡들이

사진 좌로부터 작곡가 이흥렬, 장녀 이영희, 3녀 이영금, 2남 이영조, 북아현동 자택(1956). 이흥렬은 후일 작곡가가 된 둘째 아들 이영조(당시 중학교 2학년, 형제 넷 중 본인 포함 셋이 작곡 전공함)에게 호른을 배워두도록 했다. 이영조는 연대음대 교수와 한국예술종합학교 음악원장, 예술의 전당 비상임 이사 등을 역임했다.

갖고 있는 아름다운 서정적 선율로 인해 '한국의 슈베르트'라고도 불렸다. <바위고개>는 1934년 발행된 『이흥렬 작곡집』 속에 들어있다. 이 작곡집 속의 제목은 <바우고개>다.

이흥렬은 생전에 "바위고개는 어디에 있는 고개인가?" 하는 질문을 수없이 받았다. 그때마다 늘, "바위고개는 이 세상에 존재하지 않는 고개이며, 삼천리 금수강산 우리의 온 국토가 바위고개다"라고 답했다고 한다.

그런데 이 노래의 가사를 쓴 사람은 따로 있다는 것이 뒤늦게 밝혀졌다.(<바위고개(1)>, 충청매일, 2011. 6. 2.)

다음은 2001년 『이문회우』에 실린 백란영 여사의 글 중에서 발췌한 것이다.

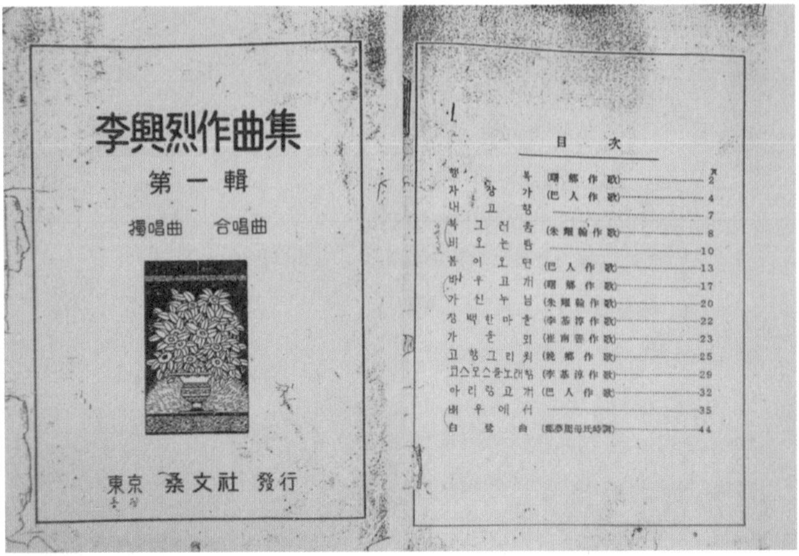

이흥렬 작곡집 제1집(1934). 여기에 〈바우고개〉 작사가가 서향으로 적혀있다.

월북 연출가 이서향과 <바우고개> 작사

내 나이 이미 여든 여섯, 앞으로 살아갈 미래보다 지난 세월을 추억하는 일이 더 많은 사람이다.

내가 인제대의 모태인 백병원의 설립자, 백인제 박사의 맏딸로 태어나 말 못할 세상 고초를 겪고도 무사히 오늘까지 지내올 수 있었던 것은 오직 성경에 의지했기 때문이다.

돌이켜 보건대, 내 남편 이서향(李曙鄕, 본명은 이영수李榮秀, 1915~ ?)을 생각하면 나는 가슴이 아려온다. 그는 공산주의자였든지 누구한테 속아서였든지 결혼 5년 만에 겨우 아들 하나 낳고 6·25 때 월북해, 거기서 곧 숙청당한 유명한 연출가였다. 단 1분간도 재미없는 시간은 안 가지겠다고 그토록 행복하게 살기를 갈망했던 사람이 경직된 북한체제 아래서 어떻게 재미나게 살 수 있었겠는가?

열여덟 살 어린 나이로 <매일신보>에 희곡이 일등 당선됐다고 자랑하던 어린아이 같은 순진한 얼굴이 어제런 듯 생생하게 떠오른다.

중학교 2학년 때 친구하고 같이 학교에서 돌아오면서 지은 시 <바우고개>를 훗날 그 친구(이흥렬)가 작곡해 줬다며 새색시인 내게 그걸 얼마나 자랑스러워하던지, 우리 둘이 함께 부르기도 몇 번이던가! [주: 이흥렬은 이서향보다 여섯 살 위로 고향(함경남도 원산) 선배이자 사제지간이었다. 백 여사는 두 사람 사이를 친구로 알고 있었던 것 같다.]

일제의 압박 속에서 아무리 서럽고 억울해도 그 감정을 솔직하게 표현할 수도 없었던 시절, 어린 중학생이 쓴 노래가 온 민족의 심금을 울리는 애창곡이 되어 지금도 불리고 있건만, 그 작사자는 세상에 밝혀지지도 못한 채 이제는 죽어서 다시 자기 노래를 불러볼 수도 없고 들어볼 수도 없게 되었으니 안타까울 따름이다.

그는 이북으로 간 죗값 치고도 비운의 예술가이다. 월북작가의 작품이라면 금지곡이 되었던 때야 작곡을 한 그의 친구가 자기 작사라고 한 걸 이해하지만, 남북의 예술가들이 왕래하는 지금까지도 그렇게 알려지고 있는 데는 내 책임이 크다. 내가 빨갱이 마누라라고 3개월이나 옥살이를 한 뒤로부터는 세상일에 대한 피해 의식이 나를 그런 일에 발 벗고 나서지 못하게 한 탓이다. 다 내가 못나서려니 싶다가도 이런 억울한 일도 있나 싶어 잠 안 오는 밤이면 회한에 사무친다.

며칠 전 우연히 국문학자 안숙원 교수와 얘기하던 중, 이 노래의 작사자가 내 남편 이서향이라는 사실을 내가 살아 있는 동안 바로잡아야 한다면서, 또 다른 사람이 이것을 증명해줄 수 있겠느냐고 묻기에 "내 동서가 있다"라고 대답해 주었다. 안 교수가 돌아간 후, 나는 동서에게 전화를 걸어 새삼 옛일을 확인했다.

내 시동생이자 그 동서의 남편은 작고한 음악가 이호섭 교수인데, 그는 일본 우에노 음악학교 출신으로 중앙대학에서 40년을 가르친 작곡가이며 피아니스트이다. 그가 작곡한 노래 가운데 가장 많이 알려진 것은 <옛날은 가고 없어도>라는 노래가 있고 그밖에도 서정주의 시 <국화 옆에서>를 작곡하기도 했다. 이호섭 교수는 내 남편 서향과 너무나 닮아서 친구들도 때때로 형을 동생으로, 혹은 동생을 형으로 잘못 알아보고는 깜짝 놀라는 일이 종종 있었다.

이서향(1915~?)

……

서향은 몹시 거만하고 자신만만했다. 나는 그가 연출하는 연극 연습장에 갔다가 연기가 마음에 안 든다고 나이도 자기보다 많은 여배우 전옥(강효실의 어머니, 인기 배우 최민수의 외할머니)의 뺨을 치는 장면을 목격한 적도 있다. 그의 후배 연출가 이해랑 씨 같은 사람도 남편의 가방을 들고 대문에만 섰다가 모시고 가곤 했지, 방 안으로 들어온 일이 별로 없었던 것으로 기억된다.

그러다가 결국은 이북에서 연극인들을 잘 대우해주고 생활도 훨씬 여유 있게 살게 해 주리라고 믿었던지, 극단을 끌고 월북한 것이다. 북한 공산주의의 실정을 잘 알지도 못한 채, 예술에 대한 혈기만 넘쳐 그곳에서 잘 할 수 있으리라는 꿈에 홀려 북으로 달려갔을 것이다.

……

재기 발랄한 신여성인 나는 친구처럼 그렇게 부러울 것 없이 5년을 살았다. 서로를 완전히 믿고 절대로 그 마음이 변할 일은 없을 것이라고 확신하고 있었던 것이다.

(주: 이서향은 6·25 2년 전인 1948년 '남북협상' 때 아내와 어린 아들을 남겨둔 채 미모의 여배우와 함께 월북해 이후 북한에서 국립예술극장 총장 등을 역임했으나 1959년 복고주의 종파분자로 분류되어 숙청당한 것으로 알려져 있다.)

그러나 사람이란 연약해서 영원불변의 존재가 아닌 것을 어이하랴. 일평생 변하지 않을 것 같던 남편이 내가 만류하는 것도 듣지 않고 이북으로 가는 바람에 우리 가정은 풍비박산이 났다. 그때의 내겐 하나님 말고는 의지할 데가 없었고, 반공으로 서슬 퍼런 우리나라에서 내 처지가 처지인 만큼 아무도 나를 도울 수 없다는 것을 알았다.

"한 사람이라도 마음을 상하게 하지 않고 한 마리 작은 새라도 제 둥지에 돌려보낼 수 있다면 결코 헛되이 산 게 아닐 것"이라고 고백한 에밀리 디킨슨의 시를 내가 애송하는 이유도 거기 있다.

천년만년 살 것 같이 나를 이용하고 속이던 내 주위 사람들도 다 가고 이젠 나만 남아 구순을 바라보며 호젓한 내 방에서 이렇게 시를 읊기도 하니, 다만 범사에 감사할 뿐이다.(『이문회우』 다섯째 호, 2001년 11월호)

생전의 백란영 여사(2002, ,종로 이문학회 마루에서, 사진 이승혁)

백병원 설립자인 백인제 박사(1898년 평북 정주 출생, 오산학교 시절 춘원 이광수의 제자였으며 서울대의대 교수 역임, 1950년 6·25 때 납북)의 맏딸이었던 백란영 여사는 경기여고와 이화여전 영문과를 나온 당시의 인텔리 여성으로 해방 후 미 군정 시절에는 통역으로도 일했다. 6·25 후에는 숙명여고에서 영어 교사를 했고 숙명여대에서 강사도 했다. 만년에는 경남 김해시의 인제대 생활관에서 살면서 자문교수로 해외입양아 교포 모국 유학생들에게 영어를 가르쳤다.

백란영 여사는 2015년 6월 98세로 세상을 떠났다. 『바우고개 언덕을 홀로 넘자니』는 백 여사 사후, 인문학 책 만들기에 힘쓰고 있는 이이화(필명 이산) 씨가 엮어 낸 책이다. 백 여사도 글 속에서 작곡가 이흥렬 선생을 비난하지 않았지만, 나의 첫 번 가곡책 『사랑의 시, 이별의 노래』에서도 말한 바대로 이흥렬 선생이 이 노래를 이흥렬 작사 작곡으로 바꾼 것은 월북자의 작품을 사용할 수 없었던 당시의 상황에서 노래를 살리기 위한 어쩔 수 없는 임기응변적 조치였을 것이다.

이 책 『가곡의 탄생』의 <선구자>에서도 조두남 선생이 작사가 윤해영의 존재를 모른다고 한 것은 "윤해영이 해방 후 북한으로 들어갔기 때문이 아니었을까" 하는 이야기를 했지만, 그 당시의 시대 상황에 대해 좀 더 이해하면서 문제를 봐야할 것 같다.

예술작품 곳곳에도 이처럼 우리 현대사의 아픔이 배어 있음은 안타까운 일이 아닐 수 없다. <바위고개>의 작사자 문제도 모든 정황들이 대체로 밝혀졌으므로 언젠가 바로잡힐 것으로 생각한다.

고향의 봄·오빠생각

남북이 함께 부르는 고향과 봄의 노래

봄이 오면 가장 먼저 떠오르는 노래 가운데 하나가 〈고향의 봄〉이다. 그리고 '고향'하면 가장 먼저 생각나는 노래도 〈고향의 봄〉이 으뜸이 아닐까 생각한다.

이처럼 〈고향의 봄〉은 봄의 노래지만, 또한 고향을 그리는 모든 이들의 노래이다. 남북이 함께 부를 수 있는 많지 않은 노래 중 하나이다. 남북 분단 전에 지어져 널리 알려졌기 때문이다.

고향의 봄

이원수 작시 홍난파 작곡

나의 살던 고향은 꽃피는 산골
복숭아꽃 살구꽃 아기 진달래
울긋불긋 꽃대궐 차리인 동네
그 속에서 놀던 때가 그립습니다.

꽃동네 새동네 나의 옛고향
파란들 남쪽에서 바람이 불면
냇가에 수양버들 춤추는 동네
그 속에서 놀던 때가 그립습니다

이 노래는 시인 이원수(1911~1981)의 동시 〈고향의 봄〉에 홍난파(1898~1941) 선생이 곡을 붙인 것이다. 이원수 선생이 경남 마산에서 살던 14~5세 때 지은 것이라고 한다. 마산에서 소년회 활동을 하던 이원수는 어린이 운동의 선구자인 소파 방정환 선생을 만난 것이 인연이 되어 소파 선생이 발행하던 잡지 〈어린이〉에 동시(童詩) 몇 편을 보냈다. 그중 〈고향의 봄〉이 1926년 4월 호에 입선(은메달을 상으로 받음)되어 실리면서 그의 이

이원수-최순애 부부(1980년 문화의 날 대한민국 문학상을 받은 후 기념 촬영)

름이 처음 알려지게 되었다. 이원수 선생이 1911년생이니까 잡지에 실린 때의 나이는 15세이다.

〈고향의 봄〉에 처음 곡을 붙인 이는 초등학교 교사였던 동요 작곡가 이일래(1903~1979)다. 이일래는 동요 〈산토끼〉의 작사·작곡자로 잘 알려진 분. 그러나 이일래의 〈고향의 봄〉은 당시 마산 등 일부에서만 불렸다.

그러다가 1929년에 홍난파가 지금의 곡을 붙인 후부터 전국적으로 널리 불려지기 시작했다. 지금도 대표적인 봄노래이며 동요이지만 성인들의 합창곡으로도 많이 불린다. 소프라노 조수미가 미국 카네기 홀에서 가곡 스타일로 감칠맛 나게 부른 〈고향의 봄〉도 있다.

이원수 선생의 부인은 "뜸북 뜸북 뜸북새 논에서 울고~~"로 시작되는 유명한 동요 〈오빠생각〉의 작사자인 최순애(1914~1998)다. 이 역시 최순애가 11살 어린 소녀 시절에 쓴 동시다. 잡지 〈어린이〉에 최순애의 〈오빠생각〉이 실린 것은 〈고향의 봄〉보다 다섯 달 먼저인 1925년 11월이었다. 세 살 차이였던 두 사람은 〈어린이〉 잡지를 통해 알게 되어 결혼에 이르게 된다. 〈오빠생각〉도 홍난파가 〈고향의 봄〉과 같은 해인 1929년에 곡을 붙였다. 〈오빠생각〉에는 박태준(1900~1986)도 곡을 붙였는데 박태준의 〈오빠생각〉이 더 널리 퍼졌다.

〈고향의 봄〉은 고향 창원을 그리며 쓴 동시

이원수가 〈고향의 봄〉을 쓴 곳은 마산이다. 그는 이곳에서 어린 시절을 보낸 창원을 '고향'이라고 생각하며 이 시를 썼다. 이원수는 1980년 월간 〈소년〉 잡지에 실은 〈자전 회고록, 흘러가는 세월 속에〉라는 제목의 글에서 자신이 〈고향의 봄〉을 쓴 소년 시절을 이렇게 회고했다.

내가 자란 고향은 경남 창원읍이다. 나는 그 조그만 읍에서 아홉 살까지 살았다.

그러나 내가 난 곳은 양산이라고 했다. 양산서 나긴 했지만 1년도 못 되어 창원으로 이사해왔기 때문에 나는 내가 난 땅에 대해서는 아는 것이 없다. 창원읍에서 자라며 나는 동문 밖에서 좀 떨어져 있는 소답리라는 마을의 서당엘 다녔다.

소답리는 작은 마을이었지만 읍내에서도 볼 수 없는 오래되고 큰 기와집의 부잣집들이 있었다.

큰 고목의 정자나무와 봄이면 뒷산의 진달래와 철쭉꽃이 어우러져 피고 마을집 돌담 너머로 보이는 복숭아꽃 살구꽃도 아름다웠다.

나는 이 마을 서당엘 다니며 〈동몽선습〉 〈통감〉 〈연주시〉 등 한문책을 배웠다. 〈천자문〉은 집에서 아버지가 미리 가르쳐 주셨기 때문에 이미 알고 있었다.

집에서 가까운 동문은 석벽이 남아 있었고, 성문은 없었지만 성문을 드나드는 기분으로 다녔다.

작곡가 홍난파(1898~1941)

동문 밖에 있는 미나리 논, 개울을 따라 내려가면 피라미가 노는 곳이 있어서 나는 그 피라미로 미끼를 삼아 물가에 날아오는 파랑새를 잡으려고 애쓰던 일이 생각난다. 봄이 되면 남쪽 들판에 물결치는 푸르고 윤기나는 보리밭, 봄바람에 흐느적이며 춤추는 길가의 수양버들.

그러던 내가 아홉 살 되던 해 가을 아버지의 벌이가 잘 안 되어 생활이 너무 궁했으므로 한 40리 거리가 되는 진영이란 곳으로 이사를 가게 되었다. 여태까지의 나의 세계였던 조그마한 우리집 ―그 이웃의 동무아이, 정든 동문 밖 개울들을 버리고 떠나는 마음은 슬픈 것 같기도 했다.

이삿짐을 실은 수레가 떠나고 우리도 집을 나올 때, 나는 뜰에 줄지어 심은 키 작은 국화꽃들 ―철이 지나 꽃의 빛깔마저 변해가는 그 국화꽃들이 초라하게 혼자 남는 걸 처량하게 생각했다. 찬 바람 부는 길을 걸어 역에서 기차를 기다리는 동안, 나는 다리가 와들와들 떨리는 걸 느꼈다. 그건 늦가을 추위 때문이라기보다는 알지 못하는 곳으로 처음 타는 기차를 타고 갈 호기심과 무언지 모를 두려움에서였던 것 같다.

창원 용지공원의 〈고향의 봄〉 노래비 앞에서 어린이들이 놀고 있다.

진영에서의 1년은 외로운 나날이었다. 이웃에 같은 또래의 동무가 없었고, 다니는 서당에도 정이 들지 않았었다. 그러다 우리집은 진영을 떠나 마산으로 옮겨 온 것이다.

나는 열 살의 소년으로 마산서 비로소 학교에 입학을 했다. 서당의 한문 공부와 다른 보통학교(초등학교)의 교과서는 쉽고 재미있었다. 처음으로 일본 글을 배우고 그림을 그리고 작문을 했다. 나는 그림과 글짓기에서 항상 우등이었다.

마산은 바다와 산이 아름다운 곳이다. 그러나 마산에 비해서는 작고 초라한 창원의 성문 밖 개울이며 서당 마을의 꽃들이며 냇가의 수양버들 남쪽 들판의 푸른 보리……, 그런 것들이 그립고 거기서 놀던 때가 한없이 즐거웠던 것 같았다.

……

이 동요 〈고향의 봄〉은 곧 이일래라는 분의 작곡으로 마산의 사립학교에서

〈고향의 봄〉 노래 가사 속의 꽃대궐을 생각나게 하는 섬진강변 매화마을의 봄 풍경(2012년 4월 1일 촬영)

많이 불리기 시작했다.

이일래 선생은 그때 마산에 있는 창신학교 선생이셨다.

뒤에 〈산토끼〉라는 동요도 그분의 작사 작곡으로 되었었는데 1979년에 세상을 떠나셨다. (고향의 봄이 발표된 지) 2~3년 후 홍난파 선생도 〈고향의 봄〉을 지어 (노래가) 전국적으로 퍼지게 되었다.

〈고향의 봄〉이 발표된 후로 나는 동요짓기에 열심이었다.

어린이 잡지에는 계속 작품을 보내어 자주 발표되었고, 일간 신문에도 부지런히 발표를 했다.

동요로 해서 나는 전국 각 지방에 얼굴을 보지 못한 친구들을 가지게 되었다. 서울, 대구, 원산, 진주, 함경도의 이원, 수원, 유천 등지에 있는 동요 쓰기를 좋아하는 친구들과 사귀어 편지 왕래가 잦았다.

(월간 소년, 1980년 10월 호)

〈오빠생각〉의 최순애를 만나다

이렇게 편지를 주고 받던 낯모르는 친구들 가운데 자신보다 먼저 〈오빠생각〉이란 시가 〈어린이〉 잡지에 실렸던 최순애란 여학생이 있었다.

최순애는 오빠 최영주가 〈개벽〉이라는 잡지 만드는 일을 했기 때문에 어려서부터 문학에 남다른 관심을 갖고 있었다. 최영주는 방정환, 마해송, 윤석중과 함께 색동회를 만들어 어린이운동을 폈던 이다.

이원수 최순애 두 사람은 젊은 아동문학가들의 모임인 동인회 〈기쁨사〉의 회원으로도 같이 활동했다. 서로 편지와 사진을 주고 받으며 사귀다가 차츰 사랑하는 사이로 발전한다.

창원 이원수문학관에 있는 이원수 흉상

두 사람의 결혼을 주선한 것은 오빠였다고 한다.

그런데 결혼을 약속한 후 생각지도 못한 일이 터졌다. 이원수가 '반일 독서회' 사건으로 갑자기 구속된 것이다. 19세기 러시아에서 젊은 도스토예프스키가 차르 치하의 전제 체제에 비판적인 독서 모임에 참여했다가 체포되어 시베리아 유형에 처해진 것과 비슷한 상황이었다.

마산공립보통학교를 졸업한 후 마산공립상업학교에 진학했던 이원수는 1931년 이 학교를 졸업한 후 바로 함안금융조합에 취직을 했다. 함안금융조합은 지금 경남 함안군 말산리에 있는 한국농촌공사 함안지부 자리에 있었다.

상업학교 시절부터 강한 민족의식에 눈을 뜨기 시작했던 이원수는 함안에서 반일 성향의 독서회에 참여했다가 1935년 이 일로 체포, 구속되었던 것이다. 결국 징역 10개월을 언도받고 마산형무소에서 감옥생활을 했는데 이 때 형무소 안에서 동시 〈두부장수〉를 쓰기도 했다.

최순애는 이원수가 감옥에 있는 동안 그의 출소만을 손꼽아 기다렸다. 마침내 이원수가 출소한 후 두 사람은 1936년 최순애의 집 즉 처가가 있는 경기도 수원에서 결혼식을 올렸다. 결혼을 앞두고 최순애의 집에서는 전과자가 된 사위에 대해 걱정을 많이 했다는 얘기도 있다. 결혼 후 두 사람은 마산 합포에서 신혼 살림을 시작했다. 최순애는 결혼 후에는 문학에 대한 꿈을 접고 선생의 뒷바라지와 3남 3녀를 키우는 일에 평생을 바쳤다. 문학의 꿈을 펼치지는 못했으나 이따금씩 쓴 그녀의 시편이 유고로 남아 있다.

서울 가신 오빠는 소식이 없고

최순애가 〈오빠생각〉을 쓴 사연도 잠시 이야기하지 않을 수 없다. 최순애의 오빠 최영주는 일본 도쿄에서 유학까지 한 지식인이었다. 그런데 귀국 후 일본 관헌의 요시찰 인물이 되어 늘 일경의 감시를 받았으며, 그 때문에 숨어지낼 때가 많았다. 최순애의 〈오빠생각〉은 그런 오빠를 기다리는 간절한 마음을 담은 시였다.

오빠생각

최순애 작시 박태준 작곡

뜸북 뜸북 뜸북새 논에서 울고
뻐꾹 뻐꾹 뻐꾹새 숲에서 울제
우리 오빠 말타고 서울 가시며
비단 구두 사가지고 오신다더니

기럭 기럭 기러기 북에서 울고
귀뚤 귀뚤 귀뚜라미 슬피울선반
서울 가신 오빠는 소식이 없고
나뭇잎만 우수수 떨어집니다.

작곡가 박태준은 마지막 귀절 “서울 가신 오빠는 소식이 없고 나뭇잎만 우수수 떨어집니다”를 작곡할 때 “흐르는 눈물이 오선지를 흥건히 적셨다”고 후일 회고했다.

그처럼 이 노래는 식민지 백성의 한이 서린 노래였다. 그래서 이 노래는 동요임에도 남녀노소 할 것 없이 온 겨레의 애창곡이 되었던 것이다.

최순애의 오빠 최영주. 비단구두 사가지고 오겠다던 오빠는 끝내 돌아오지 못하고, 일본 경찰에 쫓겨 숨어 다니다가 건강을 해쳐 결국 요절했다고 전해져 왔다.

나는 위의 내용을 2017년 1월 이원수 선생의 차녀 이정옥 씨에게 전화로 물어보았다. 이정옥 씨는, “오빠생각이 오빠 최영주(이정옥 씨는 최영주가 필명이라고 했다)를 생각하고 쓴 것은 맞지만, 외삼촌은 요절한 것은 아니고, 출판일 등을 하다 해방 바로 전 해쯤 돌아가셨다”고 했다.

공(功)과 과(過)를 함께 전시한 이원수문학관

‘반일 독서회’ 사건으로 투옥됐던 이원수는 감옥에서 나와 다시 함안금융조합에 복귀했으나 그 후 요주의 인물이 되어 늘 일본 경찰의 감시 속에 살아야 했다.

이후 그는 친일시들을 쓰게 되는데 이것은 그에게 평생 큰 멍에가 된다. 이원수의 작품과 업적을 잘 정리해 놓은 창원의 이원수문학관에는 ‘일제 말기 친일 작품’이라는 제목 아래 다음과 같은 설명과 친일시도 붙여 놓았다.

설명:

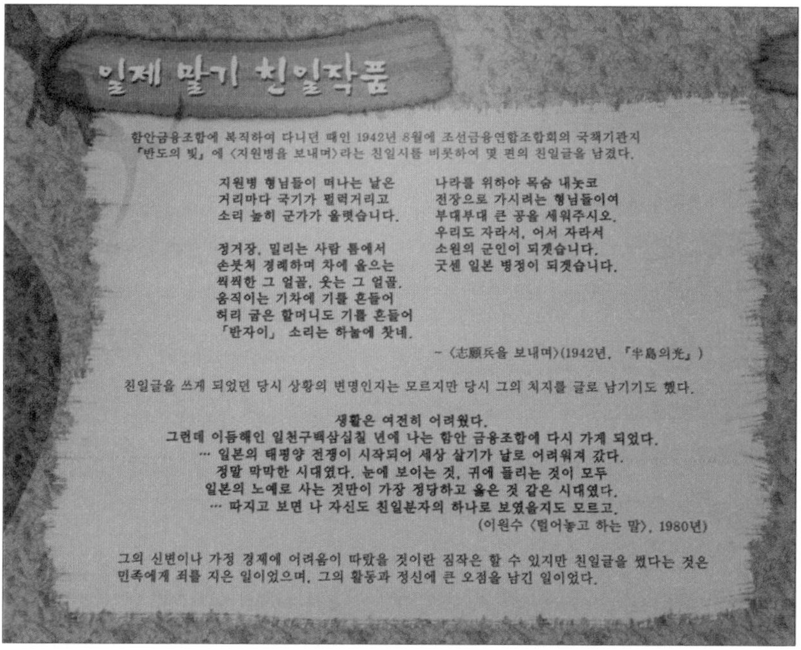

이원수문학관에 게시되어 있는 이원수의 친일시

(이원수는) 함안금융조합에 복직하여 다니던 때인 1942년 8월에 조선금융연합조합회의 국책기관지 『반도의 빛』에 「지원병을 보내며」라는 친일시를 비롯하여 몇 편의 친일 글을 남겼다.

지원병 형님들이 떠나는 날은
거리마다 국기가 펄럭거리고
소리 높히 군가가 울렸습니다.

정거장, 밀리는 사람 틈에서
손붙여 경례하며 차에 오르는
씩씩한 그 얼굴, 웃는 그 얼굴.

움직이는 기차에 기를 흔들어
허리 굽은 할머니도 기를 흔들어
'반자이' 소리는 하늘에 찼네.

—(후략)—

「지원병을 보내며」(1942, 『반도(半島)의 광(光)』)

친일 글을 쓰게 되었던 당시 상황의 변명인지는 모르지만 그 시절 그의 처지를 글로 남기기도 했다.

"생활은 여전히 어려웠다. 그런데 이듬해인 일천구백삼십칠 년에 나는 함안 금융조합에 다시 가게 되었다. …… 일본의 태평양 전쟁이 시작되어 세상 살기가 날로 어려워져 갔다. 정말 막막한 시대였다. 눈에 보이는 것, 귀에 들리는 것이 모두 일본의 노예로 사는 것만이 가장 정당하고 옳은 것 같은 시대였다. …… 따지고 보면 나 자신도 친일분자의 하나로 보였을지도 모르고."(이원수 〈털어놓고 하는 말〉, 1980)

기념관 측은 여기에 이런 설명을 덧붙였다.

"그의 신변이나 가정 경제에 어려움이 따랐을 것이란 짐작은 할 수 있지만 친일 글을 썼다는 것은 민족에게 죄를 지은 일이었으며, 그의 활동과 정신에 큰 오점을 남긴 일이었다."

이러한 게시물 옆에 '일제 말기 친일 작품에 대한 연구'라는 제목으로 이 시기 이원수에 대한 세 사람의 평가도 적혀있다. 그 가운데 두 개의 평가를 옮긴다.

“이원수가 ‘함안금융조합’에서 전표와 주판과 묵직한 장부를 만지며 몇 해를 보내며, 부왜작품(친일작품)들도 내 놓았을 때는 나이 삼십대 초반이었다. ‘강제노역’과 ‘강제사찰’이 늘 저질러지고 있었던 그 무렵, 아무리 대표적인 국책기관에서 일하는 지역 엘리트였다 하더라도, 한 차례 투옥 경험을 지닌 ‘사상 전과자’ 이원수의 삶이 매끄러웠을 리는 없다. 그런 가운데서 1942년과 1943년에 그는 부왜작품을 내놓고 있다. 이른바 ‘생계형’ 부왜의 전형으로 몰아가 버리는 길도 한 방편일 수 있다. 그러나 그의 작품이 지니고 있는 부왜의 뜻과 열정이 사뭇 극진하고, 수사적 차원을 뛰어넘고 있다는 데 문제가 크다.”(박태일, 이원수의 부왜문학연구, 배달말, 2003)

“선생만큼 불의와 부정을 싫어하고, 어떤 권력 앞에서도 굽히거나 타협하지 않고 올바르게 살고 있다고 생각되는 사람을, 글쓰기를 직업으로 삼고 있는 사람들 가운데서 만난 적이 없다.(중략) 이렇게 살았던 태도로 미루어 선생은 일제 말기에 한때 저질렀던 그 친일 행적을 뼈아프게 뉘우쳤음이 분명하다. 어쩌면 선생은 그 부끄러운 친일 동시를 썼던 몇 해 동안의 죄를 갚기 위해 그 뒤로 그 몇 해란 세월의 꼭 10배나 되는 동안을(한평생을) 우리 어린이와 겨레를 살리기 위한 작품을 써서 남기려고 하였던 것이 아닌가 하는 생각이 든다.”(이오덕, 이원수 선생의 일제 말기 친일시 어떻게 볼 것인가, 한국글쓰기교육연구회 회보, 2002)

대동아전쟁(태평양전쟁, 1941~945) 기간 동안 일제는 학도병, 징용, 정신대 등 각종 형태로 우리 민족을 전쟁 속으로 몰아 넣었다. 그러한 광풍 속에서 국내의 지식인 대다수가 친일로 돌아섰다. 이원수도 예외가 아니었던 것이다.

이원수-최순애 부부의 삶과 사랑

이원수는 8·15광복 후 서울에 올라와 경기공업고등학교 교사가 되었다. 1946년에는 조선프롤레타리아문학동맹에도 가입했으며 1947년 박문출판사 편집국장이 되어 이해에 문학집 〈종달새〉, 1948년에는 그림동화집 〈봄잔치〉를 펴냈다.

1950년 발발한 6·25 전쟁 난리통(1·4후퇴 때)에 이원수는 자녀 둘을 잃는 슬픔을 겪기도 했다. 부부는 1·4후퇴 때 3남 3녀 중 딸 둘과 막내아들을 명동성당에 맡겼는데, 큰딸은 나중에 제주도 보육원에서 찾았지만, 다른 둘은 찾지 못했다. 둘째 딸 이정옥 씨는 "명동성당에서도 당시 맡긴 아이들을 데리고 남쪽으로 피난을 갔는데, 막냇동생(남)은 이질로 사망한 것을 확인했고, 막내 여동생은 피란 도중 폭격 등으로 사망한 것으로 보인다"고 했다.

이원수는 자신이 겪은 이 비극을 동화 〈꼬마 옥이〉에 담았다. 전쟁 기간 중 그는 영국군을 지원하는 노무자가 되어 동두천에서 1년간 천막생활을 한 일도 있다.

종전 후 1954년 이원수는 한국아동문학회를 창립하여 부회장을 지냈고 1956년에는 〈어린이 세계〉라는 아동 월간지를 창간해 주간을 지냈다. 1962년에는 〈어린이문학독본〉 등을 출간했고, 1965년에는 경희여자초급대학에서 아동문학론을 강의하기도 했다.

회갑을 맞은 1971년에는 아동문학집 〈고향의 봄〉을 간행했으며 이해에 한국아동문학가 협회 초대회장을 맡았다.

그는 67세 때인 1978년 대한민국 예술원상(문학부문)을 수상했다. 이해 예술원상 수상 축하 동시·동화집 〈이원수 할아버지와 더불어〉를 출간했다. 1980년 문화의 날에는 대한민국 문학상 아동문학 부문 본상을 받았다.

그리고 이듬해인 1981년 1월 24일 구강암으로 세상을 떠났다. 향년 70세. 유해는 용인공원묘지에 안장되었으며 1982년 금관 문화훈장이 추서되었다. 창원에 〈이원수문학관〉이 세워진 것은 사후 22년 뒤인 2003년 12월의 일이다.

이원수는 원래부터 부유한 집 태생이 아닌 데다, 결혼 이후의 삶도 풍요로움과는 거리가 멀었다. 자연히 생활은 늘 쪼들릴 수밖에 없었다. 이원수가 쓴 '나의 아내'라는 글을 읽으면 가난한 선비집의 모습이 그대로 그려진다.

나의 아내

약한 몸으로 경난(經難, 경제적 어려움) 속에 살아온 내 아내에 대해서 무슨 말을 해야 옳은지 잘 모르겠다.

처 최순애의 어릴 적 작품, 동요 〈오빠생각〉과 내 동요 〈고향의 봄〉이 인연이 되어 오랫동안 마음으로 생각하다가 결혼을 의논하게 되자 내가 일본 사람들에게 붙들려가서 꼭 1년 동안 아내는 눈물로 세월을 보내며 기다려 주었었다.

내가 스물여섯, 처가 스물셋에 결혼했는데 실직의 가난 속에서 아내는 갖은 고초를 겪었고, 해방되자 시골에서 올라왔으나 역시 온갖 경난(經難)은 약한 그에게 너무나 과중하게 계속되었다.

아내가 어려운 살림을 이날 이때까지 해 오고 있는 것은 경제적 힘이 너무나 없는 남편 때문이지만, 그래도 그걸 견디어내는 힘은, 내 직업을 보지 않고 이해해 주는 데에서 생겼으리라 믿는다.

'나의 아내'라는 제목의 이원수의 글과 부부의 사진(이원수 문학관)

그리고 나의 고집과 자존심을 누구보다도 알아주고 탓하지 않는 데서 아내는 경난(經難) 속의 일생을 능히 살아오는 것이라 생각된다.

아내는 나처럼 늙어도 철이 없는 데가 있어, 때로는 서로 다투고 미워하고 하는 때도 있었다.

그러나 그러면서 또 위해 주고 염려해 준다. 싫을 때는 말로 하고, 좋을 때는 말 아닌 마음으로만 한다.

그러나 아내의 가장 사랑스러운 모습은 내게서나 아이들에게 퇴박을 맞고 어리둥절할 때다. 그럴 때 내 마음에는 사랑의 불을 일으켜 주는 것이다.

어느덧 아내도 회갑을 지냈다. 이제는 그와 같이 살아온 과거가 슬펐거나 즐거웠거나 모두가 귀중한 세월이었다는 생각밖에 없다. 좀 편안히 살게 해 주고 싶건만 그러지 못해 걱정이다.(이 글은 이원수 문학관의 한쪽 벽 최순애 여사의 유품들 위에 확대되어 붙여져 있다.)

이원수가 아내에 대한 그러한 걱정을 덜고 저세상으로 갔는지 그건 모르겠다. 그러나 어려웠던 그 시절을 살았던 많은 부부의 삶과 사랑이 대체로 이러하지 않았을까. 짠한 공감을 던져주는 글이다. 최순애 여사는 1998년 6월 28일 84세로 남편 곁으로 갔다.

그래도 의미 있는 이원수문학관

2014년 4월 12일, 나는 마산음악관과 마산문학관을 둘러본 후 창원의 이원수문학관을 찾아갔다. 이원수문학관은 고향의 봄 도서관 1층에 있었다. 도서관은 언덕 위에 있어서 올라가는 길의 경사가 조금 가팔랐으나 입구에서부터 분홍색의 아름다운 철쭉꽃 등이 활짝 피어 흐린 날씨에도 밝은 느낌을 주었다.

이원수문학관에 들어서니 한 사람만을 위한 것이어서 그런지는 몰라도 여러 인물을 함께 모아놓은 마산 쪽 문학관이나 음악관과는 느낌이 크게 달랐다. 이원수에 대한 많은 자료와 유품들이 전시되어 있었고, 흉상도 있었으며, 사진도 많았다. 앞에서 말했듯이 친일시와 이에 대한 평가도 한쪽 벽면에 분명히 알 수 있도록 게시되어 있었다. 전 생애의 공과(功過)를 분명하게 전시해 놓은 것이다. 의미 있는 문학관이라는 생각이 들었다.

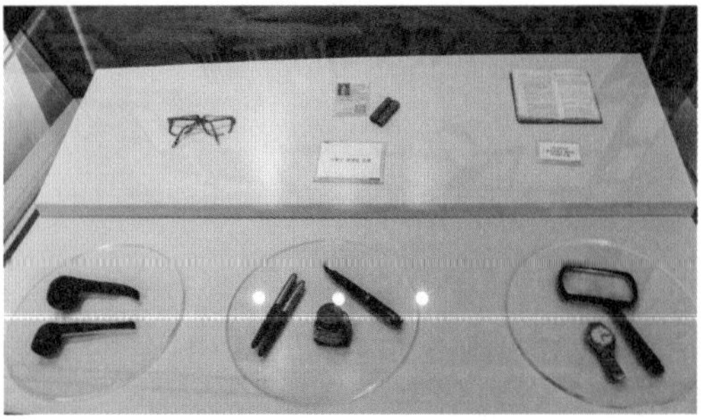
문학관에 전시되어있는 안경, 볼펜, 시계 등 이원수 선생의 유품

이에 비해 마산 쪽의 음악관과 문학관

건국대 새천년관에서 열린 '시(詩), 그리움을 노래하다'에서 출연진들이 〈고향의 봄〉을 합창하고 있다. 좌로부터 테너 하만택, 이재욱, 소프라노 강혜정, 김수연, 메조 소프라노 정수연, 바리톤 송기창, 김진추(2016. 12. 28.)

은 많은 사람을 한데 전시해 놓아서인지 내용물은 물론 개개인의 사진도 작고 옹색하게 붙어있을 뿐이다. 음악관의 인물 소개는 더욱 부실하여 조두남 외에는 생몰년도 제대로 안 적혀있어 어느 분이 돌아가신 분인지 살아계신 분인지 알 수가 없다. 이래서야 둘러보는 이들에게 얼마나 도움이 될까 하는 생각이 들었다.

좁은 공간에 개개인의 자료를 충분히 챙겨 넣을 수 없었다고 할 것이다. 차라리 인물사진이라도 큼직하게 잘 제작해 걸어 놓으라고 권하고 싶었다.

마산음악관과 마산문학관은 당초 작곡가 조두남을 위한 '조두남기념관'과 시인 이은상을 위한 '노산기념관'으로 각각 지어지다가 '친일' '독재부역' 등을 이유로 시민단체 등이 들고 일어나는 바람에 이름과 내용이 완전히 바뀌게 되었다. 그러다 보니 많은 인물들을 함께 집어넣었는데, 이 지역 출신 음악인, 문학인이 누구누구인지 한 번에 알 수 있는 장점은 있겠으나 관람객의 입장에서는 그 정도 전시 내용으로는 개개인의 작품이나 업적을 제대로 알기 어려워 구색 맞추기 전시관에 불과하다는 인상을 받지 않을 수 없었다.

전남 벌교에 있는 커다란 채동선음악관이나 조정래문학관에 비하면 마산 쪽은 너무나 형식적이고 초라하다는 생각이 들어 아쉬웠다. 지역의 문화 예술인을 알리는 의미 있는 '홍보 및 자료관'으로서의 제구실을 하려면 전면적인 개선이 필요할 듯하였다.

우리의 소원

원래의 노래 제목은 〈우리의 소원은 독립〉이었다

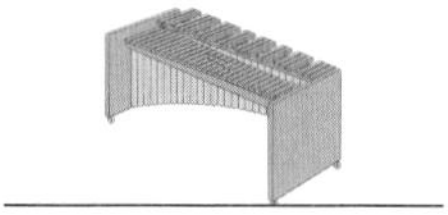

2011일 10일 14일 저녁, 세종문화회관 체임버홀에서는 〈K-Classic 한국 명가곡선〉이란 타이틀로 '우리 가곡의 밤' 무대가 펼쳐졌다.

해마다 가을이면 많은 가곡 관련 행사가 열린다. 한국예술콘텐츠교육원 주최로 열린 이날 음악회도 가곡을 주제로 한 여느 음악회와 크게 다르지 않았다. 유명가곡과 신작가곡을 남녀 성악가들이 번갈아 나와 불렀다. 중간에 남녀 이중창이 있었고, 맨 마지막 두 곡은 혼성합창단의 순서였다. 합창곡은 작곡가 이안삼 선생이 지휘를 하였다.

앵콜곡도 준비되어 있었다. 앵콜곡은 우리 가곡이 아니라 〈10월의 어느 멋진 날에〉였다. 유럽의 연주그룹 시크릿 가든의 리더이자 건반연주자인 롤프 러블랜드가 작곡한 연주곡에 작사가 한경혜 씨가 아름다운 우리말 가사를 붙여서 유명해진 노래다. 관객들도 같이 불렀다.

또다시 앵콜을 요청하는 박수가 터졌다.

이때 이안삼 선생이 객석을 향해 말했다.

"준비는 못했지만(앵콜곡을 더) 할 수는 있습니다. 〈우리의 소원〉의 작곡자가 와 계십니다만, 우리 가락에는 가곡과 예술가곡이 있고, 애창곡과 명곡이 있고 우리나라 사람이면 누구나 다 아는 국민가곡이 있는데, 〈우리의 소원〉은 국민가곡입니다. 〈우리의 소원〉을 부르겠습니다."

앵콜 요청이 이어지면서 이안삼 선생이 그 자리에 와 계신 안병원(1926~2015) 선생을 순간적으로 떠올린 것 같았다.

안병원, '가곡의 밤' 무대에서 〈우리의 소원〉을 지휘

작곡가이면서 이날 합창 지휘를 한 이안삼 선생은 앵콜곡으로 〈10월의 어느 멋진 날에〉를 부르기에 앞서 합창단 속에 섞여 함께 노래를 부르던 작곡가 진규영 영남대 교수, 서울대 명예교수이자 이날 무대에서 〈밀양아리랑〉 〈대관령〉을 혼신의 힘을 다해 불러 큰 박수를 받았던 김성길 교수, 〈눈〉의 작사·작곡가 김효근 교수 등을 소개했다. 이어 객석 맨 앞줄에 앉아있던 작곡가 임긍수 선생을 소개한 후 "이 자리에 〈우리의 소원〉을 작곡하신 분이 와 계십니다. 올해 85세이신데 캐나다에서 부인과 함께 오셨습니다"라며 안병원 선생을 마지막으로 소개했었다.

안병원 선생은 자리에서 일어나 인사를 하면서 "저기(무대 위에 있는) 김성길 교수는 내가 경복중학교 선생으로 있을 때의 제자"라고 큰 소리로 자랑스럽게 말했다.

마침내 반주자가 피아노로 음을 맞추고 곧바로 "우리의 소원은 통일~"을 모두가 소리 높여 부르기 시작하였다. 지휘자, 출연진, 작곡가, 합창단, 관객이 혼연일체가 되있다. 노래가 시작된 직후 지휘하던 이안삼 선생이 객석에 앉아있던 안병원 선생을 향해 무대로 올라오시라는 손짓을 했다.

'우리 가곡의 밤' 무대에 올라가 〈우리의 소원〉을 지휘하는 안병원 선생(2011. 10. 14.)

앞쪽 줄에 앉아 있던 안 선생이 천천히 몸을 일으켜 무대를 향해 갔다. 이안삼 선생이 급히 무대 아래로 내려와 안 선생을 부축해 함께 무대로 올랐다.

안병원 선생은 무대 위로 올라서자마자 합창단을 향해 서서 힘차게 지휘를 하기 시작했다. 이어 객석을 향해 돌아서 모두 일어서라는 손짓을 했다. 관객들도 모두 자리에서 일어나 노래를 계속했다.

지휘를 하는 안 선생은 감격어린 표정이었다. 모든 이들이 작곡가의 직접 지휘로 〈우리의 소원〉을 함께 부르는 감동을 맛보았다.

노래가 끝나고 긴 박수가 이어졌다. 이날 음악회는 그렇게 뭉클한 여운을 남기며 끝났다.

부자(父子) 합작품

흔히 이 노래의 제목을 〈우리의 소원은 통일〉이라고 알고 있으나, 지금의 실제 제목은 〈우리의 소원〉이다. 그리고 처음 노래가 만들어졌을 때의 제목은 〈우리의 소원은 독립〉이었다. 원래의 가사는 "우리의 소원은 독립, 꿈에도 소원은 독립~"으로 시작 됐었다. 독립을 주제로 한 노래였는데 통일을 염원하는 내용으로 가사가 바뀌어 반세기 넘게 통일을 주제로 한 대표적인 노래가 되었다.

이 노래는 당초 방송국에서 삼일절 기념 어린이 노래극의 주제곡으로 만든 것이었다.

해방 2년 후인 1947년, 당시 서울중앙방송국(KBS 전신)에서 삼일절을 기념하여 어린이 프로그램에 방송할 특집 노래극을 기획했다. 프로그램 담당은 안병원의 친구 배준호였다. 1947년 1월 어느 날 배준호는 안병원을 찾아와 노래극에 대한 자신의 구상을 밝히고 그것을 구체화할 방안에 대한 안병원의 의견을 구했다. 문제는 돈이었다. 당시 방송국 사정으로는 작가들에게 원고료, 작사료, 작곡료를 지불할 능력이 없었다. 반주 역시 피아노밖에 할 수 없는 형편이었다.

의논 끝에 안병원은 당시 이름있는 문인이며 영화감독이자 신문에 삽화를 그리는 화가였던 부친(안석주, 1901~1950)께 무료로 노래극의 대본을 써주십사 하고 간청했다. 그래서 〈독립의 날〉이라는 25분짜리 노래극 대본이 나왔다. 5개의 삽입곡이 만들어졌는데 그 가운데 주제곡이 〈우리의 소원은 독립〉이었다. 작곡은 안병원이 맡기로 했다. 서울대 음대 성악과 학생이었던 안병원은 작곡에도 재능이 있었다. 그는 1주일 이상 고심에 고심을 거듭하며 부친이 써준 가사에 곡을 붙였다. 〈우리의 소원은 독립〉은 부자 합작품이었던 것이다.

그렇게 만들어진 이 노래는 이해 2월 28일 종로YMCA에서 열린 “삼일운동 기념 아동 음악회”에서 안병원이 해방 후 조직한 〈봉선화 동요회〉 어린이 합창단에 의해 처음 불렀으며, 이튿날인 3월 1일 전파를 타고 전국에 방송되었다.

그 뒤 1948년 남북이 각각 단독정부를 수립하면서 분단이 고착화되자 민족의 염원은 이제 통일이 되었다.

이 노래의 ‘독립’을 ‘통일’로 바꾼 것은 당시 문교부의 권유에 의한 것이라고 한다. 제목도 〈우리의 소원〉이 되었다. 1950년부터 초등학교 교과서에 실렸다. 교과서에 실릴 만큼 곡이 좋았고 ‘독립’을 ‘통일’로 바꿔도 가사의 흐름에 전혀 무리가 없었기 때문이었다.

초등학교에서 가르치는 우리의 소원 악보와 가사

우리의 소원

안석주 작사 안병원 작곡

우리의 소원은 통일 꿈에도 소원은 통일
이 정성 다해서 통일 통일을 이루자
이 겨레 살리는 통일 이 나라 살리는 통일
통일이여 어서 오라 통일이여 오라

〈우리의 소원〉은 우리 민요 〈아리랑〉 〈고향의 봄〉 등과 더불어 남북한 주민들이 모두 함께 부를 수 있는 몇 안 되는 노래 중의 하나이다.

우리 교과서에 실린 것이어서 남한에서만 오랫동안 불리다가 1989년 임수경 씨가 북한을 방문해 부른 이후 북한에까지 널리 퍼졌다. 임수경 씨는 당시 정부의 허락을 받지 않고 전국 대학생 대표자 협의회(전대협)의 대표 자격으로 평양에서 개최된 제13차 세계청년학생축전(평양축전)에 참석했다가 문규현 신부와 함께 판문점을 넘어서 돌아왔다. 곧바로 구속되어 3년여 옥고를 치렀다. 북한에서는 임수경 씨를 '통일의 꽃'이라고 불렀다.

이 노래는 원래 1절뿐이다. 안병원 선생은, 북한에서는 이 노래의 주제를 2절은 '평화'로 3절은 '자주'로 바꿔 부르더라고 했다.(필자는 2011년 10월과 11월 두 차례에 걸쳐 안병원 선생을 만났다.)

2000년 6월 평양에서 열린 남북정상회담 때 우리 측 김대중 대통령과 북한의 김정일 위원장이 6·15 남북 공동선언에 서명한 후 수행원들과 손을 잡고 함께 〈우리의 소원〉을 불렀다. 통일에 대해 최고의 상징성을 가진 노래가 된 것이다.

〈우리의 소원〉 노래비를 찾아서

필자는 2011년 10월 20일 〈우리의 소원〉 노래비가 있다는 경기도 이천의 청강문화산업대학을 찾아갔다. 정문에는 드나드는 차들을 통제하기 위한 차단기가 내려져있었다. 차가 그 앞에 서자 경비원은 아무 말도 묻지 않고 차단기를 올려주었다.

단풍이 반쯤 물든 아담한 교정에서는 가을 냄새가 물씬 났다. 노래비를 찾는 데는 시간이 오래 걸리지 않았다. 차를 주차한 곳이 마침 본관 앞길이었는 데, 주위를 둘러보다 보니 노래비는 바로 본관 앞 오른쪽 정원 안에 있었다.

남북 분단을 상징한다는 쪼개진 화강암 위에 검은색 노래비가 눈에 들어왔다. 여기에 악보와 가사가 함께 새겨져있었다. 안병원 선생의 친필 악보다.

경기도 이천 청강산업대학 안에 있는 〈우리의 소원〉 노래비

그런데 읽다보니 3행의 가사가 교과서의 가사와 조금 달랐다. 어떻게 된 것일까?

노래비의 가사는 초기의 것

〈우리의 소원〉 노래비는 2006년 5월 10일 청강문화산업대학 개교 10주년 기념 사업의 하나로 세워졌다. 노래비 제막식에는 안병원 선생이 캐나다에서 귀국해 참석했다. 노래비를 만들면서 학교 측은 안병원 선생에게 친필로 악보와 가사를 써 보내달라고 했다. 그래서 안 선생의 친필 악보가 노래비에 새겨지게 되었다.

안 선생은 이때 보낸 악보에 초기의 가사를 써서 보내주었다고 한다. 노래비 3행의 일부("이 나라 찾는데 통일")가 지금의 가사("이 나라 살리는 통일")와 조금 다른 이유이다.

안 선생은 필자에게 "교과서에 실려있는 것이 현재의 가사로서 맞는 것이고, 노래비의 가사는 초기의 것"이라고 말했다.

노래 가사도 세월의 흐름과 시대적 상황에 따라 변하는 경우가 많다. 1947년 삼일절 특집 노래극의 시작과 끝을 장식했던 〈우리의 소원은 독립〉의 가사는 다음과 같았다.

우리의 소원은 독립
꿈에도 소원은 독립
이 목숨 바쳐서 독립
독립이여 오라
이 겨레 살리는 독립

이나라 찾는데 독립
독립이여 어서 오라
독립이여 오라
(출처: 『음악으로 겨레를 울리다』, 안병원 지음, 도서출판 삶과꿈, 2006)

이 대학에 〈우리의 소원〉노래비가 세워지게 된 것은 학교에 만화과가 있어 우리나라 신문 만화의 선구자라고 할 수 있는 안석주 선생의 신문삽화 등을 교재로 쓰면서 인연이 시작되었다고 한다. 학교 측에서는 안석주 선생이 삽화가이면서 유명한 〈우리의 소원〉 작사자이기도 한 업적을 기리기 위해 개교 10주년에 맞춰 노래비 건립을 추진했다. 노래비 건립과 관련하여 일부 기사에 '이 대학 설립자인 청강 이연호 선생과 안석주 선생이 친구인 점 등 여러 가지 인연에 따른 것'이라고도 되어있는데 그것은 사실과 다르다고 안병원 선생은 밝혔다. 두 분이 아는 사이는 아니었다는 것이다. 안 선생은 노래비 제막식 때도 참석자들이 함께 부른 〈우리의 소원〉을 지휘했다. 〈우리의 소원〉은 이곳에 세워진 노래비가 유일하다.

우리나라 삽화계의 선구자 안석주

검은 돌로 된 노래비의 앞면에는 악보와 가사가, 옆면에는 "〈우리의 소원〉 노래말을 쓴 안석주의 아들 작곡가 안병원의 청원으로 청강 십 주년 개교기념일에 이 노래비를 세우다"라고 새겨져 있었다. 뒷면에는 작사 작곡자를 소개하는 다음과 같은 글이 간결하면서도 아름다운 글씨체로 새겨져 있다. 다소 중복되지만 비에 새겨진 내용을 그대로 소개한다.

"석영 안석주(서울 1901. 10. 10.~1950. 02. 24.)는 1921년 동아일보에 연재되

40대의 작사자 안석주

중학 3학년 때의 아들 안병원

던 신문소설의 삽화를 그려 우리나라 삽화계의 선구자가 되었다. 일본 동경 미술학교를 마친 그는 동아일보 조선일보 학예부장을 거치면서 본격적인 만문(漫文) 만화 시대를 개척했다. 해방 후 서울중앙방송국에서 삼일절 기념 특집 어린이 노래극 대본을 부탁받아 〈우리의 소원은 독립〉 노랫말을 쓰고 이것을 당시 서울음대학생이던 아들 안병원이 작곡하였다. 남북이 갈라지면서 노랫말은 독립이란 말 대신 통일로 바뀌었고 초등학교 교과서에 실림으로써 남북 칠천만이 함께 부르는 민족의 노래가 되었다. 이천육년 오월 진성 이동렬 짓고 쓰다."

여기서 말하는 동아일보에 연재되던 신문소설이란 나도향의 〈환희〉인데 이 소설의 삽화를 안석주 선생이 그렸다. 그는 1916년 휘문고등보통학교 다닐 때부터 그림에 뛰어난 재능을 보였다. 졸업 후 모교인 휘문고보의 미술교사로 재직했으며 이때부터 신문소설의 삽화를 그리기 시작했다.

〈우리의 소원〉의 작사자 안석주 선생의 ‘만문 만화’

그는 1924년 일본 도쿄로 건너가 미술공부를 한 뒤 이듬해 귀국하여 동아일보 학예부장이 되었다가 몇 년 후 조선일보로 옮겼다. 그는 1934년 자신이 쓴 소설 〈춘풍〉이 박기채 감독에 의해 영화로 만들어지자 조선일보를 그만두고 시나리오 작가와 영화감독으로 활동하기도 했다. 그는 이처럼 문화 예술 전반에 걸쳐 다재다능한 인물이었다.

노래비의 작사자 소개글 중에 ‘만문 만화’란 익숙하지 않은 단어가 나온다. ‘만문 만화’란 한 컷의 삽화 옆에 간단한 설명을 붙인 위와 같은 형태의 만화를 가리킨다.

〈우리의 소원〉이 흘러간 노래가 되기를……

안병원 선생은 오래전 동아일보와의 인터뷰에서 이런 말을 했다.

“선친이 가사를 잘 써주신 덕분에 작곡을 할 수 있었고 지난 수십 년간 우리 민족의 소원인 통일을 대변하는 노래가 된 것에 작곡가로서 큰 보람을 느낍니다. 그러나 제 노래가 '흘러간 노래'가 되길 진정으로 바랍니다. 통일이 되면 제 노래가 더 이상 필요 없지 않겠습니까?"(작곡가 안병원 인터뷰. 제목: "빨리 통일되어 흘러간 노래 됐으면……" 1990. 12. 7.)

언젠가 〈그리운 금강산〉을 작곡한 최영섭 선생도 필자와의 인터뷰에서 비슷한 말을 했었다.

"차라리 〈그리운 금강산〉 같은 곡은 없었던 게 좋았습니다. 먼 훗날 통일이 됐을 때, '과거 분단시절 남한에서 금강산을 그리워하며 불렀던 〈그리운 금강산〉이란 노래가 있었어'라고 회상하면서(이 노래가) 사라졌으면 하는 바람입니다. 그만큼 통일이 빨리 왔으면 좋겠습니다."(이정식 가곡 에세이 『사랑의 시, 이별의 노래』, 213쪽, 2011)

안병원 선생과 최영섭 선생은 서울 음대 1년 선후배로 절친한 사이다. 최영섭 선생이 한 학년 아래다.

2012년 삼일절에 독립기념관에서 펼쳐졌던 3·1만세운동 재현 행사의 한 장면.

안병원 자서전『음악으로 겨레를 울리다』(2006)

안병원 선생은 위로 누님 두 분이 계시는 10남매 중 장남이다.(제일 큰누님은 여고시절 일찍 세상을 떠나 4남 5녀가 됐다) 1926년 8월 5일 서울 종로구 명륜동에서 태어났다. 혜화초등학교, 영창고등학교를 거쳐 서울대 성악과에 진학했다. 고교 졸업 후 일제하의 체신부 징수과에서 잠시 일한 적이 있었다. 옆 책상에 동갑내기 친구가 있어서 외롭지 않았다. 그 친구가 후에 코미디언으로 유명해진 구봉서(1926~2016) 씨였다.

그는 만 19세가 되는 1945년, 10월에 일본군에 입대하도록 징병 통지를 받은 상태에서 8월에 해방을 맞았다. 한두 달 먼저 태어난 친구들은 모두 징병으로 끌려 남쪽 전쟁터로 갔는데, 살아 돌아온 사람은 10분의 1에 불과했다고 한다.

그의 자서전 〈음악으로 겨레를 울리다〉의 연보에는 1950년에 서울음대를 졸업한 것으로 되어있다. 대학 입학년도는 해방 다음 해인 1946년이었을 것이다. 안병원의 음역은 테너. 성악과에 다녔지만 고교시절부터 작곡 공부를 해 작곡 실력도 전공 학생 못지않았다. 그는 특히 동요 작곡에 관심이 많았다.

해방 후 동요 보급 위해 '봉선화 동요회' 창단

안병원은 8·15 광복 직후 '해방된 조국의 어린이들에게 우리 노래를 보

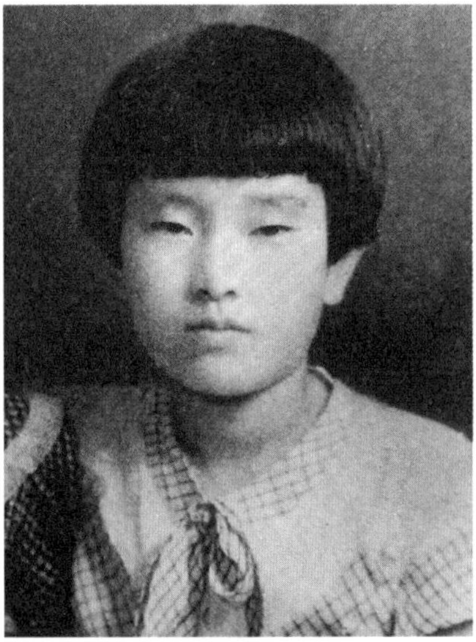

애경그룹 장영신 회장의 어린 시절 모습

애경그룹 장영신 회장

급해야겠다'는 생각에서 어린이 합창단 '봉선화 동요회'를 창단하고 왕성하게 동요를 작곡했다. 앞서 말한 대로 〈우리의 소원〉을 처음 부른 것도 '봉선화 동요회'다. 노래에 소질이 있는 많은 어린이들이 동요회에 모여들었는데 애경그룹 장영신(1936. 7. 22.~) 회장도 당시 초등학생으로서 '봉선화 동요회' 단원이었다.

'봉선화 동요회'가 〈우리의 소원〉의 모태가 된 〈우리의 소원은 독립〉을 1947년 3·1절 기념 동요음악회에서 처음 불렀을 때도 장영신은 그 합창단 속에 있었다. 혜화초등학교에 다녔던 장영신은 당시 같은 단원이었던 손동숙과 함께 전국 초등학교 음악 콩쿠르를 휩쓸었을 정도로 노래를 매우 잘했다.

장영신 회장은 안병원 자서전 〈음악으로 겨레를 울리다〉에 실은 '축하의 글'에서, "봉선화 동요회에서 노래 부르던 시절, 안 선생님은 연습이 끝나면 어린이들의 손을 잡고 일일이 집 앞까지 데려다 주실 정도로 자상한 분이었습니다. 원남동, 종로 5가, 성북동, 혜화동, 명륜동 등 서울 곳곳의 골목골목을 선생님과 함께 손잡고 노래를 부르면서 지나가면 어머니가 뛰어나와 집으로 데리고 들어갔던 기억이 납니다"라고 소박하고 아름다웠던 그 시절의 모습을 회상 하면서, "안 선생님은 저의 어린 시절 좋은 추억을 만들어 주신 은인입니다"라고 했다.

안 선생이 작곡한 동요는 한때 15곡이나 교과서에 수록되었었다. 대학 시절 서울중앙방송국(현 KBS)에서 음악담당을 하기도 했던 안 선생은 대학 졸업 후 국방부와 해군의 정훈어린이음악대장 겸 지휘자로 일했다. 1952년부터 경기여중·고, 경복중·고, 용산중·고 등에서 음악교사로 재직했으며 1968년부터 숙명여대 음대 강사로 출강하다가 1974년 캐나다로 이민을 갔다.

젊은 교사 시절이었던 1954년에는 '한국 어린이 음악사절단'을 이끌고 미국 48개 주 순회공연을 하기도 했다. 캐나다로 이주한 후에도 토론토 YMCA 등에서 합창지휘를 하고 캐나다 한인 음악인 협회 회장을 역임했으며, 작곡집 〈우리의 소원〉을 내는 등 왕성한 음악활동을 펼쳤다. 안 선생은 2002년 4월 평양을 방문했을 때는 봉수교회에서 〈우리의 소원〉을 지휘했다.

통일의 날 판문점에서 남북합창단 지휘하는 것이 꿈이었건만

〈우리의 소원〉은 사실상 국민가곡이지만 장르상으로는 동요로 분류된다. 그런데 동요는 저작권료가 다른 장르의 노래에 비해 낮다. 1990년대에 저작권협회 측에서 동요로 분류되어 있는 이 곡을 다른 장르로 분류해 저

제7회 우리 가곡의 날 만찬장에서. 왼쪽부터 안병원, 최영섭, 필자, 안선생 부인 노선영 여사(2011. 11. 11.)

작권료를 올려주겠다고 안병원 선생에게 제의한 일이 있었다. 안 선생은 일언지하에 거절했다. "남북한 동포들이 함께 부르는 민족의 노래를 만들었다는 자부심으로 만족한다. 그러니 그냥 동요로 놓아두라"고 말했다고 한다.

그는 〈우리의 소원〉을 비롯, 〈푸른바람〉 〈떡방아〉 〈구슬비〉 〈가랑잎〉 〈자장가〉 등 동요를 주로 작곡했으며 예술 가곡도 작곡했다. 부인 노선영 여사가 노랫말을 쓰고 안 선생이 곡을 붙인 동요도 여러 곡이다.

안 선생은 서울 음대교수를 지낸 성악가 박인수 씨와 처남 매제지간이기도 하다. 박인수 씨의 부인 소프라노 안희복 씨가 안병원 선생의 동생이다. 안희복 씨는 플룻과 성악을 전공했다. 또 다른 여동생 안희숙 씨는 연대 음대 피아노과 교수로 재직했다. 아버지의 예술적인 재능을 자식들이 많이 물려받은 가족이다.

독립기념관의 3·1절 기념행사(2012. 3. 1.)

2011년 11월 11일, 젊은이들에게는 빼빼로 데이로 알려진 이날은 '우리 가곡의 날'이기도하다.(주: 빼빼로 데이란 가늘고 길쭉한 과자 '빼빼로'처럼 날씬해지라는 의미에서 친구끼리 빼빼로 과자를 주고받는다는 날)

이날 제7회 가곡의 날 행사가 서울 종로구 부암동 AW컨벤션센터(구 하림각)에서 디너 음악회 형식으로 열렸다. 이 음악회의 마지막 순서도 〈우리의 소원〉 합창이었다. 미리 예정되었던 순서는 아니었다. 음악회가 끝날 무렵 뒤쪽 테이블에 안병원 선생 내외를 비롯해 원로 작곡가들과 함께 앉아있던 최영섭 선생이 이 노래를 선창하자 참석자 모두가 따라 불렀다. 이때 안 선생은 스스로 자리에서 일어나 뚜벅뚜벅 걸어 무대로 올라갔다. 참석자들에게 모두 일어서라고 손짓을 하더니 두 손을 번쩍 들고 힘차게 지휘를 시작했다. 노래가 두 차례 반복되는 동안 최영섭 선생도 자리를 피아노로 옮겨 반주를 했다. 80대 노 작곡가 두 분의 짙은 우정의 무대이기도 했다. 안병원 선생이 참석하는 음악회의 피날레는 거의가 〈우리의 소원〉을 합창하는 것으로 끝나는 것 같았다.

안 선생은 개인 유화전을 열 정도로 그림에도 재능이 있었다. 2003년 4월에는 서울 프레스센터에서 10년간 그린 그림 72점으로 '북한 어린이 돕기 자선 유화전'을 열었다. 수익금은 전액 대북지원사업을 벌이는 한국복지재단에 북한 어린이를 위해 기부했다. 안 선생은 1984년 한국 어린이재단 토론토 지부 '불우 어린이 후원회' 설립에 참여한 이래 오랫동안 모국의 불우어린이들을 돕는 활동을 했다.

슬하에 2남 1녀를 두었으나 할아버지와 아버지를 잇는 예술가는 배출하지 못한 아쉬움이 있다고 내게 말했었다.

안병원 선생의 소원은 생전에 통일을 보는 것이며 통일이 되는 날 판문점에서 남북합창단을 지휘하는 것이었다. 그러나 안 선생은 그의 평생의 소원을 이루지 못한 채 2015년 4월 5일 캐나다 토론토 노스요크 병원에서 89세를 일기로 하늘나라로 가셨다. 남북 모든 이들에게 통일의 염원을 노래로 깊이 심어 놓고 떠나셨다. 안 선생의 생전의 바람처럼 〈우리의 소원〉이 흘러간 노래가 될 그 날은 과연 언제 올 것인가.

부록

부록1_ '해설이 있는 가곡음악회'의 기록

부록2_ 작곡가 이안삼 인터뷰

부록3_ 작곡가 김효근의 감성 콘서트

부록4_ 시인 박인환의 〈세월이 가면〉

부록5_ 우리 가곡처럼 불렸던 〈아! 목동아〉(Danny Boy)

부록6_ 10월의 어느 멋진 날에 / You Raise Me Up

부록7_ 우리말 〈매기의 추억〉 울려 퍼진 하얼빈의 정율성기념관

부록8_ 험난했던 한 오케스트라의 독도상륙작전

부록9_ 김동규와 김태촌, 두 콧수염 사나이의 만남

부록10_ 도시샤(同志社) 대학의 정지용, 윤동주 시비(詩碑)

부록11_ 이정식 가곡 에세이 『사랑의 시, 이별의 노래』(2011)의 차례

부록1

'해설이 있는 가곡음악회'의 기록

2016년 3월부터 11월까지 홀수 달에 다섯 차례에 걸쳐 시리즈로 진행된 '해설이 있는 가곡음악회'(약칭 해가음)는 전례가 드문 가곡해설음악회였다. 총 50여 곡에 대한 깊이 있는 해설과 연주가 진행되었으며 참여 성악가도 연인원 30명에 육박했다.

가곡의 효시라고 할 수 있는 〈봉선화〉에서 〈가고파〉 〈그리운 금강산〉 등 유명 가곡은 물론 신작 가곡까지 고루 다뤄졌다. 생존해 계신 작곡가들은 본인의 노래가 연주될 때는 대부분 참석하였다. 이수인 작곡가는 건강상의 문제로 부인 김복임 여사가 연주회장을 찾았다.

2016년 11월 25일 진행된 제5회 때는 해가음의 음악감독으로서 언제나와 계시는 이안삼 작곡가는 물론 임긍수, 김효근, 박경규 작곡가가 참석했다. 〈그리운 금강산〉의 작곡자인 고령의 최영섭 선생(1929년생)은 하루 전까지도 참석 의사를 확인했으나 당일 오후 컨디션이 나빠져 참석치 못하게 되었다고 인편에 알려왔다.

가곡으로 역사를 공부하다

제1회 해가음 때 출연진 세 사람이 각각 부른 〈고향〉〈망향〉〈그리워〉는 같은 곡에 가사만 다른 노래다. 정지용 시, 채동선 곡의 〈고향〉이 원곡인데 작사자인 정지용 시인이 1950년 6·25 직후 월북한 것으로 잘못 알려져 당시 상황에서 월북자의 가사는 쓸 수 없었으므로 박화목 시인이 이 곡에 〈망향〉이란 제목으로 새로운 가사를 붙여 널리 불렸다. 그 후 이은상 시인이 〈그리워〉라는 제목의 또 다른 가사를 붙여 같은 곡에 세 개의 가사가 붙은 노래가 되었다. 우리의 슬픈 역사의 산물이라고 아니할 수 없다.

일제 때 지어진 정지용 시 〈고향〉의 내용은 어두웠던 시대 상황 탓에 다소 침울한데 반해 박화목 시인이 붙인 〈망향〉 가사는 로맨틱하여 가사가 주는 느낌이 사뭇 다르다. 같은 곡조라도 가사에 따라 노래의 분위기

해가음 1회 출연진, 좌로부터 해설가 이정식, 소프라노 이지연, 작곡가 이안삼, 소프라노 정혜숙, 홍은지, 테너 김현욱(2016. 3. 18.)

가 어떻게 달라지는지를 잘 알 수 있는 사례이기도 하다. 직접 불러보면 더 잘 느낄 수 있다.

제3회 해가음 때는 장장 10분에 달하는 〈가고파〉 전편과 후편이 자세한 해설과 함께 연주되었다. 한 음악회에서 〈가고파〉 전·후편이 모두 연주되는 일은 매우 드문 일이다. 일반에게 친숙한 이은상 시 김동진 곡의 〈가고파〉는 1933년에 작곡된 전(前)편이며, 후편은 〈가고파〉 전편을 지은 지 40년 후인 1973년에 발표됐다. 전편은 김동진(1913~2009)이 스무살 때, 후편은 60세에 지은 것이다. 가곡 애호가 중에서는 〈가고파〉 전편보다도 후편이 더 절절하게 마음에 와 닿는다고 말하는 이들도 많다.

화려한 〈꽃구름 속에〉에 담긴 슬픈 진실

〈꽃구름 속에〉는 일제 말기인 1941년 〈문장〉지 폐간호에 실린 박두진의 시에 이듬해 1942년 이흥렬이 곡을 붙인 것이다. 노래 전체의 분위기는 밝고 명랑하지만, 그 안의 가사는 일제의 압제에 시달리던 우리 민족의 서러운 심정과 훈훈한 꽃바람 속에 살고픈 미래에 대한 염원을 담고 있다.

제5회 해가음 때는 우리 가곡의 효시라고 할 수 있는 〈봉선화〉와 아직까지 최고의 인기 가곡이라고 할 수 있는 〈그리운 금강산〉, 나운영의 〈가려나〉, 바리톤 오현명의 대명사가 되었던 〈명태〉, 그리고 생존해 계신 이안삼, 임긍수, 박경규, 김효근 작곡가의 작품 등이 연주되었다.

〈봉선화〉가 '조선의 독립을 원한다'고 해석될 수 있는 3절의 가사("북풍한설 찬바람에 네 형체가 없어져도 / 평화로운 꿈을 꾸는 너의 혼이 예있나니 / 화창스런 봄바람에 환생키를 바라노라")로 인해 일제에 의해 금지곡이 된 사연 역시 식민지하에서 참담했던 우리의 지난 역사를 되돌아 보게 하였다. 이와 관련된 내용은 이 책 본문 ‘홍난파의 〈봉선화〉 작곡 전후’에서 다뤘다.

바리톤 오현명의 최후의 고백

〈명태〉를 불러 유명했던 바리톤 오현명(1924~2009)이 세상을 떠나면서 남긴 자서전 〈부르고 싶은 노래〉(2009)에서 고백한 평생 숨겨왔던 비밀은 흥미로우면서도 ‘짠’한 아픔을 느끼게 하는 인생 스토리였다.

만주에서 성장한 오현명은 광복 한 해전인 1944년 일본군으로 징병되면서 만주땅에서 이별했던 첫사랑 여인과의 사이에 자신도 몰랐던 딸이 있었음을 해방 후 몇 년이 지난 1949년 봄, 서울의 남산 길에서 우연히 아이를 업고 가던 그녀를 만나 알게 되었다. 등에 업은 아이가 바로 두 사람 사이의 딸이라고 했다. 기막히게도 자신의 결혼식 하루 전날의 일이었다.

그 후 1962년 고교생이 된 그 딸이 자신을 찾아왔으나 차마 자신이 애비라고 밝히지 못했다. 그리고 26년 후인 1988년 미국 순회 공연 중 60중반의 할머니가 된 그녀를 마지막으로 만났던 사실 등을 오현명은 자서전에서 털어놓았다. 따지고 보면 이 또한 일제 식민지하에서의 강제징병이 낳은 안타까운 사건이다.

자서전은 오현명이 세상을 떠난 바로 다음 날인 2009년 6월 25일자로 출간되었다. 책에는 약 10쪽에 걸쳐 그 고백이 실려있다. 오현명은 그 이야기를 시작하면서 자신이 평생 가슴에 담아 놓았던 짐을 내려놓는다고 말했다.

책은 세일음악문화재단 정승일 이사장의 권유로 오현명의 구술에 의해 만들어진 것이다. 병세가 악화되자 재단 측에서 제작을 서둘렀으나 오현명은 막상 제본되어 나온 자신의 책을 보지 못한 채 눈을 감았다. 세일

음악문화재단에서는 고인의 빈소에 온 조문객들에게 이 책을 나누어주었다. 우리 성악의 역사에 귀중한 기록의 하나라고 생각한다.

같은 시로 지어진 가곡과 가요, 비교해 듣기도

해가음을 통해 많은 사진 자료들이 공개되었으며, 1950년대에 가수 권혜경이 영화 주제가로 부른 가요풍의 〈동심초〉라든지, 가수 박재란이 부른 가요 〈산 넘어 남촌에는〉(가곡 〈남촌〉과 원시(原詩)가 같다)과 가곡 〈남촌〉을 비교해 듣는 시간도 가졌다.

제주, 대구, 벌교, 대전, 청주, 원주 등 원근을 가리지 않고 가곡 애호가들이 참석했다. 5회를 한 번도 빠지지 않고 참석한 애호가도 여러분 되었다. 이분들께는 5회를 마무리 지으면서 '이정식 가곡 에세이 『사랑의 시, 이별의 노래』'를 개근상으로 선물하는 이벤트도 가졌다.

제2회 해가음 장면. 이정식 사장이 〈선구자〉에 대해 해설하고 있다.(2016. 5. 20.)

매회 프로그램과 더불어 가사와 해설이 들어있는 간략한 해설자료를 만들었다. 5회 때는 자료의 분량이 많아 50여 페이지에 달하는 책자로 만들어 참석자들에게 배포하기도 했다. 필요한 최소한의 경비를 위해 관람료는 매회 1만 원으로 정했는데 오신 분들이 대체로 흔쾌히 호응하였다.

이 책 본문의 〈내 마음 그 깊은 곳에〉의 이안삼 작곡가 편에서 '해설이 있는 가곡음악회'에 대해 일차 기술한 바 있으나, 출연진과 진행자 등 운영진은 사실상 재능기부 형태로 참여했다. 1회부터 5회까지 반주를 혼자 감당해 낸 작곡가 겸 피아니스트 장동인 씨와 열성적으로 동영상과 스틸 사진을 함께 찍어주시고 유튜브에 올려주기까지 하신 김문기 사진작가의 노고를 기록하지 않을 수 없다. 음악회 사회는 아리수사랑 가곡카페 김정주 대표가, 해설은 필자가 맡았다. 아리수사랑, 이안삼 가곡카페 관계자들도 매회 변함없이 안내와 자료 배포 등을 위해 봉사해 주었다. 5회에 걸쳐 진행된 '해가음'의 해설 및 연주 프로그램, 참여 성악가는 다음과 같다.

해설이 있는 가곡음악회, 1~5회 프로그램

[제1회] 2016. 3. 18.

해설 및 연주 곡목: 그리워(이은상/채동선)-소프라노 홍은지, 망향(박화목/채동선)-바리톤 이정식, 고향(정지용/채동선)-소프라노 정혜숙, 향수(정지용/김희갑)-소프라노 홍은지·테너 김현욱, 이별의 노래(박목월/김성태)-소프라노 이지연, 떠나가는 배(양중해/변훈)-바리톤 이정식, 남촌(김동환/김규환)-소프라노 이지연, 아무도 모르라고(김동환/임원식)-테너 김현욱, 우리의 사랑(서영순/이안삼)-소프라노 정혜숙·테너 김현욱, 봄이 오면(김동환/김동진)-다 함께, 봄처녀(이은상/홍난파)-다 함께

[제2회] 2016. 5. 20.

해설 및 연주 곡목: 진달래꽃(김소월/김동진)-이미경, 못잊어(김소월/하대응)-이지연, 엄마야 누나야(김소월/이영조)-소프라노 이지연, 선구자(윤해영/조두남)-바리톤 이정식, 그리움(고진숙/조두남)-소프라노 이미경, 산촌(이광석/조두남)-테너 이재욱, 기다리는 마음(김민부/장일남)-바리톤 송기창, 첫사랑(김효근/김효근)-바리톤 송기창, 사랑이여 어디든 가서(문효치/이안삼)-테너 이재욱, 고향의 봄(이원수/홍난파)-다 함께, 오빠생각(최순애/박태준)-다 함께

[제3회] 2016. 7. 15.

해설 및 연주 곡목: 동심초(설도 한시, 김억 번역, 김성태 작곡)-소프라노 허미경, 꿈(황진이 한시, 김억 번역, 김성태 작곡)-소프라노 허미경, 가고파 전편(이은상/김동진)-소프라노 고진영, 가고파 후편(이은상/김동진)-바리톤 이정식, 바위고개(이서향/이흥렬)-테너 김남두, 꽃구름 속에(박두진/이흥렬)-소프라노 김은정, 코스

제2회 해가음 출연진. 좌로부터 작곡가 이안삼 , 해설자 이정식, 사회자 김정주, 소프라노 이미경, 이지연, 테너 이재욱, 바리톤 송기창, 피아니스트 장동인.(2016. 5. 20.)

모스를 노래함(이기순/이홍렬)- 소프라노 김은정, 어머니의 마음(양주동/이홍렬)-소프라노 김순영, 금빛 날개(전경애/이안삼)-소프라노 김순영, 어느 날 내게 사랑이(다빈/이안삼)-소프라노 고진영, 목련화(조영식/김동진)-테너 김남두, 바위고개(이서향/이홍렬)-다 함께

[제4회] 2016. 9. 23

해설 및 연주 곡목: 동무생각(이은상/박태준)-바리톤 최강지, 사랑(이은상/홍난파)-소프라노 이현정, 사공의 노래(함효영/홍난파)-바리톤 최강지, 고향생각(현제명/현제명)-테너 이동현, 희망의 나라로(현제명/현제명)-테너 이동현, 보리밭(박화목/윤용하)-소프라노 이윤숙, 비목(한명희/장일남)-소프라노 이현정, 고향의 노래(김재호/이수인)-소프라노 이윤숙, 내 맘의 강물(이수인/이수인)-소프라노 정선화, 석굴암(최재호/이수인)-바리톤 이정식, 가을의 기도(조재선/이안삼)-소프라노 정선화, 별(이병기/이수인)-다 함께, 그 집 앞(이은상/현제명)-다 함께

해가음 3회 출연진, 좌로부터 해설자 이정식, 소프라노 허미경, 김은정, 김순영, 작곡가 이안삼, 소프라노 고진영, 테너 김남두(2016. 7. 15.)

[제5회] 2016. 11. 25.

해설 및 연주 곡목: 봉선화(김형준/홍난파)-소프라노 신승아, 그리운 금강산(한상억/최영섭)-바리톤 이정식, 가려나(김억/나운영)-소프라노 신승아, 달밤(김태오/나운영)-메조 소프라노 양송미, 명태(양명문/변훈)-바리톤 이정식, 강 건너 봄이 오듯(송길자/임긍수)-소프라노 김성혜, 나팔꽃(고옥주/임긍수)-소프라노 김성혜, 대관령(신봉승/박경규)-바리톤 송기창, 눈(김효근/김효근)-메조 소프라노 양송미, 내 영혼 바람 되어(아메리칸 인디언 구전시/김효근 번역·작곡)-바리톤 송기창, 내 마음 그 깊은 곳에(김명희/이안삼)-테너 이재욱, 사랑이여 어디든 가서(문효치/이안삼)-테너 이재욱, 우리의 소원(안석주/안병원)-다 함께

제4회 해가음 출연진. 좌로부터 해설자 이정식, 사회자 김정주, 테너 이동현, 작곡가 이안삼, 소프라노 이현정, 정선화, 이윤숙, 바리톤 최강지, 피아니스트 장동인(2016. 9. 23.)

[운영진 및 기타 사항]

음악감독 : 이안삼 작곡가

기획·진행: 김정주 아리수사랑 가곡카페 대표, 신동근 동인음악 사장

해설: 이정식, 『사랑의 시, 이별의 노래』 저자

피아노: 장동인, 영상기록: 김문기 사진작가

날짜·시간: 2016년 3월, 5월, 7월, 9월, 11월 셋째 또는 넷째 금요일 오후 7시.

장소: 서울문화사 별관(시사저널 건물) 지하 1층 강당(서울 용산구 한강로 2가 302번지)

주최: 여성경제신문, 이안삼 가곡카페, 아리수사랑 가곡카페

후원: 서울문화사, 우먼센스, 동인음악

제5회 해설이 있는 가곡음악회를 마친후. 뒷줄 좌로부터 메조 소프라노 양송미, 소프라노 김성혜, 신승아, 테너 이재욱, 바리톤 송기창, 아랫줄 좌로부터 사회자 김정주, 해설자 이정식, 작곡가 이안삼, 임긍수, 박경규, 김효근, 피아니스트 장동인(2016. 11. 25.)

부록2

작곡가 이안삼 인터뷰

"가곡은 우리의 정서가 담긴, 우리 민족의 자산입니다"

작곡가 이안삼은 대한민국을 대표하는 가곡 작곡가 중 한 분이다. 〈내 마음 그 깊은 곳에〉〈금빛 날개〉 등 우리 가곡사에 길이 남을 명곡을 발표했고, 고희를 넘겼지만 아직도 활발하게 활동하는 영원한 현역이기도 하다. 그는 현재 우리가곡제정위원회, 포럼 우리시 우리음악, 대한민국가곡제, 사계음악축제, 다문화국민음악회 등에서 대표 또는 위원장으로 활동하며 우리 가곡을 위해 힘쓰고 있다.

또 국내 최고·최대 가곡제인 서울신춘가곡제 '신춘 가곡의 향연' 운영위원장을 5년째 맡아 한국 가곡의 중흥을 위해 노력하고 있다. 요즘은 (2015년) 3월 24일 (주)서울문화사 〈여성경제신문〉〈우먼센스〉 주최, 동인음악 주관으로 세종문화회관 대극장에서 열리는 제21회 서울신춘가곡제 '신춘 가곡의 향연' 준비에 바쁜 나날을 보내고 있다.

신춘가곡제를 앞두고 '노래하는 CEO'로 널리 알려진 이정식 서울문화사 사장이 이안삼 작곡가와 만나 우리 가곡의 현재와 미래에 대해 심도 깊은 대화를 나누었다.

이안삼 작곡가

벌써 5년째 서울신춘가곡제를 위해 애쓰시고 계십니다. 21회나 됐으니, 가장 오래된 가곡제가 아닌가 싶습니다. 특히 민간 주도의 가곡제라는 데 큰 의의가 있는 것 같습니다.

"그렇습니다. 특히 세종문화회관 대강당에서 계속 열린다는 것도 큰 의미가 있는 것 같습니다. 세종문화회관이 갖는 상징성이 매우 크죠. 그동안 일부 신문 방송 등에서도 가곡제를 열었지만 지속적인 성과는 이뤄내지 못했습니다. 또 대중가요와의 콜라보레이션이 긍정적인 면도 있었지만, 아쉬운 점도 있었고요. 그래서 서울신춘가곡제가 순수한 가곡제로서 더욱 가치를 가진다고 생각합니다."

서울신춘가곡제와는 어떤 계기로 인연을 맺으신 건지 궁금합니다.

"가곡이 국민들로부터, 특히 젊은이들과 자꾸만 멀어지는 것이 안타까웠죠. 국정교과서가 없어지면서 음악 과목이 축소되었고, 그러면서 가곡도 같은 길을 걷고 있습니다. 그러던 차에 가곡제 주관사에서 도움을 요청해왔습니다. 처음에는 오케스트라 보강 문제로 컨설팅을 해주다가……. 성악가들이 기량을 마음껏 발휘할 수 있게 해주는 것이 오케스트라의 중요한 역할이거든요, 그러다가 가곡제 전체 방향이나 내용까지 얘기가 오고가다가…… 운영위원장까지 얘기가 나온 거죠. 매해 새로웠지만, 특히 21회를 맞이하니 더욱 감회가 깊습니다."

서울신춘가곡제가 특히 많은 사람들의 관심과 지지를 받는 이유가 무엇이라고 생각하십니까?

"역사적 전통 때문이라고 봅니다. 제 학교 동기이기도 한 성악가 엄정행을 비롯해서 김성길 오현명 박세원 이규도 백남옥 등 우리 가곡제를 거치지 않은 유명 성악가는 없다고 해도 과언이 아닙니다. 이런 전통이 가곡 팬들에게는 과거에 대한 기억과 향수를 불러일으키고요. 관객들도 가곡제와 더불어 함께 연륜을 쌓아가는 것 같습니다. 가곡제를 주관하시는 동인음악 신동근 대표님의 열정도 대단하시죠. 1년 내내 고민하고 준비하신, 가곡에 대한 애정이 관객들에게도 전달돼 뜨거운 호응을 이끌어낸다고 봅니다."

젊은이들이 우리 가곡의 아름다움과 중요성을 모르는 채 멀어져 간다는 것은 저도 아쉽습니다. 그래서 '클래팝'이라는 장르를 개척하신 걸로 알고 있습니다. 그에 대해 설명 부탁드립니다.

"젊은이들을 위해서, 클래식과 팝의 장점을 모았다고 생각하시면 됩니다. 그러나 크로스오버보다는 클래식에 더 가까운 음악입니다. 2009년 〈금빛 날개〉를 작곡하면서 시작했습니다. 클래팝 발표 이후 미국 LA를 비롯해 불가리아, 보스니아, 크로아티아 등 유럽에서도 호평을 받으며 공연했습니다. 사실 기존 우리 가곡은 아름답지만, 장중하거나 암울한 면도 없지

제21회 신춘가곡의 향연 리허설이 진행 중인 세종문화회관 대강당에서. 좌로부터 동인음악 신동근 사장, 이정식 사장, 소프라노 임청화, 이안삼 작곡가, 테너 이현(2015. 3. 24.)

않습니다. 아마도 일제 식민 시절이나 6·25 전쟁 등의 영향이 크다고 생각합니다. 그 틀에서 벗어나고자 클래팝을 시작한 거죠. 가곡의 침체기라는 얘기에도 동감하고요."

맞는 말씀이십니다. 그러면 우리의 가곡이 어떤 존재인지, 어떤 가치를 지닌 것인지에 대해 말씀을 좀 해주세요.

"우리 가곡은 시(詩)와 불가분의 관계에 있습니다. '아름다운 시가 곡을 쓸 수 있도록 길을 열어준다'고 할까요. 우리 민족의 순수한 마음이 담긴 우리 시가 음악과 만나 더 빛나는 것이 가곡입니다. 특히 아름다운 정형시가 선율과 만나 애창되면 명곡으로 탄생하는 거지요. 많이 애창되는 명곡이 이런 과정을 따르고 있습니다. 자유시의 경우에는 애창용으로보다는, 비화성 음계를 써서 감상용이 되기도 하지요."

4인 예술가곡집 2집. 사진 좌측 위로부터 시계 방향으로 최영섭, 이수인, 임긍수, 이안삼 작곡가(2005)

50여 년 작곡 활동을 해오시면서 수많은 곡을 발표하셨고 많은 명곡도 만드셨습니다. 특별히 애착이 가는 곡이 있으신가요? 발표하신 곡은 어느 정도 되시나요?

"가곡은 300여 곡, 종교음악이 100여 곡, 기악이 14곡 정도 됩니다. 2000년에 작곡 발표한 〈내 마음 그 깊은 곳에〉가 여러분들에게 많이 알려졌지만, 〈사랑이여 어디든 가서〉라는 곡에 더 애착이 갑니다. 문효치 시인의 시에 제가 곡을 붙였는데, 지난해 제11회 이안삼 가곡의 밤에서도 맨 마지막에 연주한 노래입니다. 보통 가곡이 많은 이들에게 사랑을 받으려면 15년 내외의 세월이 필요합니다. 가곡의 성숙기라고 하죠. 〈사랑이여 어디든 가서〉가 2005년 작곡됐으니 아직 5년 남은 셈이죠(하하). 오랫동안 작곡을 해왔지만 매번 힘들고 어렵습니다. 예술가의 숙명이지요. 그럴 때마다 스승이신 김동진 선생님이 생각납니다."

불후의 명곡 〈가고파〉를 지으신 김동진 선생님과는 어떤 인연으로 만나신 거지요? 김동진 선생님과의 추억을 좀 소개해주시죠.

"경희대 음대 시절 저의 은사십니다. 원래 제가 기악과로 입학했어요. 그런데 선생님이 작곡을 하라고 하시더군요. 이후로 제가 작곡 60년 인생을 살게 됩니다. 선생님은 아주 검소하시고 겸손하신 분이었습니다. 제가 선생님의 곡을 무대에 올리면 당신께서는 '젊은이들의 노래를 많이 올려

제21회 신춘가곡의 향연에서 서희태의 지휘로 출연진과 관객이 〈남촌〉을 합창하고 있다. 좌로부터 테너 신동호, 소프라노 이미경, 바리톤 이정식, 소프라노 임청화, 김순영, 고진영, 이윤숙, 테너 강무림.(사진에 나오지 않은 출연진은 소프라노 이아경, 테너 김남두,이현, 바리톤 강형규. 2015. 3. 24.)

주라'고 주문하시곤 했어요. 후학들에게 길을 열어 주고, 더 많은 기회를 주라는 뜻이셨죠. 제자들을 나무라는 적이 없었습니다. '잘 한다. 잘 한다' 하면서 누구에게나 용기를 주시는 분이셨죠. 그러나 자신에게는 엄격했습니다. 한 벌 외투를 40년 넘게 기워 입으셨습니다. 교통사고 때문에 지팡이를 짚으셔도 94세 연세에 제자들이 잡아주는 택시도 마다하고 지하철로 귀가하시던 분이셨고요. 식당에서 밥이 남으시면 '음식을 남기면 안 된다'며 강아지 준다고 싸가지고 가셨구요. 작곡하시다가 출출하면 라면도 직접 끓여 드셨습니다. 늘 북에 두고 온 가족을 그리워하시면서 지내셨죠. 그분이 직접 바이올린을 연주하시던 모습도 생각납니다."

국내 최고의 작곡가들이신 〈그리운 금강산〉의 최영섭, 〈고향의 노래〉의 이수인, 〈강 건너 봄이 오듯〉의 임긍수, 이안삼 등 이렇게 네 분이 모여 '4인 그룹'을 결성해 활발하게 활동하셨죠? 어떤 계기로 모이셨는지 궁금합니다. 또

제22회 신춘가곡의 향연 피날레 무대에 올라온 이안삼 작곡가와 출연진. 좌로부터 이안삼, 바리톤 고성현, 소프라노 강혜정, 테너 신동호, 소프라노 이미경, 테너 이현, 소프라노 김지현,(사진에 나오지 않은 출연진은 소프라노 임청화,고진영, 박문주, 메조 소프라노 추희명, 테너 하만택, 김정규, 바리톤 이정식 2016. 4. 26.)

앞으로의 활동 계획과 후배들을 위한 조언도 부탁드립니다.

"원래 다들 잘 아는 사이였죠. 음악계에서 오래 활동했으니까요. 작곡이라는 공통분모가 있어서, 라이벌이라기보다는 동료애가 더 강했습니다. 2004년부터 모여서 활발하게 활동했지요. '4인 예술가곡집'이라는 이름으로 4집까지 발표했으니까요. 새로운 바람을 불러일으켰다고 자부합니다.

당장 24일 열리는 서울신춘가곡제를 잘 마무리해야죠. 그리고 매년 가을 선보이는 이안삼 가곡의 밤을 이번에는 10월께 영산아트홀에서 열 예정입니다. 그래서 이래저래 무척 바쁘게 지냅니다. 건강을 유지하기 위해 산책을 즐기고요.

후배들을 위한 조언이라…… 음악의 길은 험난합니다. 또 끊임없이 연습하고 고뇌하라고 말해주고 싶습니다. 새 양복도 자주 입어야 몸에 맞듯이, 노래도 자꾸 연습해야 익숙해지고 표현도 좋아집니다. 특히 우리 가곡을 만들고 노래하는 사람들은 사명감을 가져야 합니다. 가곡이 죽으면 우리의 시와 언어도 죽는 것이고, 역사도 사라지기 때문입니다. 민족의 자산이기도 하죠. 시조와 판소리처럼 우리 민족의 정신이 깃든 것이 가곡이라고 생각합니다."

대담: 이정식 발행인, 정리 박홍규 기자(여성경제신문 2015. 3. 7.)

(* 이안삼 작곡가는 2016. 4. 26. 열린 제22회 신춘가곡의 향연에서도 운영위원장을 하였다.)

부록3

작곡가 김효근의 감성 콘서트

'그곳에서 울지 마오' 한 구절 노랫말 쓰는 데 한 달 걸렸다

"첫 소절 〈그곳에서 울지 마오〉라는 노랫말을 붙이는 데 한 달을 끙끙 앓았습니다. 영어로 된 원래의 시를 그대로 번역하면 '무덤에서 울지마오'인데 도무지 맛이 살아나지 않았어요. 국어사전을 펼쳐보니 '무덤'을 뜻하는 비슷한 단어가 15개쯤 나오더라고요. '묘' '묘소' '산소' '뫼' '분묘' 등을 하나씩 넣어 불러 봐도 영 마음에 드는 게 없었어요."

김효근 교수(이화여대 경영학부)가 〈내 영혼 바람 되어〉 탄생 과정에서 가장 고심한 것은 정작 작곡보다 첫 소절의 가사였다고 밝혔다. 이 노래가 추모곡으로 널리 사랑받게 된 것은 '슬픔을 위로할 수 있도록' 가사 하나에까지 세심하게 신경 쓴 그의 수고도 한몫한 셈이다.

김 교수는 2016년 10월 15일 서울 강북청소년수련관 난나소극장에서 '김효근의 감성 콘서트 — 삶이 그대를 속일지라도'를 열었다. 자신이 작

김효근의 감성 콘서트에서 테너 조태진, 소프라노 김민지, 바리톤 안희도(좌로부터)가 〈눈〉을 열창하고 있다. 피아노는 배은아(2016. 10. 15.)

곡한 10곡의 노래를 직접 해설한 후 소프라노 김민지, 테너 조태진, 바리톤 안희도 등 젊은 성악가 세 사람이 번갈아 가며 노래를 들려주는 하우스 콘서트였다. 반주는 배은아(피아노)와 양지욱(첼로)이 맡았다.

잘 알려진대로 〈내 영혼 바람 되어〉는 아메리칸 인디언들의 구전시 '천 개의 바람(A Thousand Winds)'에 곡을 붙인 노래다. 2002년 아버지가 돌아가시고, 다섯 해 뒤에 어머니마저 저세상으로 떠났다. 그때 이 시를 처음 알게 됐고, 여기에 곡을 붙여 2008년 발표했다. 살아 있는 사람들이 돌아가신 분들을 추억하는 시가 아니라, 이미 세상을 등진 시적 화자가 오히려 남아있는 사람들을 위로하는 내용이라 울림은 더 컸다.

‘147명 예식장 합창’ 뒤 유명해진 〈내 영혼 바람 되어〉

“처음엔 다른 분들의 번역을 기초로 해 곡을 썼는데 어울리지 않았어요. 그래서 직접 번역해 가사를 붙였죠. 거의 완성이 됐는데 첫 부분이 마음에 들지 않았어요. ‘Do not stand at my grave and weep. I am not there, I do not sleep.’를 직역하면 ‘내 무덤 앞에서 울지 마오. 난 거기에 없어요, 잠들지 않았어요’인데, ‘무덤’이라는 시어가 왠지 껄끄러운 거예요. 고등학교 때 국어 선생님이 너무 무거운 단어가 시의 앞부분에 오면 부담스러우니 피하는 게 좋다라는 말이 떠올랐어요. 사실 ‘무덤’이라는 말이 그렇잖아요. ‘그럼 뭘로 하나’ 하며 한 달쯤 고민했죠. 그러다가 어느 날 새벽 번뜩 생각이 나더라고요. 요즘은 예전처럼 모두다 ‘무덤’에 묻지는 않잖아요. 화장하는 분도 계시고, 수목장 하시는 분도 계시고. 그래서 시적 상징과 비유를 동원해 ‘그곳에서’로 했어요.”

이렇게 해서 ‘그곳에서 울지마오 / 나 거기 없소 / 나 그곳에 잠들지 않았다오’라는 노랫말이 탄생했다. 이 곡이 세월호 추모곡이 된 것은 ‘147명의 예식장 합창’ 때문이다. 세월호 참사 후 성악가와 음악가들이 희생자와 유가족을 위해 우리가 할 수 있는 게 뭐 없을까 고민하다 2014년 5월 한 예식장에 모여 〈내 영혼 바람 되어〉를 합창했다.

작은 목소리를 모아 위로가 되었으면 하고 불렀는데 반응은 뜨거웠다. 합창 장면이 유튜브에 공개되면서 많은 사람이 공감하고 아픔을 치유하는 노래가 됐다. 김 교수는 “제 대표 노래가 〈눈〉이었는데 이 영상이 공개되면서 〈내 영혼 바람 되어〉가 저의 트레이드마크가 됐다”고 말했다. 저작권료 수입 1위 노래도 이 노래로 바뀌었다는 ‘1급 비밀’도 공개했다.

소프라노 김민지와 바리톤 안희도가 듀엣으로 노래를 부르자 객석 중간중간에서 훌쩍거림이 들린다. 손수건을 꺼내 눈물을 훔치는 사람도 여럿 보인다. 모두들 가슴 한구석이 먹먹해지는 경험을 하며 '이게 바로 노래의 힘'이라는 것을 다시 느낀다.

아내에게 바치는 러브송 3곡 모두 '히트'

김 교수의 아내는 대한민국 최고의 '러브송 부자'다. 〈첫사랑〉 〈사랑의 꿈〉 〈영원히 사랑해〉 3곡 모두가 그녀를 위해 작곡됐다. 김 교수는 결국 자신의 음악적 재능을 적절히 활용해 결혼에 골인했다.

여성들의 마음을 두근두근하게 만든 〈첫사랑〉은 아내의 스무 살 생일날 프로포즈 하기 위해 만들었다. 김 교수는 "이 곡을 쓰면서 작업 100% 성공을 확신했다"며 "1절은 짝사랑만 하던 시절을, 2절은 사랑의 승낙을 받은 후의 느낌을 표현했다"고 덧붙였다. 김민지가 "그대를 처음 본 순간이여~ 설레는 내 마음에 빛을 담았네~ 말 못 해 애타는 시간이여~나홀로 저민다~"를 부르자 모두들 조용히 눈을 감고 첫사랑에 흠뻑 빠져 들었다.

〈사랑의 꿈〉은 〈첫사랑〉 구애의 약발이 안 통했을 때를 대비해 만든 예비용 노래다. 사랑을 획득하기 위한 집요한 공세를 고백하자 관객들이 "다음엔 사모님 꼭 한번 모시고 오라"며 소리쳤다. 김 교수는 "저기 와 있는데요"하며 중간에 앉아있는 부인을 소개하는 깜짝이벤트를 펼쳤다. 공

감성 콘서트에서 자신의 곡에 대해 해설하는 김효근 작곡가

연장의 분위기는 더 흥겨워졌다.

김민지와 조태진이 데이트를 마친 후 집으로 돌아오면서도 금세 또 보고 싶은 마음을 아름답게 표현했다. 노래가 끝났는데도 마지막 "우우우~" 하는 허밍 부분은 가슴에 그대로 남아 깊은 여운을 안겨줬다.

김민지와 안희도가 함께 부른 〈영원히 사랑해〉 역시 아내에게 잘 보이려고 만든 곡이란다. 김 교수는 "따라서 이 곡의 소유권은 아내에게 있다"는 해석을 해 한바탕 웃음꽃이 피었다. 최근엔 결혼식 축가로도 많이 부르고 있다며, 혹시 필요하면 악보도 보내줄 수 있단다.

〈황홀한 고백〉에서 〈우리가 서로 사랑한다는 말은〉으로 제목 바꿔

김 교수는 서울대 경제학과 졸업 뒤 서울대 대학원에서 경영학을 공부했다. 미국으로 유학을 떠난 건 1987년. 1991년 피츠버그대에서 경영학 박사 학위를 받고 캐나다 알버타대 경영대학에서 조교수로 근무했다. 1992년 이화여대 교수가 되어 한국으로 돌아왔다.

〈눈〉을 발표(1981년)한 후 공부에 열중하느라 이때까지 작곡활동은 사실상 휴업 상태였다. 그러다가 평소 잘 알고 지내던 KBS 김신환 PD가 신작 가곡 운동을 한다며 "대학가곡제에서 1등까지 해놓고 계속 잠수 타면 대상 받은 사람으로서의 도리가 아니다"라며 새로운 가곡을 쓰라고 '협박'했다. 그래서 오랫동안의 휴식기를 거쳐 1995년 새롭게 내놓은 곡이 〈가을의 노래〉다. 김 교수의 표현대로 아주 예쁜 노래다.

"저 멀리 나래 구름 사이로 파란 하늘 호수 비치면 / 님이 보내 온 바람 따라 영원한 나의 노래 흘러 / 노오란 은행 물결 사이로 그리운 님의 향기 스치면 / 님으로 가는 잎새마다 사랑의 노래여라" 김민지가 청아한 목소리를 뽐내자 완연한 가을빛이 어느새 무대를 감쌌다.

이해인 수녀님의 〈황홀한 고백〉이라는 시에 곡을 붙인 게 〈우리가 서로 사랑한다는 말은〉이다. 만들고 보니 이미 윤수일이 노래한 대중가요 〈황홀한 고백〉이 있어 좀 난감했다. 이해인 수녀님께 연락을 드려 "가사에 나와 있는 '우리가 서로 사랑한다는 말은'이라는 시어 부분을 제목으로 했으면 좋겠다고 부탁을 드렸더니, 수녀님께서 흔쾌히 수락을 해줘 제목을 바꿨다"고 설명했다. 김민지와 조태진은 그윽한 눈길을 주고 받으며 멋지게 노래를 불러 많은 박수갈채를 받았다.

〈눈〉으로 대상 받은 후 팬레터 쏟아지는 등 아이돌급 인기

"삶이 그대를 속일지라도 슬퍼하거나 화내지 말라"로 시작하는 푸시킨의 시는 60~70년대 학창시절을 보낸 사람이라면 누구나 필수적으로 암기한 시다. 그 당시 어느 집, 어느 가게를 가든 멋진 그림을 배경으로 이 시가 적혀있는 액자가 하나쯤 걸려 있었다. 이 시로 곡을 만들어야겠다고 오랜 시간 생각하고 애썼지만 번번이 실패했단다. 김 교수는 "삶의 무게를 오롯이 다 담아내야 하는데 그게 만만치 않았다"고 말했다. 그만큼 산통이 컸던 곡이다. 조태진과 안희도가 묵직한 목소리로 〈삶이 그대를 속일지라도〉를 부르자 어깨를 무겁게 짓누르던 인생의 무게가 조금은 가벼워진다.

김 교수의 유일한 성가곡인 〈주님께 모든 것을 맡깁니다〉는 8분에 이르는 웅장한 곡이다. 성가곡을 만들기에는 본인의 자질이 부족하다며 몇 차례 요청을 거부했지만, 또 마냥 못 만들겠다고 계속 거절할 수만은 없어 작곡했다. 단 두 줄짜리 기도문이 이렇게 성스럽게 바뀌는 것이 신기했다. 특히 중간 부분 간간이 삽입된 첼로 소리는 김민지와 안희도의 기도하는 목소리를 들은 하나님의 대답처럼 느껴져 더욱 신성하게 다가왔다.

조태진은 이채민의 시에 곡을 붙인 〈천년의 약속〉을 절절하게 소화했다. "홀로 남는 사랑이 아름다운 거라며 / 붉어진 너의 입술 떨고 있네요

/ 가슴에 안겨준 붉은 장미는 / 아직 시들지 않아 / 어제의 황홀한 입맞춤 꿈이었나요"를 부르자 사랑의 약속은 영원한 꽃을 피웠다.

이날의 피날레는 역시 제1회 MBC대학가곡제 대상곡인 김 교수의 데뷔작 〈눈〉이 장식했다. 음대생이 아닌 경제학을 전공하는 대학교 3학년생의 작품이라는 사실을 알고 모두들 감탄했던 노래다. 김 교수는 "대상을 받은 후 방송출연과 인터뷰가 쇄도하고 팬레터가 쏟아지는 등 요즘 아이돌 뺨치는 인기를 누렸다"고 회상했다.

"조그만 산길에 흰눈이 곱게 쌓이면 / 내 작은 발자욱을 영원히 남기고 싶소 / 내 작은 마음이 하얗게 물들때까지 / 새하얀 산길을 헤매이고 싶소~~" 먼저 김민지가 앞 부분을 부르고, 그 뒤를 조태진이 이어 받았다. 그리고 안희도가 가세해 세 사람이 멋진 앙상블을 이뤘다. 아직 눈이 내릴 때는 아니지만 금방이라도 하늘에서 첫눈이 내릴 것만 같았다.

/여성경제신문 민병무 기자, 사진 양문숙 기자(2016. 10. 15.)

부록4

시인 박인환의 〈세월이 가면〉

1956년 명동이 만들어 낸 걸작

1970년대 통기타 가수 박인희가 불러 히트한 〈세월이 가면〉이란 노래가 있다. "지금 그사람 이름은 잊었지만~~"으로 시작되는 이 노래의 노랫말은 서른 살의 젊은 나이로 세상을 떠난 박인환(朴寅煥, 1926~1956)의 시다.

이 노래는 6·25전쟁이 끝나고 3년쯤 지난 1956년 초봄에 만들어졌다. 명동에 경상도집이라는 주점이 있었다. 여기에서 어느 날 시인 박인환을 비롯해 극작가 이진섭, 언론인 송지영, 가수 나애심 등 몇 사람이 술을 한잔 하고 있었다. 참석한 사람들이 나애심에게 노래를 한 곡 불러달라고 졸랐다. 나애심이 '부를 노래가 없다'며 꽁무니를 뺐다. 나애심은 〈과거를 묻지 마세요〉〈미사의 종〉 등 히트곡을 낸 당시 유명했던 가수이자 배우다.

이때 박인환이 종이에 뭔가 끄적이더니 앉은 이들에게 보여줬다. 〈세월이 가면〉이란 제목이 붙은 시였다. 이 시를 읽고 샹송에 일가견이 있고 작곡도 할 줄 아는 이진섭이 즉석에서 샹송풍의 곡을 붙였다. 후에 히트곡이 된 〈세월이 가면〉은 이렇게 태어났다.

처음엔 나애심이 콧노래로 흥얼거리며 가락을 따라불렀는데, 나중에 합석한 테너 임만섭이 우렁찬 목소리로 이 곡을 노래하자, 지나가던 행인들이 노래 소리에 끌려 걸음을 멈추고 박수를 보냈다고 한다.

6·25 전쟁의 상처가 아물지 않았던 1950년대 중반, 그 시절 명동이 만들어 낸 걸작이라는 평을 받는 시이자 노래다.

세월이 가면(박인환 원시)

지금 그 사람의 이름은 잊었지만,
그의 눈동자 입술은 내 가슴에 있어

바람이 불고 비가 올 때도
나는 저 유리창 밖 가로등 그늘의 밤을
잊지 못하지

사랑은 가고 과거는 남는 것
여름날의 호숫가 가을의 공원
그 벤치 위에
나뭇잎은 떨어지고
나뭇잎은 흙이되고
나뭇잎에 덮여서
우리늘 사랑이 사라진다 해노

지금 그 사람 이름은 잊었지만

시인 박인환(1926~1956)

그의 눈동자 입술은
내 가슴에 있어
내 서늘한 가슴에 있건만

이것이 원래의 시이다. 우리가 아는 노랫말은 이와 조금 다르지만 문제될 정도는 아니다. 원본 시와 노래 가사가 눈에 띄게 다른 부분은 "사랑은 가고 과거는 남는 것"을 "사랑은 가도 옛날은 남는 것"으로 바꾼 것이고, 원본 시 맨 마지막 행의 "내 서늘한 가슴에 있건만"을 "내 서늘한 가슴에 있네"로 바꿔 가사 마지막 행으로 붙인 것이다. 그리고 후반부를 후렴처럼 반복했다. 가수 박인희가 부른 〈세월이 가면〉의 노래 가사를 아래에 다시 적는다.

세월이 가면(박인희 노래 가사)

지금 그 사람 이름은 잊었지만,
그 눈동자 입술은 내 가슴에 있네

바람이 불고 비가 올 때도
나는 저 유리창 밖 가로등 그늘의 밤을
잊지 못하지

사랑은 가도 옛날은 남는 것

여름날의 호숫가 가을의 공원
그 벤치 위에
나뭇잎은 떨어지고
나뭇잎은 흙이되고
나뭇잎에 덮여서
우리들 사랑이 사라진다 해도
내 서늘한 가슴에 있네

이 노래를 나애심이 처음 불렀다고도 하고, 테너 임만섭이 처음 불렀다는 얘기도 있지만 공식적으로는 〈신라의 달밤〉으로 유명한 가수 현인 씨가 이 노래를 부른 최초의 가수다. 공식적이란 말은 대중 앞에서 공식 레퍼토리로 불렀다는 얘기일 것이다. 그러나 당시엔 히트를 못했다.

나이 드신 분들은 〈신라의 달밤〉으로 유명한 현인 씨의 노래를 기억하는데, 현인 씨의 노래는 독특한 바이브레이션이 특징이다. 〈세월이 가면〉 같은 애상적인 노래에는 잘 어울리지 않았을 것 같다. 그러다가 10년도 더 지난 후 1970년대에 통기타 가수인 박인희 씨가 다시 불러 히트를 했다. 이름이 비슷해서 박인희가 박인환의 여동생이 아니냐는 말도 있었지만 사실이 아니다.

노래는 어떤 가수가 어떤 창법으로 부르느냐가 매우 중요하다. 박인희 씨의 차분하고 서정적인 아름다운 목소리가 이 시와 노래의 정서에 잘 어울렸다고 할 수 있다.

박인희 앨범

박인환(모자 쓴 이), 이진섭, 유두연, 박태진(오른쪽부터.1955)

박인환이 이 시를 즉석에서 썼다고 하지만, 시상은 이미 그의 머릿속에서 가다듬어지고 있었던 것 같다.

이 시를 쓰던 그날 박인환은 우울한 표정이었는데, 낮에 망우리에 있는 그의 첫사랑 여인의 묘소에 다녀왔다는 얘길 했다고 한다. 또 다른 이야기는 자신의 시 '목마와 숙녀'를 좋아하던 여인과 피난통에 헤어졌다가 그 얼마 전에 우연히 만났다고 하면서 시를 썼다는 얘기도 있다.

박인환은 이때 기혼이었다. 그의 첫 시집이자 마지막 시집이 된 『박인환 선시집』(1955)에 '아내 이정숙에게 보낸다'고 헌사(獻辭)를 인쇄했을 정도로 부부는 금실이 좋았다. 1955년에 배를 타고 미국에 잠시 다녀온 적이 있는데 아내에게 거의 매일 편지를 썼다.

영화배우처럼 잘생긴 용모의 시인

박인환은 〈세월이 가면〉을 쓴 일주일 후쯤 세상을 떠났다. 1956년 3월 20일 밤이었다.

세상 떠나기 3일 전인 3월 17일에 천재 시인 이상(李箱, 본명 김해경. 1910~1937) 추모의 밤이 있었는데, 이날부터 매일 술을 마셨다.

그 당시 박인환은 경제적으로 매우 쪼들렸다. 세탁소에 맡긴 스프링 코트를 찾을 돈이 없어서 두꺼운 겨울 외투를 봄까지 걸치고 다녔다고 한다.

끼니를 거르기도 했다는데, 그런 상태에서 빈속에 계속 술을 마신 것이 화근이 됐다고 보는 것 같다. 세상 떠나던 그날도 술을 잔뜩 마시고 밤 8시 30분쯤 집에 들어온 후에 가슴이 답답하다면서 생명수(활명수 같은 것)를 달라고 소리를 쳤다. 그러고는 9시경 숨을 거뒀다.

그의 아들 박세형은 20년 후인 1976년 아버지 박인환의 시들을 모아 '박인환 시집 〈목마와 숙녀〉'를 내면서 후기에 선친의 사인을 이렇게 기록해 놓았다.

"아버지께서 타계하신 지 오래되어 사인(死因) 등에 관하여 궁금해하시는 독자가 계실 것 같아 이 기회를 빌려 말씀해 둔다. 아버지께선 평소 약주를 좋아하셨는데, 그날도 친구분들과 함께 명동에서 약주를 드신 후 귀가, 심장마비로 별안간 돌아가셨다. 1956년 3월 20일 밤 9시경이었다."

박인환은 훤칠한 키에 영화배우처럼 잘생긴 용모였다. 친구와 영화, 그리고 스카치 위스키인 조니 워커를 좋아했다.

"장례식 날, 많은 문우들과 명동의 친구들이 왔다. 모윤숙이 시 낭독을 하고 조병화가 조시를 낭독하는 가운데 많은 추억담과 오열이 식장을 가득 메웠다. 망우리 묘지로 가는 그의 관 뒤에는 수많은 친구들과 선배들이 따랐고 그의 관 속에 생시에 박인환이 그렇게도 좋아했던 조니 워커와 카멜 담배를 넣어 주고 흙을 덮었다."(박인환 평전, '아! 박인환', 강계순, 문학예술사, 1983)

〈세월이 가면〉은 세상 떠나기 불과 며칠 전에 쓴 시이기 때문에 첫 시집엔 없고, 앞에 언급한 사후 20주기에 맞춰 나온 시집 〈목마와 숙녀〉에 실려있다.

박인환의 가까운 선후배들은 박인환이 세상을 떠난 그해 추석에 그의 무덤 앞에 아담한 비석을 하나 세워주었다.

앞면에는 한자로 '시인 박인환지묘'라는 묘비명 아래에 그의 마지막 작품이 된 〈세월이 가면〉의 일부 구절, "지금 그 사람 이름은 잊었지만 그 눈동자 입술은 내 가슴에 있네"를 새겼으며 뒷면에는 그의 짧은 행장을 적었다. 그러나 50여 년의 세월이 흐르면서 지금 묘비 뒷면의 글자들은 육안으로 식별하기 어려울 정도로 풍우에 깎여 있다. 필자는 가져간 디지털 카메라로 뒷면을 여러 각도로 찍었다. 컴퓨터로 확대하여 희미한 글자들을 겨우 읽을 수 있었다. 앞뒷면의 내용은 다음과 같다.

1. 묘비 앞면 내용

詩人朴寅煥之墓

지금 그사람 이름은 잊었지만
그 눈동자 입술은
내 가슴에 있네

망우리 공동묘지(현재는 서울시 망우묘지공원)에 있는 박인환 묘소

그의 詩 〈세월이 가면〉에서

2. 묘비 뒷면 내용

시인 박인환은 1926년 8월 15일 강원도 인제에서 났으며
1956년 3월 20일 31세를 일기로 불행한 시인의 일생을 마쳤다.
유족은 부인 이정숙 여사와 자녀 3남매로 세형, 세곤, 세화가 있다.
여기 친우들의 뜻으로 단비(短碑: 작은 비석이란 뜻))를 세워 그를
길이 추념한다. 그는 선시집(選詩集) 한 권을 남겨 놓았다.
1956년 9월 19일 추석날

현재 묘지 위쪽에는 망우공원묘지 순환도로가 지나가고 있고, 도로 옆에 그의 시 〈목마와 숙녀〉의 일부 구절(인생은 외롭지도 않고 / 그저 잡지의 표

망우리 묘지의 박인환 시비 앞을 지나가는 등산객들

지처럼 통속하거늘 / 한탄할 그 무엇이 무서워서 / 우리는 떠나는 것일까)이 적혀있는 하얀 화강암 시비가 세워져 있어 오가는 사람들의 눈길을 끈다. 이 시비 뒷면에는 다음과 같은 그의 약력이 적혀있다.

박인환의 약력

1926 강원도 인제군 인제면 상동리에서 출생

1945 광복 후 평양의학전문학교를 중퇴하고 상경하여 종로 낙원동에서 서점 '마리서사'를 경영

1946 〈국제신보〉에 '거리'라는 작품을 발표함으로써 시인으로 데뷔

1948 동인지 '新詩論'(신시론) 제1집 발간

1949 김경림, 김수영, 임호권, 양병식 등과 5인 합동 시집 『새로운 도시와 시민들의 합창』을 발간하였으며 모더니즘 시인으로 각광을 받음

동인그룹 '후반기'(後半紀)를 발족시킴

1955 〈박인환 선시집〉 출간

1956 〈세월이 가면〉 〈죽은 아포롱〉 〈옛날의 사람들에게〉 등을 씀

박인환의 묘에 가기 위해서는 묘지 관리사무소를 지나 우측 도로를 따라가다가 이 시비가 있는 곳에서 아래로 내려가야 한다. 거리로는 도로에서 100미터도 안 되어 보이지만 길도 없고 매우 가팔라서 오르내리기가 쉽지 않다. 길이 제대로 안 되어 있는 것으로 보아 주변의 묘들도 오래되어 찾는 이들이 별로 없는 듯하였다.

강원도 인제에서 출생

4남 2녀 중 맏이였던 박인환은 8살 때인 1933년 인제 공립보통학교(초등학교)에 입학했다가 11살 때인 1936년 가족들과 함께 서울 종로로 이주해 덕수공립보통학교를 다녔다. 졸업 시 석차는 66명 중 7등이었다. 1939년 초등학교 졸업후 바로 경기공립중학교에 입학했으나 2년 후 중학교를 자퇴하고 한성학교 야학을 다니다가 황해도 재령의 명신중학교를 1944년에 졸업했다. 이해 곧바로 3년제였던 관립 평양의학전문학교에 입학했다가 광복 후 학업을 중단하고 상경해 종로 3가 낙원동 입구에 〈마리서사〉라는 서점을 열었다. 부인 이정숙(李丁淑)과는 1948년 결혼해 이후 종로구 세종로 135번지에서 살았다. 1948년 자유신문사에 입사해 기자가 되었으며 1949년 경향신문사로 옮겼다. 1950년 6·25 전쟁 발발 시 피란을 가지 못해 9·28 수복 때까지 서울에서 숨어 지냈다. 이해 12월 가족과 함께 대구로 피란가 경향신문 종군기자로 활동했다. 경향신문사를 그만두고 대한해운공사에 취직한 것은 1952년이다. 서울 세종로 옛집에는 1953년 7월에

박인환이 세상떠날 때까지 살던 집터에 서있는 표지석. 광화문 교보빌딩 뒷쪽 길가에 있다

다시 돌아왔다.

그 세종로 옛집이 아마 지금 광화문 교보빌딩이 서 있는 곳 어디쯤인가 보다. 지금 교보빌딩 뒷골목에는 박인환의 집터를 알리는 표지석이 서 있다. 다음은 그 표지석의 내용이다.

박인환 선생 집터

이곳은 모더니즘 시인 박인환(1926~1956)이 1948년부터 1956년까지 거주하며 창작활동을 하였던 장소이다. 1955년에는 〈박인환 선시집〉을 냈으며 〈목마와 숙녀〉는 그의 대표작으로 꼽힌다. 그가 마지막으로 남긴 〈세월이 가면〉은 노래로 만들어져 널리 불리어지기도 하였다.

박인환은 1955년 화물선 남해호의 사무장으로 미국을 여행한 후 돌아와 조선일보에 이해 5월 13일과 17일에 〈19일간의 아메리카〉를 기고했고 그 후 대한해운공사를 그만두었다. 이해 10월 15일 박인환 선시집(朴寅煥 選詩集)을 출간했다. 이듬해 세상 떠날 때까지 그는 직업이 없는 상태였다. 심한 생활고를 겪던 중 만으로는 서른이 채 안 된 젊은 나이에 갑자기 세상을 떴으니 얼마나 안타까운 일인가. 그러나 그의 작품들은 그의 사후 더욱 빛을 발했으며 지금도 많은 이들의 심금을 울리고 있다.

수필, 지금 그 사람 이름은 잊었지만

노래 〈세월이 가면〉과 관련해 우연히 인터넷에서 파일럿 출신 수필가 조순제 씨가 2010년 4월에 쓴 '지금 그 사람 이름은 잊었지만'이라는 제목의 눈물겨운 수필을 읽게 되었다. 여기에 간추려 소개한다.

"1950년대 후반 박인환 작시의 노래 〈세월이 가면〉을 언제나 흥얼거리던 J라는 공군 파일럿이 있었다. 나(조순제)와 비행교육을 함께 받았던 그는 생기기도 박인환처럼 훤칠한 미남이었다. 언제나 때와 장소를 불문하고 이 노래를 흥얼거리는 버릇이 있었는데, 미인 약혼녀와의 결혼을 열흘 앞둔 어느 날 엔진 수리가 끝난 비행기에 — 평소 친절을 베풀며 가깝게 접근해 왔던 — 인접 부대 모 중위를 탑승시켜 시험비행에 오른 것이 마지막이 되고 말았다. 인접 부대 중위가 비행기 뒷좌석에서 이 파일럿을 위협해 북한으로 넘어간 것이다.

어떤 무기로 어떻게 위협을 당했는지 정확한 경위는 알 수 없지만, 그 후 북한 방송에서 모 중위는 의거 귀순했다고 영웅처럼 떠들었는데, J 씨에 대해서는 한마디도 없었다.

1981년 가수 은퇴 후 미국으로 건너갔던 박인희가 35년 만인 2016년 귀국해 박인희 컴백 콘서트를 가졌다.

가족들이 50년이 지나 남북 이산가족 상봉 신청 명단에 J 씨를 올렸으나 북으로부터 병사했다는 단답밖에는 아무 반응도 없었다고 한다.

J 씨의 약혼녀는 데보라카를 연상시키는 미모였다. 이 사건 후 그녀는

초혼도 재혼도 실패했다. 오랜 세월이 흐른 후 부산을 방문할 기회가 있어 요양병원 정신신경과에 입원해 있는 이 여성을 방문했다, 그녀는 정신이 오락가락 하는 상태였다. 과거 약혼자의 친구였던 나를 보자 끌어안고 목놓아 울었다. 그리곤 조용히 창문으로 다가가 목소리를 가다듬어 노래를 부르는 것이었다.

"사랑은 가도 옛날은 남는 것 / 여름날의 호숫가 가을의 공원 / ~~ / 우리들 사랑이 사라진다 해도 / 내 서늘한 가슴에 있네."

읽으면서 기분이 울적하였다. 어처구니없는 운명의 이야기다. 그녀는 그 노래 〈세월이 가면〉을 얼마나 오랫동안 가슴속 깊은 곳에서 불러왔을까. 우리는 오늘도 끝없이 계속되고 있는 이 같은 분단의 아픈 상처들을 목격하고 있다.

박인환 문학관 개관

박인환이 태어나서 11살까지 살았던 강원도 인제(인제군 인제읍 상동리 415-1번지)에 2012년 10월 5일 '박인환 문학관'이 문을 열었다.

박인환 문학관은 인제군이 이 고장 출신인 박인환 시인을 기리고 그의 문학 작품을 널리 알리기 위해 세운 것이다.

당초에는 한 해 전인 2011년 7월 개관 예정이었으나 이런저런 사정으로 미뤄져 오다가 이날 지각 개관식을 하게 되었다. 필자는 인제군의 초청으로 개관식에 참석했다.

개관식에는 미망인 이정숙(1927년생) 여사와 장남 세형, 차남 세곤, 그리고 딸 세화 씨 등 2남 1녀와 가족들이 많이 참석하였다. 당시 85세였던 이

박인환 문학관 개관식 날(2012. 10. 5.)

여사는 정정한 모습이었다.

필자가 시인의 가족들을 본 것은 이날이 처음이자 마지막이었다.

개관식은 문학관 앞뜰에서 있었다. 장남 세형 씨가 박인환 시인의 생전의 유일한 시집인 『박인환 선시집』(1955년)을 문학관 비치를 위해 인제군(이순선 군수)에 기증하는 순서가 있었고, 이어 박인환 시인 청동상 제막식, 개관 테이프 커팅 등의 순서로 진행되었다.

선시집을 기증하는 장면을 보면서, 단순히 전시만 할 것이 아니라 시집을 다시 잘 제작해 문학관을 찾는 이들에게 기념으로 판매를 해도 좋을 것이라는 생각을 하였다. 이 선시집에는 시인이 세상 떠나기 며칠 전에 쓴 〈세월이 가면〉은 없다. 앞서 말한 대로 20년 후인 1976년에 아들 세형 씨가 펴낸 『목마와 숙녀』에는 실려있다.

그러므로 어떤 제목이 되었든지 시집을 기념품으로 판매하는 것은 문학관을 찾는 이들에게 좋은 서비스가 될 것이다.

필자는 과거 충북 옥천의 정지용 문학관을 찾았다가 정지용 시집 한 권 살 수 없는 상황에 안타까움을 가졌었다. 당사자의 문학관에서 그의 시집을 파는 것은 단순히 이익을 추구하는 행위가 아니기 때문이다.

박인환 문학관 내부는 시인이 해방 후 기자로 활동하기 전까지 운영했던 서점 '마리서사'와 선술집, 다방 등 당시 서울 거리의 모습을 재현해 놓았다. 선술집 안에는 시인이 막걸리 잔을 기울이며 동료 문인들과 시와 문학에 대해 토론하는 장면을 밀랍인형으로 꾸며놓았는데, 나름대로 꽤 공을 들였다는 느낌이 들었다.

필자는 이날 행사에 참석하면서도 카메라를 들고 장면 장면을 찍어두었다. 개관식이 끝나고 시인 가족들의 단체 사진도 찍어주었다. 물론 요청에 의한 것은 아니었다. 어찌하다 보니 자연스럽게 가족들이 필자의 DSLR카메라 앞에 섬으로써 기념관 앞에서의 가족 기념사진이 되었다.

이튿날인 6일, 모 대학 불문과 교수인 둘째 아들 세곤 씨가 준 명함에 찍힌 이메일 주소로 이날 찍은 사진들 가운데 잘된 사진들을 몇 장 골라 보냈다. 답신이 없었다. 메일이 안 들어간 것인지 확인하기 위해 사진 수신여부와 장남 세형 씨 전화번호를 알려달라는 전화 문자를 두어 차례 보냈다. 9일 만에 세형 씨 전화번호와 함께 '감사하다'는 짤막한 답신이 왔다. 그제서야 메일을 열어본 것인지 어떤 건지 그쪽 사정은 알 수가 없었지만 답신을 받고도 기분은 좀 거시기했다.

그 후 장남 세형 씨와 통화가 되었는데 "문학관 개관식 때의 가족사진을 동생으로부터 받아보았느냐"고 물어보니 "못 받았다"고 하여 그쪽으로도 보내주었다.

시인이 세상을 떠나고 벌써 60년이 넘는 세월이 흘렀다. 그렇게 많은 날들이 흘러갔어도 그가 사람들의 가슴에 남긴 아름다운 시로 그는 매일 다시 태어나고 있다. 그것이 문학이며 예술이 아니겠는가. 인제군이 '박인환 문학관'을 세운 이유는 인제가 단순히 척박한 강원도 산골 마을이 아니라는 것을 말하고 싶어서일 것이다. 지역에도 이제 그만한 여유가 생겼다는 징표이기도 하다.

시인의 후손들에게는 크나큰 영광이며 문화예술인들에게는 퍽이나 반가운 일임에 틀림없다.

부록5

우리 가곡처럼 불렸던 〈아! 목동아〉(Danny Boy)

곡 자체의 이름은 런던데리 에어(Londonderry Air)

〈아! 목동아〉로 잘 알려진 아일랜드 민요 〈대니 보이〉(Danny Boy)는 20세기 초 우리나라에 들어와 오랫동안 우리 가곡처럼 불렸다. 오래전 나온 가곡 음반 중에는 〈아! 목동아〉가 들어있는 것도 있었다. 곡 자체의 이름은 〈런던데리 에어〉(Londonderry Air, 런던데리의 노래)이며 가사가 붙었을 때 〈대니 보이〉이다.

〈대니 보이〉는 안익태 선생의 애국가가 나오기 전까지 우리나라 애국가의 멜로디로 쓰인 스코틀랜드 민요 〈올드 랭 사인〉(Auld Lang Syne, 석별의 정. 원뜻은 그리운 옛날)과 더불어 우리에게 매우 친숙한 대표적인 아일랜드 민요이다.

멜로디가 단순하면서도 아름다울 뿐 아니라 클라이맥스에 이르기까지의 구성이 드라마틱하여 강한 호소력을 가지고 있다. 그래서 전 세계 많은 사람들의 사랑을 받고 있으며 세계에서 가장 널리 알려진 노래의 하나로 이 노래를 꼽는다. '가장 아름다우며 가장 완벽한 곡'이라고 그 멜로디

북 아일랜드 해안가 풍경. © Getty Images

를 평하는 이들도 있다.

아일랜드 민요가 특히 우리에게 친근하게 느껴지는 이유는 도·레·미·솔·라를 거의 벗어나지 않는 선율이, 5음 음계(五音音階)인 우리나라 민요와 비슷하기 때문이라고 한다.

아일랜드 서북쪽 북아일랜드 제2의 도시 런던데리에서 옛부터 전해 내려오고 있는 〈런던데리 에어〉 멜로디에는 여러 내용의 가사가 붙여져 불렸다. 그 가운데 세계적으로 가장 유명한 것이 영국인 변호사 겸 송라이터 프레데릭 에드워드 웨덜리(Frederick Edward Weatherly, 1848~1929)의 시가 붙여진 〈대니 보이〉이다. 시는 1910년에 쓰인 것이며 1913년에 〈런던데리 에어〉 멜로디에 가사로 붙여 발표되었다. 가사는 사랑하는 아들을 전쟁터로 보내는 어머니의 심정을 담은 것이라고 한다. 웨덜리의 가사도 단어가 조금씩 다른 경우가 많아 어느 것이 정본인지 확인하기 어렵다.

Danny Boy

1.

Oh Danny Boy, the pipes, the pipes are calling,
from glen to glen and down the mountain side,
The summer's gone and all the roses falling,
'Tis you 'Tis you must go and I must bide.
But come ye back when summer's in the meadow
or when the valley's hushed and white with snow,
'Tis I'll be here in sunshine or in shadow
Oh Danny Boy, Oh Danny Boy, I love you so.

2.

But when ye come and all the flowers are dying,
And I am dead as dead I well may be,
You'll come and find the place where I am lying,
and kneel and say an "Ave" there for me.
And I shall hear tho' soft you tread above me,
and all my grave will warmer sweeter be.
If you will bend and tell me that you love me,
And I shall sleep in peace until you come to me.

아! 목동아

아일랜드 민요 현제명 번안

1.

아 목동들의 피리소리들은 산골짝마다 울려나오고

여름은 가고 꽃은 떨어지니 너도가고 또 나도 가야지

저 목장에는 여름철이 가고 산골짝마다 눈이 덮여도

나 항상 오래 여기 살~리라

아 목동아 아 목동아 내 사랑아.

2.

그 고운 꽃은 떨어져서 죽고 나 또한 죽어 땅에 묻히면

나 자는 곳을 돌아보아 주며 거룩하다고 불러주어요

네 고운 목소리를 들으면은 내 묻힌 무덤 따뜻하리라

너 항상 나를 사랑하여 주면

네가 올 때까지 내가 잘 자리라

대니 보이 악보와 가사가 들어있는 아일랜드 월튼사의 『노래와 발라드로 본 아일랜드』 표지 (2003)

아일랜드(Ireland)란 말은 원래 '녹색의 땅'이란 뜻. 완만한 초록빛 구릉과 계곡으로 이뤄진 목가적 풍경의 자연환경이지만, 민초들의 삶은 쉽지 않았나.

19세기에서 20세기 초에 걸쳐 정치적인 박해와 척박한 자연환경

으로 인한 오랜 기근으로 수많은 사람들이 신대륙으로 이민을 떠났다. 배를 타고 미국으로 가던 아일랜드인들은 긴 항해 속에서 병마와 굶주림으로 숨진 동포들의 장례식을 치르며 이 노래(이 멜로디의 노래)를 불렀으며 새롭게 정착한 곳에서는 곤궁한 삶을 스스로 위로하기 위해 이 노래를 불렀다고 전해진다.

이처럼 '대니 보이' 멜로디는 뉴 올리언스 흑인들의 재즈처럼 미국에 이민 온 아일랜드인들로부터 세계에 전파되었다.

현제명의 번안으로 널리 알려진 〈아! 목동아〉

이 멜로디는 아일랜드 민요 채집자 제인 로스(Jane Ross, 여, 1810~1879)에 의해 수집된 것이다. 런던데리 인근 리마바디에 살고 있던 제인 로스는 피아노를 잘 쳤으며 아일랜드의 민요를 수집하는 취미를 갖고 있었다.

제인 로스가 1851년 어느 날 집밖을 내다보니, 지나던 집시가 바이올린 연주를 하는데 못 들어보던 우수를 띤 아름다운 곡이었다. 제인 로스는 그 자리에서 이를 급히 채보(採譜)했다. 제인 로스는 채보한 이 곡을 아일랜드의 옛 멜로디를 모으고 있던 조지 페트리(George Petrie, 1789~1866) 박사에게 보냈다.(제인 로스가 들은 멜로디는 바이올린이 아니라 파이프 소리였다는 얘기도 있다. 여기서 파이프란 긴 담뱃대 같은 관이 여러 개 연결돼있는 아일랜드 전통 관악기)

대니보이 작사자 프레데릭 E. 웨덜리 (1848~1929)

페트리 박사는 4년 후인 1855년 더블린에서 '아일랜드 옛 노래 모음집(Ancient Music of Ireland)' 제1권을 펴내면서 제인 로스가 채보한 그 곡을 실었다. 제목을 알지 못했으므로 '미스 제인 로스 채집'이란 설명만 달았다.

『노래와 발라드로 본 아일랜드』에 들어 있는 대니보이 악보와 가사

그 뒤 〈런던데리 에어〉란 제목이 붙여진 후 여러 종류의 가사로 불려졌는데 〈대니 보이〉에 이르러 본격적으로 널리 퍼졌고, 빙 크로스비, 마리오 란자 등이 불러 세계적으로 유명해졌다. 평생 독신으로 살았던 제인 로스의 묘는 리마바디의 교회 묘지에 있다고 한다.

그런데 〈대니 보이〉는 대체 누구를 가리키는 것일까? 사전에는 Danny란 남자 이름 Daniel의 애칭이라고 나와 있을 뿐 '목동'이란 말은 없다. 그래도 '아! 목동아'라고 한 것은 그럴 듯한 번안이라고 생각한다. '대니 보이'는 그저 일반적인 '소년 아무개'를 부르는 것일 뿐 특별한 의미는 없다고 한다.

이 노래를 〈아! 목동아〉로 번안하여 처음 소개한 이는 우리 가곡 1세대 작곡가 중 한 사람인 현제명이다. 현제명은 1920년대 미국에서 유학을 했고, 돌아와서는 연희전문에서 영어강사를 했을 정도로 영어를 잘했다. 작곡가이면서 직접 작사도 많이 했던 현제명이 번안 소개한 곡이면서 멜로디도 친근하여 이 노래가 우리 가곡처럼 불린 것이 아닐까 하는 생각도

든다.

부산에서 다시 만난 〈대니 보이〉

내가 〈대니 보이〉와 본격적으로 친하게 된 것은 2001년 CBS 부산본부장 시절이었다.

그해 여름 휴가를 이용해 생전 처음 '애창가곡집'을 하나 내보겠다고 연습 중이던 어느 날, 우연히 광복동의 한 음반점에서 세계적인 테너 마리오 란자와 로버트 화이트 등의 노래와 오프라 하노이의 첼로 연주곡 등이 담긴 〈대니 보이〉 앨범 CD를 발견하게 되었다. 어려서부터 그저 어렴풋이 알고 지내던 〈대니 보이〉와 다시 사귀게 된 계기였다.

나는 그 CD를 들으며 〈대니 보이〉를 몇 시간 집중적으로 연습하여 나

『노래와 발라드로 본 아일랜드』 속의 사진 중 하나

의 첫 애창가곡집 앨범 녹음 막바지에 추가하게 되었는데, 후일 비교적 괜찮다는 평들을 해주었다.

지금도 〈대니 보이〉를 들으면 부산에서의 그해 여름이 생각난다. 당시 나의 노래 실력에 CD를 낸 것은 만용에 가까운 일이었지만 내 인생의 가장 흐뭇한 추억 가운데 하나로 기억하고 있다. 늘 좀더 잘 불렀으면 하는 아쉬움이 있다. 내가 더 잘 불러서 많은 이들과 더불어 즐거울 수 있다면 좋겠다는 생각은 그때나 지금이나 마찬가지다.

노래는 운동과 똑같다. 첫째는 개인의 소양이지만, 어느 수준에 오르려면 끊임없이 연습하고 노력해야 한다. 모든 세상사와 다를 바 없다. 나는, '일주일에 한 시간쯤이라도 마음 편히 연습할 수 있는 그런 여유를 가질 수 있었으면 좋겠다'는 생각을 언제나 하지만 아직도 그렇게 못하고 있다. 그때도 지금도 내 자동차 안이 유일한 연습 공간이다.

〈대니 보이〉와의 사귐도 이제는 연륜이 제법 쌓였다. 노래도 그 맛을 알고 사귀면 더 정겨울 수 있다는 것을 나는 나이 들어 다시 만난 〈대니 보이〉를 통해 알게 되었다.

부록6

10월의 어느 멋진 날에 / You Raise Me Up

"10월의~~"는 원래는 멜로디뿐인 연주곡

과거에는 결혼식 등에서 가장 많이 불리던 노래가 이은상 작시 홍난파 작곡의 "탈대로 다 타시오 ~~"로 시작되는 〈사랑〉이었는데, 언제부터인가 외국곡인 〈10월의 어느 멋진 날에〉가 그 자리를 차지하고 있다. 유명한 유럽의 연주그룹 시크릿 가든(Secret Garden)의 작곡가 겸 건반 연주가인 롤프 러블랜드가 작곡한 이 곡은 선율도 아름답지만 우리나라에서는 그 가사 때문에 널리 불리는 것 같다.

가사는 번역한 것이 아니다. 원래 이 곡은 연주곡으로 만들어져 가사는 없고 멜로디뿐이었다. 곡에 우리말 가사를 붙인 것이다. 원제목은 〈Serenade to Spring〉이다.

10월의 어느 멋진 날에(Serenade to Spring)

한경혜 작사 롤프 러블랜드 작곡

눈을 뜨기 힘든 가을 보다 높은
저 하늘이 기분 좋아
휴일 아침이면 나를 깨운 전화
오늘은 어디서 무얼 할까
창 밖에 앉은 바람 한 점에도
사랑은 가득한 걸
널 만난 세상 더는 소원 없어
바램은 죄가 될테니까

가끔 두려워져 지난 밤 꿈처럼
사라질까 기도해
매일 너를 보고 너의 손을 잡고
내 곁에 있는 너를 확인해
창 밖에 앉은 바람 한 점에도
사랑은 가득한 걸
널 만난 세상 더는 소원 없어
바램은 죄가 될 테니까

아—아—아—

살아가는 이유 꿈을 꾸는 이유

모두가 너라는 걸
네가 있는 세상 살아가는 동안
더 좋은 것은 없을 거야
10월의 어느 멋진 날에

가사 중에 "널 만난 세상 더는 소원 없어 바램은 죄가 될테니까"는 아마도 젊은 연인들의 귀에 쏙 들어올 것이다. "살아가는 이유 꿈을 꾸는 이유 모두가 너라는 걸, …… 10월의 어느 멋진 날에……" 이렇게 여운을 남기는 마무리도 좋다.

내용이 근사하니까 시기에 따라 9월의 결혼식에서는 〈9월의 어느 멋진 날에〉로, 4월엔 〈4월의 어느 멋진 날에〉로 바꿔 부른다.

봄의 노래가 가을 노래로 바뀐 사연

내게 이 노래의 한국어 가사와 관련해 늘 궁금한 것이 있었다. 〈봄의 세레나데(Serenade to Spring)〉가 우리나라에서 〈10월의 ~~〉 즉 가을의 노래로 바뀐 이유가 궁금했다.

그러던 중에 2009년 3월 작사자인 한경혜 씨와 차를 한잔 하게 되었다. 내가 청해서 당시 나의 목동 사무실에서 만났다. 처음에는 제대로 인터뷰를 해서 기사화할 생각이었는데, 한 씨는 언론에 노출되는 것을 매우 꺼리는 분이었다. 공식으로 인터뷰를 하자고 할 상황이 아니었다. 한 씨는 타인이 자기를 알아보는 것이 불편하다고 하였다. 그래서 라디오 출연은 해도 TV에는 안 나간다고 했다. 우리는 1시간 조금 넘게 그야말로 차를 한잔 하면서 서로의 책과 노래와 관련된 이런저런 이야기를 나누었다.

나는 한 씨에게 '왜 <Serenade to Spring>이 가을 노래가 되었는지' 물어 보았다.

한 씨는 '사실 처음엔 제목을 원래 제목과 비슷하게 <5월의 어느 멋진 날에>로 하려 했었다'고 했다. 한 씨는 2001년 이 곡에 가사를 붙여달라는 기획사의 부탁을 받은 후 호주에 가 있었다. 호주는 서울과 날씨가 반대여서 여름에 서울에서 떠났지만 호주는 초겨울이었다.

호주의 겨울이 가고 봄이 왔다. 호주는 10월이 봄이다. <10월의 어느 멋진 날에> 가사는 호주에서 10월에 썼다. 4월이면 어떻고 5월이면 어떻고 10월이면 어떻겠냐는 생각이 들었다. 또, 당초 제목으로 붙였던 5월보다는 10월이라는 느낌이 가슴에 더 다가왔다. 그래서 <10월의 어느 멋진 날에>로 바꿨다. 한 씨는 어떤 특별한 생각이 있어서 그런 것은 아니었다고 했다.

작사가 겸 방송작가 한경혜 씨(왼쪽)와 필자(2009. 3.)

그녀는 고심 끝에 가사를 완성한 후 시드니 조지타운의 어느 PC방에 들어가 메일로 서울의 기획사에 보냈다. 이 노래의 녹음이 서울에서 10월에 잡혀 있었기 때문이다.

나는 한 씨에게 '이 노래는 그래서 사철 노래다'라고 말했다. 그녀도 동의했다. 노래를 부른 바리톤 김동규 씨는 녹음실에서 한 번 만났다고 했다.

한경혜 씨는 〈아프리카〉, 〈신세계〉 등 롤프 러블랜드의 다른 곡에도 가사를 썼다. 2001년 10월에 나온 김동규 앨범에 수록되어 있다.

'공동 작사'라는 것은 오해

간혹 〈10월의 어느 멋진 날에〉가 이정하·한경혜 작사라고 나오는 경우를 본다. TV프로그램에서 그렇게 자막이 나올 때도 있었다. 공동 작사라는 게 이상해서 이에 대해서도 후에 물어 보았다. 한 씨의 설명은 2001년 김동규 앨범을 만들 당시 기획사에서 어떤 곡은 자신에게 어떤 곡은 이정하 씨에게 작사를 청탁했는데, 두 사람의 이름이 앨범에 함께 들어가다 보니 그런 오해가 생긴 것 같다고 했다. 〈10월의 ~~〉는 분명 자신이 작사자라고 확인해 주었다.

그녀는 가수 김종서가 부른 〈아름다운 구속〉의 작사로 SBS 가요제 최고 작사가 상을 타는 등 여러 개의 작사가 상을 수상한 중견 작사가 겸 작가이다. 한 씨는, "요즘 가사가 문제가 되는 것은 과거처럼 시인이나 작사자가 가사를 붙이지 않고 간혹 가수들이 직접 가사를 붙임으로써 정제되지 못하고 언어 파괴, 문법 파괴적인 가사가 나오기 때문인 것 같다"고 했다.

과거에는 가사를 만든 후에 가사에 멜로디를 붙이는 순서로 노래가 만들어졌는데, 요즘은 거꾸로 곡을 먼저 만들어 놓고 가사를 붙이는 경우가 더 많다는 것이다.

한 씨에게 교회에 다니느냐고 물었다. 그렇게 보이느냐고 반문했다. 〈10월의 어느 멋진 날에〉에도 가사 중에 '기도해'라는 말이 나오지만, 〈아름다운 구속〉에도 앞부분에 '언제나 아침에 눈뜨면 기도를 하게 돼~.'라고 '기도'가 나오는데, 그래서 교인이라는 느낌을 받았다고 내가 말했다.

한 씨는 자신은 가톨릭이라고 했다. 그러면서 천주교인이기 때문에 의식적으로 '기도해'라고 한 것은 아니라고 했다. 그렇지만 다른 사람들이 그렇게 느낄 수도 있겠다고 했다.

방송작가이기도 한 그녀는 "새 소설이 얼마 후 나올 건데 그때 책 들고 커피 한잔 마시러 오겠다"고 말하고 자리를 떴다.

한경혜 씨는 그 후 2009년 12월 초, 자신의 말대로 신작 소설 〈어쩌면 사랑〉을 들고 나를 찾아왔었다. 다음 해인 2010년 10월에 한 씨와 모처럼 통화를 했는데, 〈어쩌면 사랑〉을 어느 제작사에서 드라마로 만들기로 해 대본으로 다시 쓰고 있다고 했다. 한 씨는 지금도 다양한 분야에서 작가로서의 활동을 활발하게 하고 있다.

가사로 성공한 노래

〈10월의 어느 멋진 날에〉가 한국에서는 히트곡이 되었는데, 정작 시크릿 가든은 2008년 한국에 오기 전까지는 이 노래의 한국에서의 인기를 잘 모르고 있었던 것 같다. 내가 시크릿 가든을 처음 본 것은 2008년 6월 6일 CBS광주방송 주최로 전남 광주문화예술회관에서 열린 이 그룹의 내한 공연 때였다. 프로그램에도 앵콜 연주 때도 이 곡은 끝내 나오지 않았다.

시크릿 가든 광주 공연을 마치고. 좌로부터 롤프 러블랜드, 필자, 피오뉼라 쉐리.(2008. 6. 6.)

공연이 끝난 후 시크릿 가든의 리더이자 이 곡의 작곡자인 롤프 러블랜드와 바이올리니스트 피오뉼라 쉐리를 만나 잠시 이야기를 나눌 기회가 있었다. 두 사람은 각각 노르웨이와 아일랜드 출신이다.

내가 롤프 러블랜드에게 "한국 사람들이 〈Serenade to Spring〉을 좋아하는데 왜 프로그램에 넣지 않았느냐?"고 물었다.

롤프는 "그런 줄(한국 사람들이 이 곡을 좋아하는 줄) 몰랐다."고 말했다. 내가 "〈Serenade to Spring〉은 연주곡이지만 한국에서는 그 곡에 가사를 붙여서 많은 사람들이 부른다."고 했더니, "누가 부르느냐?"고 물었다.

"나도 부르고 유명한 성악가도 부른다."고 말했다. 유명한 성악가란 이 곡을 처음 부른 바리톤 김동규 씨를 말함이었다. 롤프 러블랜드는 한국에서 자신의 곡에 가사를 붙여서 노래로 부르는 줄 전혀 모르는 것 같았다.

시크릿 가든은 다음 날 서울 세종문화회관에서 공연을 하도록 되어 있었다. 나는 그에게 서울에서 공연할 때는 앵콜곡으로라도 이 곡을 꼭 넣으라고 조언했다. 그들이 나의 조언을 따랐는지는 확인하지 못했다.

그 뒤 시크릿 가든의 공연을 다시 보게 된 것은 7년도 더 지난 2015년 12월 7일 세종문화회관에서였다. CBS가 창사 61주년 기념 공연을 위해 시크릿 가든을 초청했는데, 마침 2015년은 시크릿 가든이 출범한 지 20주년이 되는 해여서 두 가지 의미를 담은 콘서트였다.

이날 콘서트에서는 중간에 바리톤 김동규가 나와 시크릿 가든의 연주로 〈10월의 어느 멋진 날에〉를 불렀다. 김동규의 출연은 다소 의외였고 반응도 좋았다.

이날 콘서트에서 시크릿 가든은 〈10월의 어느 멋진 날에〉와 함께 금세기 가장 유명한 곡의 하나로 불리는 〈You Raise Me Up〉, 1995년 유로비전 송 콘테스트에서 연주음악으로는 처음으로 그랑프리를 차지했던 〈Nocturne〉 등 귀에 익숙한 많은 히트곡들을 들려주었다.

하나의 노래가 성공하기 위해서는 무엇보다 멜로디가 좋아야 하지만, 가사나 주제가 그 곡을 의미 있게 함으로써 인기를 얻는 경우도 많다. 〈10월의 어느 멋진 날에〉는 연주곡 자체로도 좋지만 누구라도 공감하는 아름다운 가사로 인해 국내에서 널리 알려진 노래라고 할 수 있다. 결혼식 등에서 자주 불릴 뿐만 아니라 언제부터인가 10월이면 가장 먼저 생각나는 노래가 되었다.

You Raise Me Up,
뉴욕 9·11 테러 1주년 추모식에서 불려져

1995년에 결성된 시크릿 가든은 롤프 러블랜드와 피오눌라 쉐리가 주축이며 나머지 5명의 기타와 색소폰 연주자 등이 이들을 돕고 있다.

시크릿 가든은 'You Raise Me Up'이 2002년 뉴욕 9·11 테러 1주년 추모식에서 불려지면서 전 세계적으로 유명해졌다. 이 곡은 처음에는 가사 없는 연주곡이었으나 후에 롤프 러블랜드가 아일랜드 출신 소설가이자 작사자인 Brendan Graham에 부탁하여 가사를 붙였다고 한다.

You Raise Me Up

When I am down and oh my soul so weary
When troubles come and my heart burdened be
Then I am still and wait here in the silence
Until you come and sit a while with me

You raise me up so I can stand on mountains
You raise me up to walk on stormy seas
I am strong when I am on your shoulders
You raise me up To more than I can be

이 노래는 2002년 시크릿 가든의 6번째 앨범 〈Once in a Red Moon〉에 처음 수록되었으며 아일랜드 그룹 Westlife 등 전 세계적으로 500명 이상의 아티스트들이 리메이크하여 부르고 있는 것으로 알려져 있다.

2015. 12. 7. 세종문화회관에서 콘서트를 마친 후 관객들에게 인사하는 시크릿 가든. 왼쪽에서 두 번째가 롤프 러블랜드, 가운데가 피오눌라 쉐리.(CBS 제공)

'You Raise Me Up'은 9·11테러 추모행사에서 불려졌듯이 영혼을 부르는 듯한 감동이 있는 노래이다. 우리나라에서는 CCM(Contemporary Christian Music: 현대 기독교 음악)으로도 번안되어 널리 불리고 있다.

젊은 여성 CCM 가수 장윤영 씨가 번안한 것이 가장 많이 불려지고 있는데, 내용도 좋고 부르기에도 좋은 훌륭한 번안이라고 생각한다.

성경 속의 한 장면을 연상시키는 가사

장윤영 씨를 2008년 가을에 부천체육관에서 우연히 만난 적이 있다. 그녀는 부천시의 교계 행사에 초대받아 출연하기 위해 왔는데, 나는 인사말을 하기 위해 그곳에 갔다가 만나게 되었다. 나는 그녀가 만든 노랫말이 좋아서 그렇지 않아도 한번 보고 싶었다고 말했다. 장윤영 씨는 '노래 부르기 좋도록 곡에 가사를 붙인 것일 뿐'이라고 겸손하게 말했다.

사실 이 노래가 기독교인을 위해 만든 노래라는 증거는 없다. 그러나 이 노래의 원문 가사를 보면 기독교인들은 자연스럽게 성경을 기초로 가사를 만든 것이란 느낌을 곧 갖게 된다. 가사 전체를 통해서 그렇다.

가령 'You raise me up to walk on stormy seas~'는 곧장 신약 성서 마태복음의 14장의 다음과 같은 장면을 연상하게 한다.

마태복음 14장 24절~33절

24 배가 이미 육지에서 수 리나 떠나서 바람이 거스르므로 물결로 말미암아 고난을 당하더라
25 밤 사경에 예수께서 바다 위로 걸어서 제자들에게 오시니
26 제자들이 그가 바다 위로 걸어오심을 보고 놀라 유령이라 하며 무서워하여 소리 지르거늘
27 예수께서 즉시 이르시되 안심하라 나니 두려워하지 말라
28 베드로가 대답하여 이르되 주여 만일 주님이시거든 나를 명하사 물 위로 오라 하소서 하니
29 오라 하시니 베드로가 배에서 내려 물 위로 걸어서 예수께로 가되
30 바람을 보고 무서워 빠져 가는지라 소리 질러 이르되 주여 나를 구원하소서 하니
31 예수께서 즉시 손을 내밀어 그를 붙잡으시며 이르시되 믿음이 작은 자여 왜 의심하였느냐 하시고
32 배에 함께 오르매 바람이 그치는지라
33 배에 있는 사람들이 예수께 절하며 이르되 진실로 하나님의 아들이로소이다 하더라

믿음이 있으면 풍랑 위도 걸을 수 있다는 성경의 말씀이다.

장윤영 씨가 '날 세우시네'라는 제목으로 번안한 가사는 이렇다.

날 세우시네

장윤영 번안

나의 영혼 연약하여 지치고
근심 속에 내 마음 눌릴 때
주 오셔서 나와 함께 하시길
잠잠하게 나 기다립니다.

주님의 손 날 일으켜 주시고
풍랑 위를 나 걷게 하시네
주 어깨에 기대어 있으니
이전보다 더 강하게 되리

노르웨이 출신인 롤프 러블랜드가 작곡한 곡들은 우리에게도 매우 친숙한 〈Danny Boy〉 같은 아일랜드계 선율을 바탕으로 하고 있다고 한다. 그래서 아일랜드 출신인 피오눌라 쉐리의 바이올린 연주가 친근한지도 모른다.

아일랜드 계통의 곡조를 우리나라 사람들이 좋아하는 것은 양쪽이 정서적으로 비슷해서 그렇다는 얘기도 있다.

〈Danny Boy〉 〈10월의 어느 멋진 날에〉 〈You Raise Me Up〉이 그렇게 연결되는 것 같기도 하다.

부록7

우리말 〈매기의 추억〉 울려 퍼진 하얼빈의 정율성기념관

한국인으로 중국의 대음악가로 추앙받는 정율성

중국의 3대 음악가 중 하나로 꼽히는 정율성(鄭律成, 1914~1976). 그는 한국의 전남 광주 출생이다.

중국 흑룡강성 하얼빈에는 그를 기리는 '인민음악가 정율성기념관'이 있다. 정율성기념관은 하얼빈의 명동이라고 불리는 중앙대로 끝부분 송화강변 가까이에 있다.

기념관을 둘러보다 보니 한쪽에서 유명한 미국 민요 <매기의 추억>이 흘러나왔다. 남성의 목소리인데 놀랍게도 우리말 가사로 부르는 것이었다.

1.
옛날에 금잔디 동산에 매기 같이 앉아서 놀던 곳
물레방아 소리 들린다 매기, 아! 네 희미한 옛 생각

동산 수풀은 없어지고 장미화만 피어 만발하였다
물레방아 소리 그쳤다 매기, 내 사랑하는 매기야

2.
옛날의 금잔디 동산에 매기 같이 앉아서 놀던 곳
물레방아 소리 들린다 매기, 아! 네 희미한 옛 생각
지금 우리는 늙어지고 매기 머리는 백발이 다 되었네
옛날의 노래를 부르자 매기, 내 사랑하는 매기야

노래의 가사는 위의 것과 대체로 같으나 조금 다른 곳도 있었던 것으로 기억한다.

<매기의 추억>의 원래 제목은 <When You and I Were Young, Maggie>(매기야, 우리가 젊었을 적에)이다. 조지 W. 존슨 작사, 제임스 오스틴 버터필드 작곡으로 1866년 발표된 노래다. 중년 이상의 분들은 어렸을 적부터 많이 들어서 모르는 이가 거의 없다.

기념관의 정율성 초상화

그런데 중국의 대음악가 기념관에서 한글 가사로 된 미국 노래를 종일 트는 연유는 무엇일까?

정율성은 작곡가일 뿐 아니라 성악가이기도 했다. 그런데 그의 육성으로 남아있는 노래가 한국어 가사로 된 〈매기의 추억〉뿐이란다.

하얼빈의 인민음악가 정율성기념관

그래서 종일 그 노래만 트는 것이라고 했다. 목소리는 애틋한 감정을 담고 있으면서도 또렷하고 힘이 있었다.

한국인의 입장에서 보면 감격스럽다. 중국정부에서 만든 인민음악가 기념관에 귀에 익숙한 한국어 노래가 울려 퍼지니 어찌 그런 감상이 아니 들 수 있겠는가?

정율성기념관을 하얼빈에 만드는 데는 하얼빈시 문화국 부국장인 조선족 서학동 씨가 큰 역할을 했다. 그는 유품들을 보관하고 있던 북경의 고(故) 정율성 선생의 딸 등 유족들을 설득하고 하얼빈 당서기의 허락을 받아 2009년 7월 정율성 기념관의 개관을 이끌어냈다.

나는 2015년 7월 11일 안중근 의사 숭모회/기념관에서 우리 대학생들에게 애국심을 고취하기 위하여 조직한 '안중근 의사 국외 독립운동 사적지 탐방단'의 인솔 단장으로 하얼빈에 갔다가 이곳에 처음 들렀다. 기념관을 나온 후에도 〈매기의 추억〉이 오랫동안 귓가에 맴돌았다. 하얼빈에 가는 분들은 하얼빈역 안중근 의사기념관뿐만 아니라 정율성 기념관도 한번 둘러보면서 정율성이 부르는 〈매기의 추억〉을 들어보면 하얼빈 방문의 의미가 더 클 것 같다.

기념관의 조선 의열단 설명과 약산 김원봉 사진

기념관에는 또한 조선의열단에 대한 설명과 함께 한국인의 사진이 한 장 있었다. 2015년 8월 15일 광복절에 1천만 관객을 넘긴 영화 '암살'에 등장하는 항일무장투쟁단체 의열단을 이끌던 약산 김원봉(1898~1958)이다. 김원봉은 일제 때 백범 김구보다도 더 높은 현상금이 걸렸던 인물이다. 김구에 걸린 현상금은 60만 원 김원봉에 걸린 현상금은 100만 원이었다. 당시 100만 원은 현재 기준으로 볼 때 한화 200억~300억 원에 달하는 금액이란다. 오사마 빈 라덴에 걸렸던 현상금 5천만 달러(한화 약 540억 원) 전까지 전 세계 역사상 가장 높은 현상금이었다.

좌파 항일무장세력의 대표적인 인물로 임시정부의 광복군 부사령관으로도 활동했던 김원봉은 해방 후 남한으로 들어왔지만 1948년 남북협상 때 김구와 함께 북으로 갔다가 눌러앉았다. 북한정권에서 노동상까지 지냈으나 1958년 김일성에 의해 숙청되었다.

정율성의 10대 말 사진. 기념관의 사진 설명에는 19세 때인1933년에 남경에서 찍은 사진이라고 적혀있다.

김원봉은 남한에서는 빨갱이

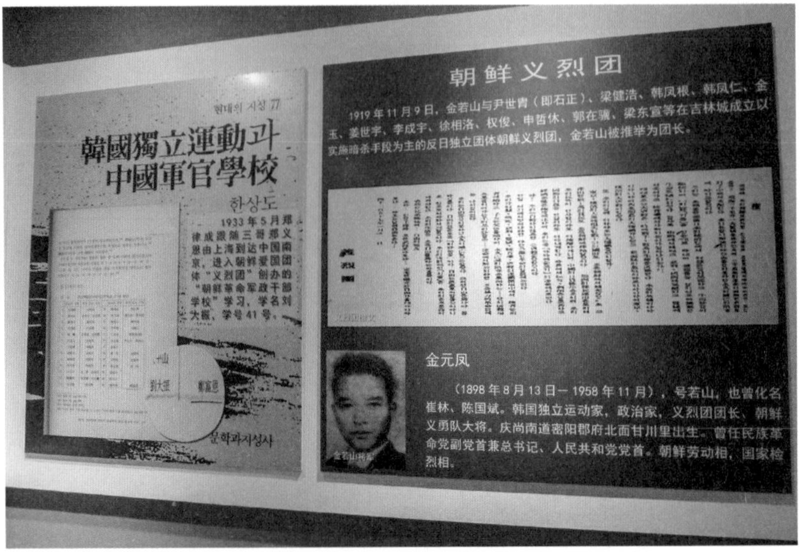

조선의열단에 대한 설명과 약산 김원봉 사진

로 여겨져 독립운동사에서의 공적에도 불구하고 그간 별로 거론되지 않다가 영화 〈암살〉 이후 새롭게 조명을 받았다.

정율성 기념관에 김원봉의 사진이 걸려있는 이유는 정율성이 독립운동에 가담하기 위해 처음 중국에 건너갔을 때 김원봉이 이끌던 의열단 간부학교인 조선혁명군사정치 간부학교에서 훈련을 받았기 때문이다. 정율성은 중국에 간 후 미국 작가 님 웨일즈가 중국 연안에서 쓴 〈아리랑의 노래〉(Song of Arirang) 주인공인 김산도 알고 지냈다.

형들을 따라 항일운동을 위해 중국으로 건너가

정율성은 1914년 8월 13일 전라남도 광주시 양림동에서 태어났다. 한국에서의 이름은 정부은이였다. 그의 아버지 정해업은 항일의식이 남달랐

정율성이 중국으로 건너간 경로도

다. 4남 1녀 자식들은 모두 그러한 부친의 정신적 영향을 받았다.

후일 중국중앙악단에서 1970년 작성한 정율성의 '정치 경력서'에는 정율성이 쓴 다음과 같은 기록이 남아있다.

"나는 조선 전라남도 광주에서 태어났다. 큰형(정효룡)과 둘째 형(정인제)은 모두 1919년 3월 1일 조선독립운동에 참가하여 수배명령이 내려져 중국으로 들어와 중국공산당에 가입하였다. 큰형은 중국에서 비밀리에 조선으로 들어와 공산주의 운동을 하였고, 일본군에 체포되어 감옥에서 8~9년을 생활하고 1934년에 병사하였다."

정율성은 1933년 5월. 남경의 조선의용단 군정학원의 밀명을 받고 학생을 모집하러 조선에 파견되어 온 셋째 형 정의은을 따라 중국으로 갔다. 목포에서 배를 타고 일본 나가사키를 거쳐 중국 상해에 도착한 후 남경, 상해 등지에서 작곡과 성악을 공부했다.

정율성은 1937년에는 중국공산당 본거지였던 연안의 로신(魯迅)예술학교에 들어가 작곡을 전공하였다. 1939년 중국공산당에 입당 후 〈연안송(延安頌)〉 〈팔로군 군가〉 등을 작곡, 발표하였는데 그 후 〈팔로군 군가〉는 1949년 중화인민공화국 건국과 함께 〈중국인민해방군 행진곡〉으로 지정되었고 1988년 〈중국인민해방군 군가〉로 공식 확정되었다.

그는 1945년 해방 후 북한에 들어가 〈조선인민군행진곡〉 〈두만강〉 〈동해어부〉 등도 작곡했다.

정율성은 한국전쟁 중인 1950년 10월 중국으로 되돌아가 중국 국적을 취득한 후 다시 한국(북한)에 나왔다가 이듬해인 1951년 4월 중국으로 아주 들어갔다. 그는 중국에 돌아간 후 가곡, 가극, 영화음악 분야 등에서 많은 업적을 남기지만 문화혁명 기간(1966~1976)에는 4인방에 의해 고초를 겪기도 했다.

정율성은 주은래와 모택동이 잇달아 죽고 4인방의 몰락으로 문화혁명이 끝난 해인 1976년 12월 7일 오랜만에 외손자 등을 데리고 북경 인근의 운하로 고기잡이를 갔다가 갑자기 쓰러져 운명을 달리했다. 중앙악단 당서기에 올라 음악활동을 재개하기 위해 준비하던 중이었다. 정율성은 혁명음악가로 추앙되어 팔보산 혁명열사 공동묘지에 안장되었다.

부록8

험난했던 한 오케스트라의 독도 상륙작전

독도를 잃으면 나라를 잃는다

울릉도 도동항에는 한반도 지도가 커다랗게 그려져 있는 파란색 광고벽이 있다. 조그만 도동항이 바로 내려다 보이는 골목 입구 건물의 벽면이다. 지도 오른쪽 아래에는 흰글씨로 "독도를 잃으면 나라를 잃는다"는 글귀가 적혀있다.

영어로 "The Loss of Dokdo, The Loss of Korea"라고 번역해 놓았다. 일본이 호시탐탐 노리는 독도가 우리나라에 얼마나 중요한 섬인지 외국 사람에게도 알리겠다는 의도다.

벽면 바로 아래 작은 잔디밭에는 파란 색깔의 작은 글자판이 놓여 있는데 흰글씨로 이렇게 써 놓았다.

"벽면작품설명: 독도를 잃으면 나라를 잃는다.

대한민국 지도가 거의 물 속에 잠겨있고 수면 위에 떠 있는 지도의 윗부분을 독도로 표현하여 마치 독도가 빙산의 일각처럼 표현된 이 작품은

'독도를 잃으면 나라를 잃는다'는 표어와 함께 대형 한반도 지도가 그려져 있는 울릉도 도동항의 광고벽.

독도 문제가 단지 작은 섬 하나의 문제가 아니라 우리나라 전체의 운명이 걸린 중요한 문제임을 시사하고 있다."

이 설명을 읽고 나서 벽면의 지도를 다시 자세히 올려다보니 한반도 전체가 푸른 바다에 잠겨있고 함경북도 맨 위 끄트머리만 바다 위에 나와 있는 것처럼 그린 그림이다.

한 해 약 40만의 관광객이 다녀가는 울릉도의 관문에 이러한 광고벽을 만든 이유는 이곳에 오는 사람들로 하여금 우리 영토수호의 의지를 다지고 애국심을 북돋우기 위함일 것이다.

아닌게 아니라 우리나라는 불과 110여 년 전 독도를 잃은 후 나라를 잃은 쓰라린 역사를 갖고 있다. 일본은 러일전쟁(1904~1905)이 발발한 후 동해 가운데 있는 울릉도와 독도, 그리고 일본령 오키섬 등 세 군데에 러시아 함대의 움직임을 감시하기 위한 망루를 설치했다. 그러고는 1905년 1월 전략적으로 중요했던 독도를 시마네현에 편입시키는 조치를 취했다. 무주지(無主地) 즉 주인 없는 땅이라는 게 편입의 이유였다.

일본이 정말 그 섬의 주인이 누구인지 몰랐을까? 아니다. 일본은 러일전쟁 직전까지도 독도가 한국령임을 인식하고 있었다. 자신들의 지도에도 그렇게 표시해왔다. 하지만 당시 허약해질 대로 허약해져있던 조선에서는 그러한 일(독도가 일본 시마네현에 편입된 것)이 벌어진 줄도 몰랐던 것 같다. 러일전쟁에서 승리한 일본은 그 여세를 몰아 같은 해인 1905년 11월 을사조약을 체결, 조선의 외교권을 빼앗는다. 독도를 빼앗긴 그해 사실상 나라를 빼앗긴 것이다.

그리고 5년후인 1910년 8월 일제는 한일합방이란 이름으로 우리나라를 그들의 식민지로 만들어버렸다. 독도 편입은 바로 조선 침탈의 서곡이었던 것이다.

가곡 〈독도의 사랑〉을 곡목으로 정하고

2015년 가을, 광복 70주년을 맞아 뉴코리아 필하모닉 오케스트라(이종구 이사장, 송재룡 단장)에서는 포항-울릉도-독도를 연결하는 〈광복 70주년 기념 태극기 휘날리며 희망음악회〉를 마련했다.

나는 노래를 부르는 연주자의 한 사람으로 이 행사에 참여했다. 소프라노 곽신형, 윤민영, 테너 유태근, 바리톤 김재정과 내가 성악 출연진이었다. 내가 부를 노래는 〈떠나가는 배〉와 〈독도의 사랑〉으로 정해졌다. 내가 이 음악회에 참여한 이유는 노래도 노래지만, 앞서 두 차례의 독도 방문 실패로 독도에 반드시 발을 딛고자 하는 작은 소망이 있었기 때문이다.

나는 독도를 하늘에서도 보고 해상에서도 보았다. 그러나 막상 올라가지는 못 했었다. 공중관찰까지 포함하면 2015년의 독도 도전은 사실상 네 번째라고 할 수 있다. 첫 번째는 2002년 CBS해설위원장 시절 국방부의 초청으로 헬기를 타고 독도로 가다가 날씨 때문에 동해함대사령부까지만 갔다 되돌아 간 일이 있었다. 그 후 2011년 6월에는 대한항공이 사들인 대형여객기 A380 시범비행 때 독도상공까지 와서 독도를 하늘에서 내려다 보고 간 일이 있다.

그리고 2014년 5월, 울릉도에서 여객선으로 독도까지 갔으나 해경이 접안을 불허하여 상륙하지 못하였다. 대신 갑판으로 나가 배가 독도를 한 바퀴 도는 동안 부지런히 독도 전경을 카메라에 담은 후 아쉬운 마음으로 돌아올 수밖에 없었다. 그날은 날씨도 쾌청하고 바다도 매우 잔잔했는데 상륙불허라니 이해가 되지 않았다. 파고가 높지 않아 왕복 4시간 뱃길에서 약간의 멀미조차 느끼지 않았다.

희망음악회 일정 첫날(2015. 10. 19.) 포항 경북간호고등학교에서의 음악회와 이튿날 울릉도 한마음회관에서의 음악회는 예정된 프로그램대로 성악, 관악, 피아노 독주, 합창 등으로 다채롭게 진행되었다. 셋째 날인 21일의 독도 현지 음악회는 독도 선착장에 약 30분밖에 머물 수 없었으므로 브라스밴드 위주의 약식 음악회로 준비되었다.

독도행 배는 21일 아침 7시 20분 사동항에서 출발하였다. 도동항에서 차로 10분쯤 떨어진 거리에 있는 신항구다.

출발 직후부터 배가 아래위로 크게 출렁거리기 시작했다. 계속 이렇게 출렁거리지는 않겠지 하며 눈을 감은 채 의자에 등을 바짝 기대고 잠잠해지기를 기다렸으나 갈수록 정도가 더욱 심해지는 것 같았다.

험난했던 독도 가는 바닷길

출발 전에 멀미약을 먹었으나 소용이 없었다. 멀미약을 먹었다고 멀미를 안 하는 게 아니라는 것을 이번 경험으로 확실하게 알게 되었다. 배가 워낙 롤러코스트 타듯 아래위로 심하게 출렁이니 의자에 엉덩이를 붙이고 가만히 앉아있기도 어려웠다. 눈을 감고 억지로 잠을 청해 보았으나 잠이 올 리 없었다.

서서히 속이 거북해지기 시작했다. 의자에서 일어나 뒤편에 있는 화장실을 찾아가는데 배가 흔들려 중심을 잡기가 어려웠다. 곳곳에 사람들이 널부러져 있다. 출항한 지 얼마 되지 않았는데도 몇 사람은 거의 인사불성 상태로 복도에 벌렁 누워 몸을 이리저리 젖히며 괴로워하고 있었다.

관광선의 직원이 회색 구토 비닐을 잔뜩 들고 다니며 사람들에게 나눠주었다. "웩 웩" 하며 토하는 소리가 곳곳에서 들렸다. 지난해의 예로 비추어 볼 때 이번에도 독도에 오르기는 아예 틀린 것 같았다.

독도에는 방파제 시설이 되어있지 않아 파도가 높이 치면 배가 접안하기 어렵기 때문에 관광선의 독도 입도는 확률이 높지 않은 편이라고 한다. 그래서 독도관광은 배 위에서 바라보는 선상관광이 원칙이라는 사전 안내방송도 하였다.

나는 이번 행사에 참여하면서 연주단은 독도에 반드시 입도해야 하기 때문에 독도에 보급품 등을 실어 나르는 행정선을 탈 것이라는 이야기를 들었다. 그것이 앞서 말한 대로 내가 이번 행사에 참여한 이유이기도 했다.

그런데 막상 울릉도에 가서 보니 행정선이 아니라 관광선을 타게 되었다고 했다. 그러던 차에 높은 파도 때문에 승객 대부분이 멀미에 시달릴

하늘에서 본 독도(KAL 제공). 왼쪽이 서도, 오른쪽이 동도

정도로 배가 거칠게 흔들리는 상황이 되고 보니 독도 상륙에 대한 기대는 서서히 허물어지는 듯했다.

마침내 독도에 상륙

배가 독도에 다가가면서 선내 방송이 나왔다. 독도입도 여부가 아직 결정되지 않았다는 것이었다.

그런데 잠시 후 창밖을 보니 배가 선착장을 향해 들어가고 있는 것 아닌가? 배는 입도한다는 안내 방송도 없이 어느 사이 선착장에 도착했다. 모두의 얼굴에 기쁨의 환한 미소가 퍼졌다. 나중에 들은 이야기지만, 그날은 파도가 선착장 쪽을 향해 치지 않고 반대쪽으로 쳤기 때문에 다행히 입도할 수 있었다고 했다.

뉴코리아 심포닉 오케스트라가 독도선착장에서 광복 70주년 기념 태극기 휘날리며 희망음악회를 열고 있다.(2015. 10. 21.)

이는 물론 공식적인 설명이지만, 또 다른 이야기는 우리 일행의 울릉도와 독도 음악회가 울릉군의 초청으로 이뤄진 만큼 울릉군 쪽에서 독도경비대에 웬만하면 접안을 허락해 주라고 비공식으로 부탁했을 것이라는 추측도 나왔다.

이번 음악회에 참여한 우리 일행 대부분도 격심한 멀미에 시달렸으나 30분 가량의 짧은 독도 체류시간 동안 바람부는 선착장을 무대로 미니 음악회를 신속하게 진행했다. 함께 온 300여 명의 관광객과 독도경비대원들이 관객이었다.

오케스트라의 브라스밴드팀이 모두가 아는 동요 〈태극기〉 등을 연주했고, 다 함께 애국가를 불렀으며 만세삼창으로 음악회를 끝냈다. 독도에서 정작 〈독도의 사랑〉은 부르지 못했다.

돌아오는 뱃길은 비교적 편안했는데 갈 때는 파도를 마주하고 항해를 한 데 비해 울릉도로 돌아올 때는 파도를 타고 왔기 때문이라고 했다. 우리 일행은 갈 때 배멀미 때문에 고생은 좀 했지만 그래도 결국 상륙을 했고 음악회도 했으니 운이 좋은 편이었다.

우리 일행은 독도에 갔던 날 울릉도에서 바로 포항으로 돌아와 KTX를 타고 귀경했다. 그런데 그 다음 날(22일)에는 포항에서 울릉도로 가던 여객선이 거센 풍랑 때문에 포항으로 되돌아 왔다고 한다. 물론 울릉도에서 독도 가는 관광선은 뜨지도 못 했다. 23일에는 포항-울릉도 뱃길은 다시 열렸으나 독도 뱃길은 여전히 두절되었다.

보도를 보니 23일 통계청장이 '2015 인구주택총조사'(인구센서스)를 시작하기 위해 울릉도에서 독도로 가려다가 기상 상태 악화로 배가 뜨지 못하는 바람에 독도에 가지 못했다고 했다.

독도에는 주민등록부상 현재 27가구 28명이 살고 있는 것으로 되어있다. 독도 경비대원 19명, 독도 등대 관리인 7명, 독도 이장인 김성도(75) 씨 내외 2명 등이다. 통계청장이 독도에 들어가 인구센서스를 직접 하려고 한 것은 인구조사에 대한 국민적 참여를 높이려는 이벤트로 계획된 것이었을 텐데 날씨가 나빠 배가 뜨지 못하는 상황에서야 별 도리가 없었을 것이다.

내가 이번에 독도에서 꼭 보고자 한 시설은 선착장이었다. 선착장이 얼마나 조그맣길래 작은 파도에도 관광선이 번번이 접안을 못 하고 그대로 돌아가는지 눈으로 확인하고 싶었다. '독도의 선착장에는 화장실도 없다'는 신문기사의 제목도 떠올랐다. 과연 선착장에는 아무 것도 없었다. 그저 널찍한 콘크리트 바닥만 보일 뿐이었다. 2014년 10월부터 한동안 시끄러웠던 독도 안전시설 건설과 관련한 분위기도 전혀 느낄 수 없었다.

속히 추진되어야 할 독도 입도지원센터 건립

2014년, 독도까지 가서 섬에 올라가보지도 못 하고 섬 주변만 배로 한 바퀴 돌아본 후 아쉬움 속에 서울로 돌아온 지 약 다섯 달 후인 이해 10월, 정부가 정홍원 총리 주재 관계장관 회의에서 독도에 입도지원센터를 지으려던 계획을 보류시켰다는 뉴스가 터져나왔다. 정부의 공사보류 결정에 비난 여론이 빗발쳤다.

입도지원센터 건립은 지난 2008년 일본의 역사 왜곡에 맞서기 위한 독도 영유권 강화 사업의 하나로 시작된 것이기 때문이다. 2014년 기재부가 2015년 예산에 사업비 30억 원을 편성하고 2014년 10월 20일 공사입찰 공고까지 낸 상태였다. 총리실의 계획 보류에 따라 공사입찰 공고도 자동 취소되었다.

독도입도지원센터란 그야말로 화장실도 없는 독도 선착장 인근에 기후 급변 시 독도를 찾아간 국민들을 피난시킬 수 있는 안전시설이다. 590㎡ 넓이의 2층 규모 건물을 지어 발전기, 담수화 시설, 대피 시설 등을 마련한다는 계획이었다. 물론 이 공사에는 접안 시설 보강도 포함된다.

공사 보류 결정에 대해 당시 총리실은, "안전관리와 환경, 문화재 경관 등과 관련해 추가로 검토가 필요해 취한 결정"이라고 궁색하게 해명했다.

"일본과의 외교 마찰을 피해야 한다는 윤병세 외교부 장관의 의견이 받아들여져 당초 계획이 철회된 것"이라는 보도가 뒤이어 나왔다. 일본 정부는 독도입도지원 시설 공사 중단이 그들의 '외교적 성과'라고 자평하면서 축제 분위기라는 뉴스까지 나오면서 우리 국민의 분한 마음은 더욱 커졌다.

독도를 방문하는 국민의 안전을 도모하고, 독도에 대해 단호한 입장을 보이라는 국민의 여론은 외면한 채 '외교마찰' 운운하며 적당주의에 매몰

서도 옆의 촛대바위

되어 그 같은 결정을 한 정부의 처사에 대해 '굴욕외교'라는 비판이 거셌다.

그후 2014년 11월 12일, 당시 이주영 해양수산부 장관은 국회 농림축산식품해양수산위원회 전체회의에서 "독도입도지원센터 건립 논란과 관련해, 이 문제가 백지화된 것은 아니고 몇 가지 문제를 검토해서 추진하기로 했다"고 말했다. 그런데 그 후 지금(2017년 봄)까지도 아무런 소식이 없다. 당장 쏟아질 비난의 화살을 피해가기 위해 임기응변으로 둘러댄 답변이었을 것이다.

독도 방문은 애국 순례

정부가 독도관광을 허용한 것은 2005년. 이후 해마다 25만 명이 독도에 다녀간다는 통계가 있다. 물론 선상관광과 입도를 모두 포함한 숫자다. 이번에도 보았지만 많은 사람들이 독도에 오면 감격의 눈물을 흘린다. 일본이 호시탐탐 노리는 곳이며, '독도를 지켜야 나라가 산다'는 애국심이 독도에 발을 딛는 순간 모든 이들의 가슴에 벅찬 감동을 불러일으키기 때문이리라. 그러므로 독도관광은 단순한 관광이 아니라 애국의 순례라고 해도 과언이 아니다. 더 많은 국민들이 독도를 방문할 수 있도록 해야한다.

독도 선착장에서 서도를 배경으로 선 필자(2015. 10. 21.)

젊은 독도경비대원들의 늠름한 모습을 보고 든든한 마음이 든 것은 나뿐만이 아닐 것이다.

외교적 눈치보기 때문에 자국민의 안전을 위한 시설 건립 문제에 정부가 그러한 우유부단한 태도를 보이는 것은 매우 한심하고 심각한 문제가 아닐 수 없다. 독도입도지원센터 건립은 당초 예정대로 하루속히 추진되어야 마땅하다.

안중근 의사가 하얼빈역에서 초대 조선통감이었던 이토 히로부미를 권총으로 사살한 것이 1909년 10월. 독립투쟁의 하나로 조선침략의 원흉을 처단한 것이니 국권회복을 위한 독립운동은 1910년 한일합방 이전부터 이미 시작되었던 것이다. 우리나라의 외교권을 빼앗긴 을사조약부터가 사실상 일본 식민지배의 시작이었기 때문이다.

일본은 한때 독도를 빼앗기 위해 비밀리에 육해공 자위대가 독도상륙 훈련을 했다고 한다. 우리의 국권이 약화되고 한반도 주변 강대국들의 역학 관계가 변화될 경우 언제든 그럴 가능성이 있다고 봐야 한다.

뻔뻔스럽게도 독도가 일본의 고유영토라고 허위사실을 학생들에게 가르치는 일본이다. 이는 그 후손들이 잘못된 길을 가도록 가르치는 것이니 미래의 범죄를 예비하는 것이나 다름없다. 독도에 대한 일본의 그러한 태도를 우리는 항상 경계하지 않으면 안 된다.

그래서 경찰 독도경비대 대신 해병대 주둔의 필요성도 자주 거론되고 있다. 독도 경비는 국경을 경비하는 것이니 국군이 해야 하지 않느냐는 견해다.

그러나 경비만으로 나라를 지키는 것은 아니다. 무엇보다 가장 중요한 국경경비는 튼튼하고 부강한 나라를 만들어가는 것이고 국민을 내부로부터 결속시키는 일이다. 남북이 하나가 되는 일이 더 중요하다는 생각이 독도에서 돌아오면서 더욱 간절하게 들었다.

독도에 12번이나 드나들며 12곡의 독도 노래를 작사 작곡한 유명한 〈홀로아리랑〉의 작곡가 한돌은 언젠가 '독도는 우리나라의 수호신'이라고 했다. 독도를 우리가 잘 지킬 때 독도는 우리나라의 발전과 번영의 수호신이 될 것이란 의미로 나는 받아들였다.

(★ 뉴코리아 심포닉 오케스트라 '광복 70주년 태극기 휘날리며 희망음악회' 출연진 : 소프라노 곽신형, 윤민영, 테너 유태근. 바리톤 김재정, 이정식, 피아니스트 박효순, 김수진, 클라리넷 송재룡, 색소폰 신경숙, 이인권, 뉴코리아금관앙상블 은중기, 나웅준, 정학균, 주홍진, 김종우, 신무경)

부록9

김동규와 김태촌, 두 콧수염 사나이의 만남

성악가 김동규와 주먹계 대부로 불렸던 김태촌이 나의 사무실에서 함께 만난 적이 있었다. 목동 CBS 사장실에서다.

두 번째 가곡책『가곡의 탄생』에 쓸 사진자료들을 뒤지다가 오래된 그 사진을 발견했다. 2006년 4월 24일 찍은 사진이다. 벌써 11년 전의 일이다.

지금 생각해도 재미있는 장면이었다. 이날 두 사람이 비슷한 시간에 나를 찾아왔다. 그래서 한 사람은 사장 응접실에 또 한 사람은 재단이사장 응접실로 안내하도록 했다. 양쪽 다 심각한 일로 찾아 온 것은 아니었다.

두 사람과 이 방 저 방에서 잠깐씩 이야기를 나누다 생각해 보니 두 사람이 모두 콧수염의 사나이 아닌가? 그래서 두 사람을 한데 모으고 각각 소개시킨 후 나란히 앉으라고 했다. 그리곤, "이렇게 유명 콧수염 두 사람이 같이 만나기도 쉽지 않으니 기념 사진 한 장 찍자"고 했다. 사진은 갖고있던 당시의 폴더 폰으로 내가 직접 찍었다. 그러고 나서 두 사람의 양해를 얻어 노컷뉴스에 '두 콧수염의 만남'이란 제목으로 사진과 기사를 싣도록 했다.

인터넷에서 다시 찾아보니 "최고의 '주먹'과 최고의 '목소리'가 만났

노컷뉴스

인쇄하기 × 닫기

최고의 "주먹"과 최고의 "목소리"가 만났다

2006-04-24 18:36

두 콧수염 남자의 만남

^ 김태촌^ 김동규

두 콧수염 사나이의 만남을 보도한 노컷뉴스 기사.(오른쪽이 김동규)

다"는 제목으로 그 기사가 건재했다. 이때 마침 당시 최기준 CBS재단이사장이 회사에 들르셨다. 그때 네 사람이 함께 찍은 사진도 남아있었다.

그날 김태촌 씨가 나를 방문한 이유는 그의 부인인 복음성가가수 이영숙 씨의 방송 행사와 관련된 일 때문이었던 것으로 기억된다.

〈그림자〉 등의 히트곡으로 한때 유명세를 탔던 이영숙 씨는 그 뒤 기독교에 귀의해 복음성가가수로 활동하던 중 어느 목사의 소개로 옥중에 있는 김태촌 씨를 알게 됐다. 두 사람은 3년간 1천 통이 넘는 편지를 주고 받다가 1998년 옥중 결혼했다.

기독교인이 된 김태촌 씨는 2005년 출소 후 신앙간증을 하기도 하고,

충북남성합창단 창단연주회에서, 좌로부터 이정식, 김동규, 김요식 충북남성합창단 단장(2014. 5. 30.)

청소년 강의도 다녔다. 청소년들에게는 "나 같은 인생을 살지 말라"고 했다고 한다.

내가 김 씨를 만났을 때 그는 부인을 위해 뭔가 역할을 해주고 싶은 마음이 큰 것 같았다. 김 씨는 그 후 내게 가끔 전화를 했다. 그 뒤 감옥에 다시 수감되었다가 출소했을 때도 전화를 했었다.

그는 한때 주먹계의 최고 보스로 이름을 날렸으나 젊어서부터 노상 감옥을 드나들었고 후반 인생의 태반을 감옥에서 보냈다. 출소 후 오래되지 않아 2013년 1월 비교적 이른 나이인 64세로 병상에서 세상을 떴다. 부인 이영숙 씨도 2016년 11월 67세로 남편 곁으로 갔다.

김동규 씨는 방송 때문에 CBS에 자주 들렀으므로 특별한 일로 내 방에 온 것은 아니었던 것 같다. 김동규 씨는 내가 CBS에 있을 때 음악FM에서 매일 오전 9시부터 2시간 동안 하는 클래식 프로그램 '아름다운 당신에게'를 오랫동안 진행했다. 지금도 공연장이나 이런저런 자리에서 그를 가끔 본다.

2014년 5월 30일 충북남성합창단(단장 김요식)이 청주 예술의 전당에서 창단연주회를 열었을 때는 나와 함께 초청을 받아 같은 무대에 서기도 했다. 합창단 창단음악회였던 이날의 외부 출연진은 테너 임웅균, 바리톤 김동규 그리고 나 세 사람뿐이었다. 김동규 씨는 지금도 우리나라를 대표하는 바리톤의 한 사람으로 분주한 나날을 보내고 있다.

다음은 2006년 4월 24일자 〈노컷뉴스〉 기사:

최고의 '주먹'과 최고의 '목소리'가 만났다

극과 극이랄까. 어울릴 것 같지만 어울리지 않는 두 "콧수염"이 유쾌한 만남을 가졌다.

잘나가는 신앙 간증자로 변신한 전 폭력조직 서방파 두목 김태촌(57) 씨와 국내 정상의 성악가 바리톤 김동규(41) 씨가 24일 CBS 이정식 사장의 주선으로 CBS 목동 사옥에서 한자리에 마주한 것.

김동규 씨의 콧수염은 무대위의 카리스마로, 김태촌 씨의 콧수염은 주먹세계의 카리스마로 전혀 다른 느낌을 주지만, 지금은 자신의 새로운 인생을 위해 최선을 다하는 멋진 콧수염으로 활약하고 있다.

김태촌 씨는 최근 국제청소년범죄예방교육원(이사장 이덕일)을 개소하고 원장직을 맡아 본격적인 청소년 범죄예방과 강사 활동에 나서고 있다. 우연히 함께 자리한 김동규 씨도 오는 5월 1일부터 CBS 음악FM 〈아름다운 당신에게〉(매일 오전 9시~11시 93.9MHz) 진행자로 나선다.

이들 '콧수염 남자'들에 대한 주변의 기대치도 높다. 성악가로서 음악 프로그램을 진행하는 새로운 가능성과 어두웠던 과거를 털어버리고 사회에 헌신하는 모습을 보여줄 것이기 때문이다.

이날 "개인 신상에 대한 얘기를 나누다 자연스레 오페라 이야기까지 나누며 격의 없는 즐거운 만남의 자리가 됐다"는 게 관계자의 귀띔이다.

새로운 도전에 나서는 두 '콧수염 남자'의 모습이 기대된다.

부록10

도시샤(同志社) 대학의 정지용·윤동주 시비(詩碑)

일본 교토(京都)의 도시샤(同志社) 대학은 유서 깊은 대학답게 오래된 큰 나무들이 교정에 잘 자리를 잡고 있었고 단정하게 정돈된 느낌을 주었다.

2017년 1월 하순 구정 연휴에 마침 교토에 들르게 되어 정지용, 윤동주 두 분의 시비가 있다는 도시샤 대학을 찾아보았다.

두 분의 시비는 학교 구내의 같은 구역에 불과 몇 발자국 떨어져 각각 서 있었다. 사진으로 몇 번 보기는 했지만, 혹시 보이지도 않는 한쪽 구석에 초라하게 서 있는 것은 아닐까 하는 걱정도 했었다. 그러나 두 시비는 크지도 아주 작지도 않은 아담한 모습이었고 정성스럽게 관리되고 있는 것으로 보였다. 물론 중국 길림성 용정시 대성중학 옛터에 있는 대형 윤동주 시비의 규모에 비할 바는 아니나 크기가 중요한 것은 아닐 것이다.

시비 앞에는 벤치도 놓여있어 이곳을 방문한 이들이 한참 동안 머물 수도 있도록 배려한 것 같았다.

정지용 시비에는 그의 시 〈압천(鴨川)〉이 새겨져 있다. "압천 십리벌에 해는 저물어…… 저물어……"로 시작된다. '압천'은 교토시내를 흐르는

일본 교토 도시샤(同志社) 대학 구내에 있는 정지용 시비. 압천(鴨川)이 새겨져있다.

강의 이름이다. 일어로는 '카모가와'다. 정지용이 도시샤 대학에 다닐 때 지은 시라고 하는데, 귀국 다음 해인 1930년, '시문학' 창간호에 〈경도압천(京都鴨川)〉으로 발표되었다.

윤동주 시비에 새겨진 시는 1941년에 쓴 그의 대표시라고 할 수 있는 "죽는 날까지 하늘을 우러러 한 점 부끄럼이 없기를……"로 시작되는 〈서시(序詩)〉다.

두 시인의 시비 옆 팻말에는 한글과 일어로 다음과 같은 설명이 적혀 있었다.

정지용 시비

정지용 시인은 1902년 충청북도 옥천에서 태어났다. 서울 휘문고보를 거쳐 1923년 도시샤 대학 예과에 입학하였다. 1929년 영문학과를 졸업하기까지의 6년 동안 이 캠퍼스를 무대로 영문학 공부와 함께 주옥같은 시를 발표하여 시인으로서의 자리를 굳혔다. 1930년대 휘문고보의 영어교사로 교편을 잡으면서 문단의 중심으로 활약하였다. 〈정지용 시집〉과 〈백록담〉을 간행하여 현대시의 확립에 기여하였으며, 유능한 시인을 문단에 등용시키기도 하였다. 1945년 이후, 이화여자전문학교(현, 이화여자대학)의 교수와 경향신문의 주간을 역임하였고, 〈지용시선〉을 비롯한 산문집을 간행하였다. 1950년의 한국전쟁 이후 행방불명되었다. 오늘날 한국에서는 '한국 현대시의 아버지'라고 일컬어지고 있다. 옥천군, 옥천문화원, 정지용기념사업회는 그를 기리기 위하여 이곳 모교에 시비를 세웠다. 조각된 시는 교토를 노래한 대표작 〈압천〉이다. / 도시샤 대학

윤동주 시비

윤동주는 코리아의 민족시인이자 독실한 크리스천 시인이기도 하다.

그는 1917년 12월 30일에 북간도의 화룡현 명동촌에서 태어났는데, 그가 처음으로 시를 쓰기 시작한 것은, 용정에 있는 은진중학교에 재학 중이던 1934년경으로 알려져 있다. 그러나 본격적으로 시작에 손을 댄 것은 평양의 숭실중학교를 졸업하고, 서울의 연희전문학교(지금의 연세대학교)에 진학한 다음부터이다.

연희전문학교를 졸업한 윤동주는, 1942년에 도일하여 도시샤 대학의 문학부에 입학한다. 그는 도시샤 대학에 재학 중이던 1943년 7월 14일에 한글로 시를 쓰고 있었다는 이유로, 독립운동의 혐의를 입어 체포되었다. 재판 결과, 그는 치안유지법을 위반했다는 죄목으로 징역형을 선고 받고 후쿠오카 형무소에서 복역하던 중, 1945년 2월 16일에 옥사했다.

교토 도시샤(同志社) 대학의 윤동주 시비 옆에서 필자(2017. 1. 28.)

이 시비는, 도시샤 교우회 코리아 클럽의 발의에 의해, 그의 영면 50돌인 1995년 2월 16일에 건립, 제막되었다.

한글로 된 서시는 그의 자필 원고 그대로이며, 일본어 번역은 이부키 고 씨의 것이다. / 학교법인 도시샤

정지용 시인은 일본 유학을 다녀 온 후에 쓴 시 〈고향〉(1932)에서 "고향에 고향에 돌아와도 그리던 고향은 아니러뇨 / 산꿩이 알을 품고 뻐꾸기 제철에 울건만 / 마음은 제 고향 지니지 않고 / 먼 항구로 떠도는 구름 ~" 이라고 읊었다. 일제 식민지하에서의 고향이 낯설었던 것이다. 일본 유학 중 더욱 뿌리깊게 심어진 민족의식이 이처럼 시 속에 배어 나온 것으로 보인다.

〈고향〉은 발표 이듬해인 1933년 채동선(1901~1953) 작곡가에 의해 노래(가곡)가 되었다. 해방 전후 지식인들이 가장 애창한 가곡 중 하나가 〈고

중국 길림성 용정시 대성중학 옛터에 있는 윤동주 시비. 서시(序詩)가 새겨져있다.(2015. 7. 11.)

향〉이었다.

윤동주 시인은 항일운동을 한 혐의로 체포되어 후쿠오카 형무소에서 복역 중 숨졌다. 만 27세의 젊은 나이였다. 교도소 측이 매일 수십 명의 조선인 청년들에게 알 수 없는 주사를 놓았다고 하며 함께 수감 중이던 고종사촌 송몽규도 23일 후 윤동주를 뒤따라갔다. 일제가 산 사람들을 상대로 세균 실험을 했다는 의혹이 있다.

일제가 만주 하얼빈 인근 731부대에서 중국인 한국인 등을 상대로 자행한 잔혹한 생체실험 등을 생각해 보면 충분히 가능한 일이다.

위의 정지용에 대한 설명에 그가 한국전쟁 후 행방불명되었다고 적혀 있으나 정지용은 전쟁이 나던 1950년 그해 바로 납북되었다가 몇 달 뒤 사망했다.

조국과 민족의 현실을 아파하던 두 시인은 모두 그렇게 비참하게 최후

나란히 있는 윤동주(왼쪽), 정지용(오른쪽) 시비, 이승신 시인 촬영(2016. 1. 7.)

를 마쳤다.

문득 이승신 시인(손호연단가연구소 이사장)이 언젠가 내게 메일로 보내준 윤동주 시비에 대해 쓴 '컬쳐 에세이'가 생각났다. 2017년 3월 4일 아침이었다.

'컬쳐 에세이'를 메일 속에서 찾아 다시 읽어 보고 이승신 시인과 통화를 했다. 에세이 내용 중 일부를 나의 글에 인용하겠다고 양해를 구했다. 다음은 '이승신 컬쳐 에세이-윤동주 시비'에서 발췌한 것이다

이승신 시인의 '윤동주 시비'

사계절을 본 윤동주 시비는 6월, 그 앞에 일년초 보라빛 꽃이 피어 있을 때가 시인에게 가장 어울렸다.

…… 도시샤(同志社)대 한가운데 있는 예배당 바로 옆에 세워진 그 시비는 비록 작고 일본인이 세운 게 아니고 한인 교우회가 세운 거지만 그윽한 영과 기를 품고 있음을 느끼게 된다.

죽는 날까지 하늘을 우러러
한점 부끄럼이 없기를
잎새에 이는 바람에도 나는 괴로워 했다
별을 노래하는 마음으로
모든 죽어가는 것을 사랑해야지
그리고 나한테 주어진 길을 걸어가야겠다

오늘 밤에도 별이 바람에 스치운다

…… 해방되기 몇 달 전 일본 후쿠오카 감옥에서 스러져 갔고 생전에 낸 시집 한 권이 없지만 이제 일본 고도(古都) 한복판에 시비로 서서 한일을 말없이 아우르고 있다.

그 시비 앞엔 많은 선물이 놓여 있다. 생화와 조화, 펜과 종이, 원고와 우산과 돈.

커피와 술도 있다. 방문하는 한국인이 놓고 가는 것이다.

대학 설립자요 전국적으로 유명한 니이지마 죠(新島讓)의 시비 앞엔 꽃 한송이 없는데 윤동주 시비 앞엔 늘 꽃이 있다는 게 화제다.

그런데 그걸 누구도 치워 주질 않아 비가 오고 눈이 오니 지저분해진다. 이 깨끗하고 아름다운 캠퍼스에 어울리지 않는 풍경이다.

괜히 만졌다가 말듣고 싶지 않은 건지도 모른다. 그래 내가 조금씩 치우고 정리하고 있다.

늘 지나는 시인의 시비.

그 시비 앞에 서는 한국에서 온 무리에게 시인의 이야기를 들려주기도 한다.

시비가 거기 있는지도 모르는 일본 학생들에게도 들려준다.

오늘도 나는 윤동주 시비 앞의 꽃과 물건을 기도하는 마음으로 정리한다.

그리고 하늘을 바라다 본다.

……

(2016. 2. 5.)

이승신 시인은 2015~2016년, 퍽 늦은 나이에 도시샤 대학을 학생으로 다녔다. 이날 통화에서 학교에 다닐 때는 자신이 매일 시든 꽃 등을 치웠고 그 후에도 갈 때마다 치우곤 하지만, 시비 앞이 지저분해질까 봐 늘 걱정한다고 했다.

도시샤 대학 측이 이처럼 한국의 두 시인을 기릴 수 있도록 배려한 것은 다행스러운 일이 아닐 수 없지만 이 역시 우리가 잊지 말아야 할 불행했던 현대사의 흔적 중 하나이다.

누구든 교토에 갈 일이 있으면 잠시 시간을 내어 두 시인의 시비를 찾아보기를 권한다.

부록11

이정식 가곡 에세이

『사랑의 시, 이별의 노래』(2011)의 차례